AF288254

Sauerlandkrimi & mehr

2019 by Kathrin Heinrichs
Alle Rechte vorbehalten
Satz und Umschlaggestaltung: Olaf Warburg
Umschlagfoto: Carina Faust
Druck: cpi books – Clausen & Bosse, Leck
Zweite Auflage 2020
ISBN 978-3-934327-61-0

Kathrin Heinrichs

Aus dem Takt

Sauerlandkrimi & mehr

Blatt-Verlag, Menden

Ähnlichkeiten zu realen Orten sind gewollt.
Personen und Handlung des Romans dagegen sind frei erfunden.
Bezüge zu realen Menschen wird man daher vergeblich suchen.

Für die Erlaubnis zum Abdruck einiger Textzeilen danke ich sehr herzlich
dem Musikverlag Manfred Bühler („Zeit ist ein Geschenk")
sowie dem Bundesamt Sankt Georg e. V. / Georgsverlag
(„Nehmt Abschied Brüder", Übersetzung von C. L. Laue)

Auftakt

Wenn man den Draht stramm genug spannt, kann man eine Melodie darauf spielen. Okay, keine richtige Melodie, eher einen Rhythmus.

Pling. Pling pling. Pling pling. Pling pling.

Schwer. Leicht Schwer. Leicht Schwer. Leicht Schwer.

Das ergibt einen Takt, einen Grundschlag, ein Gerüst.

Das ist wichtig. Dass man sich an etwas festhalten kann. Etwas, das einem Struktur gibt.

Durch Störungen des eigenen Rhythmus gerät man ins Straucheln, kommt aus dem Takt.

Irgendwann bleibt einem nichts mehr übrig, als die Störungen zu eliminieren. Dieser Zeitpunkt ist nun gekommen.

Schwer. Leicht Schwer. Leicht Schwer. Leicht Schwer.

1

„S-Sch. S-S-Sch-Sch. S-S-S-Sch-Sch-Sch. S-S-Sch-Sch. S-Sch. Stopp!" Manuel dirigierte mit der Rechten den Abschlag und klatschte dann aufmunternd in die Hände. „So, Einsingen beendet. Ich hoffe, es sind jetzt alle wach, wir beginnen die Probe mit *Mambo.*"

Reaktionen setzten ein, überwiegend positive, nur hier und da ein Stöhnen. Grönemeyers Song machte Spaß, war aber anspruchsvoll, zumindest für einen Chor wie unseren, der ungefähr das Gegenteil von einem Leistungschor war.

Alle begannen in ihren Noten zu kramen. „Irgendwie habe ich das nicht", jammerte Chaosqueen Ruth.

„Natürlich hast du das", Gerlinde wirkte genervt, sie war für die Noten zuständig.

Ruth kramte noch ein bisschen. „Stimmt, ich hatte es hinter Klaus Lage gepackt." Gerlinde verdrehte die Augen.

„Wer macht das Solo?", fragte unser Chorleiter. Sofort senkten im Sopran alle die Köpfe. Wie bei meinen Klassenpflegschaftsversammlungen, wenn die Elternvertreter gewählt werden mussten.

„Annika, du?"

Die junge Sängerin färbte sich rot ein. „Ich...? Okay ... kann ich versuchen."

„Wunderbar", Manuel wandte sich jetzt uns Männern zu. „Bass: volle Konzentration, Tenor: ich hoffe, ihr könnt den Text auswendig, damit ihr meine Einsätze seht."

Verlegenes Gemurmel, in meinem Block kannte offenbar keiner den Text.

„Alle nochmal richtig atmen!"

Ich schnaufte tief ein und bereute es sofort. Ansgar neben mir war offenbar nach der Arbeit nicht zum Duschen gekommen.

Manuel spielte am Piano die Töne an, ich versuchte mich trotz Sauerstoffmangels zu konzentrieren, besonders der Anfang war schwer.

Vorbereitungsschlag und los. „Uaua", starteten die Frauen – die Männer legten ein „tum tum tum tum tum" darunter. Ich schaute immer wieder hoch, um keinen Einsatz zu verpassen. Dabei sah ich gegenüber Gerlinde stark grimassieren. Das war eigentlich gut. Ausdruck verleihen, mit allem singen, was man hat. Nur sah es bei Gerlinde immer ziemlich streberhaft aus.

„Uaua – tum tum tum tum tum tum tum – uaua uaua uaua uaua –"

„Stopp stopp stopp!" Manuel brach ab.

„Was ist los? Der Text hat doch gesessen."

Alles lachte, Franse sonnte sich in seinem Gag. Eigentlich hieß unser Startenor Frank, aber sein Vater war Friseur gewesen, so etwas ging einem im Sauerland ein Leben lang nach.

„Nichts für ungut", meinte unser Chorleiter, „aber das *uaua* klingt ein bisschen wie Hundegejaul."

Die Frauen beschwerten sich, die Männer lachten sich tot.

„Uaua", sang Manuel vor, was im Vergleich überirdisch gut klang. „Die Männer waren einmal kurz aus dem Takt", kriegten jetzt wir unser Fett weg, „und Christian, ich glaube, du oktavierst!"

Ich persönlich fand Christians Oktavieren immer noch besser als Ansgars Transpirieren, aber egal. Manuel hatte sich bereits die Hand an seiner Lederhose abgewischt und stimmte wieder an.

„Uaua – tum tum tum tum tum", diesmal klang es eindeutig besser. Wir kamen gut durch – bei „klitschnass geschwitzt" zuckte ich kurz in Richtung meines Nachbarn, bevor es wieder stimmig in den Refrain ging.

Nun waren wir hundertprozentig im Gleichklang und merkten das auch. In solchen Momenten baute sich ein Glücksgefühl zwischen uns auf und ich wusste wieder genau, warum ich im Chor sang. Natürlich weil meine Kollegin Kerstin mich damals bequatscht hatte. Ihr Mann Manuel hatte gerade einen gemischten Chor übernommen, da wurden Männerstimmen dringend gesucht. Ich hatte kategorisch abgelehnt, ich war kein großer Sänger, aber Kerstin hatte nicht aufgegeben: „Wenn man nicht sicher ist, kann man sich an eine gute Stimme anlehnen." Diese gute Stimme war für mich Ansgar.

„Singen befreit", hatte Kerstin dann noch gemeint, „als

Ausgleich zum Schulalltag ist es ideal. Sing dir deinen Frust von der Seele!"

Diese Bemerkung hatte mich nachdenklich gemacht. Konnte Singen bei Alltagsstress helfen? Inzwischen wusste ich: Ja! Der feste Termin am Donnerstag ... 90 Minuten, in denen ich mich auf etwas ganz anderes konzentrieren musste ... Menschen ganz unterschiedlichster Couleur ... ja, Singen machte glücklich.

Unser Chorleiter fixierte jetzt Annika, ihr Solo stand an. Solo hieß in diesem Stück ein langanhaltendes *Ooooooooooooh*. Anfangs war sie zu vorsichtig, Manuel signalisierte ihr: Mehr Energie! Und sie gab Gas. ***OOOOOOOOOH!*** Dann der Abschluss: Manuel drehte sich ausgelassen um die eigene Achse und dirigierte dann punktgenau den Abschlag. Stille.

„Gut, Annika!" Der Chorleiter nickte unserer Jüngsten aufmunternd zu. Die war wieder puterrot, diesmal aber vom Singen. „Echt? Ich dachte, es klingt wie abgestochen!"

„Nur ein bisschen", lästerte Franse.

Im nächsten Moment wurde die Tür aufgerissen und Frauke hastete herein, unsere stärkste Stimme im Alt.

„Ich weiß, ich bin spät", sie hob entschuldigend die Hand.

„Sie dreht wohl schon seit Stunden ...", frotzelte Franse.

Gespannt schaute ich zu Gerlinde hinüber. Sie war es, die oft die Probendisziplin anmahnte. Allerdings konnte sie heute nichts sagen, sie war ausnahmsweise selbst zu spät gekommen.

„Kein Problem", unser Chorleiter lächelte nachsichtig, „hier wird niemandem der Kopf abgerissen."

„Da bin ich aber froh", Frauke zwinkerte mir zu und nahm flugs ihren Platz ein.

Hier wird niemandem der Kopf abgerissen. Schräg, dass Manuel das an dem Abend so sagte. Nein, nicht schräg, eigentlich furchtbar.

2

„Wer trinkt noch etwas mit?" Franse legte seine Blätter am Notentisch ab und blickte in die Runde.

Vielleicht waren die Treffen nach der Probe das Beste am ganzen Chor. Schon allein, weil ich mich donnerstagabends der Illusion hingeben konnte, dass die Woche quasi vorbei war.

Wir probten im Saal einer Gaststätte, der für Beerdigungen und Hochzeiten bestimmt war und sogar über eine kleine Bühne verfügte. Der Raum war auf dem besten Weg in die Ramschigkeit, für uns jedoch war er perfekt. Während der Probe wurde nur Wasser getrunken, doch nach der Probe ein Bierchen nebenan im *Sauerbier,* dazu ein bisschen quatschen, anschließend mit dem Fahrrad zurück – viel besser ging es eigentlich nicht.

Auf Franses Frage folgte allgemeines Gemurmel, ein paar Leute waren schon auf dem Sprung, Manuel und Christian schoben das E-Piano zurück an seinen Platz.

„Kommst du ausnahmsweise mit?", Franse wandte sich jetzt direkt an unseren Chorleiter. „Abschiedsbier vor den Herbstferien?"

„Leider nicht", Manuel zog seine Lederjacke an und griff sich den Helm. „Morgen geht's in den Urlaub, da muss ich noch ein bisschen was tun."

Plötzlich stand Frauke neben mir, meine mollige Lieblingschorschwester. „Und? Wie ist es mit dir?"

Ich nickte. „Klaro. Zwei Wochen Ferien. Vierzehn Gründe zu feiern."

Zehn Minuten später hatte sich der harte Kern im *Sauerbier* eingefunden und besetzte den Stammtisch. Svenja, die immer sehr weitschweifig erzählte, berichtete en détail vom geplanten Urlaub, so dass Frauke mich irgendwann in ein Zweiergespräch zog.

„Bei euch alles okay?"

„Gute Frage. Mein Sohn spricht von morgens bis abends von einer Vespa, meine Tochter liebt ihr Handy mehr als uns, unser Oldie-Hund pupst den ganzen Tag vor sich hin – ja, ich würde sagen: alles okay." Ich nahm einen Schluck von meinem Landbier.

Frauke lächelte mild. „Vespas finde ich super und was das Handy-Problem angeht – da stehst du nicht allein."

Ich nickte. Frauke war Psychologin. Psychotherapeutin mit Medizinstudium, um genau zu sein. Sie hatte mit Jugendlichen zu tun, die mit sechzehn statt um Partys um ihren Selbstmord kreisten. Die magersüchtig waren oder unter Zwängen litten. Dagegen waren unsere familiären Probleme tatsächlich ein Pups.

„Alles paletti", versicherte ich. „Und bei dir?"

Frauke erzählte oft von ihrer Arbeit in der Praxis. Sie war nicht liiert, vielleicht taten auch ihr unsere Donnerstagabende gut.

Ein Bier später war ich immer noch mit ihr im Gespräch, als es plötzlich in meiner Hosentasche brummte. Ich hatte das Handy nach der Probe wieder angemacht, weil die Kinder allein zu Hause waren, naja, „Kinder" – Marie war siebzehn, Paul fünfzehn.

„Moment mal!" Ich zog mein Handy heraus. Eine Nachricht von Kerstin. *„Hi Vincent! Ist Manuel schon los? Wollen noch die Fahrräder auf den Gepäckträger laden, ich erreiche ihn nicht."*

Ich sah auf die Uhr. Manuel war vor über einer halben Stunde losgefahren, hatte er auf dem Heimweg noch etwas zu erledigen gehabt?

„Alles gut?", Frauke sah mich fragend an.

„Meine Kollegin, Manus Frau."

Einen Moment überlegte ich, was ich Kerstin antworten könnte. *„Kommt bestimmt gleich"*, schrieb ich zurück.

„Ich wollte nochmal wegen des Chornamens fragen", sagte plötzlich Gerlinde laut in die Runde. Jemand stöhnte, der Chorname war ein Dauerbrenner, irgendwie kamen wir da nicht voran. „Denn solange wir mit dem Namen nicht klar sind, können wir auch keine Shirts drucken lassen."

Ich persönlich fand, dass das Fehlen von Chor-Shirts noch deutlich hinter Pupsproblemen eines im Hause lebenden Mischlingshunds rangierte, aber ich hielt mich zurück. Für andere Sänger schien das Chor-Shirt eine Überlebensfrage zu sein.

„Vincents Vorschlag war doch super", Svenja lächelte mich an.

„*Chornetto* ...", Gerlinde schüttelte unwillig den Kopf, „das klingt unseriös."

„Wir *sind* unseriös", witzelte Franse. „Wenn wir das *Ave Maria* singen, denkt man, da ruft jemand seinen Hund."

Svenja prustete los. „Und bei *Aber bitte mit Sahne* hört es sich an, als hätten wir tatsächlich Kuchen im Mund."

Es wurde eine Weile diskutiert, die alten Namensvorschläge zum hundertsten Mal aufgesagt und wieder verworfen. *Da Capo* zu künstlich, *Sing mit* zu banal. *In Takt* gefiel vielen – außer Gerlinde natürlich.

„Was schwebt eigentlich dir vor?", wandte Franse sich irgendwann direkt an sie. „*Cäcilia Sangeslust* oder *Gemischter Chor Liederkranz?*"

Allgemeines Gejohle. Ich sah auf die Uhr, wenn ich jetzt nicht ging, würde ich es am nächsten Tag bitter bereuen, letzter Schultag hin oder her.

Just als ich meinen Deckel griff, klingelte mein Handy. Kerstin!

„Hallo Kerstin!" Noch während ich mich vom Tisch wegbewegte, merkte ich, dass etwas nicht stimmte. Ein komisches Rauschen im Hintergrund, Windgeräusche wahrscheinlich, und gleichzeitig ein Schluchzen oder Japsen. Bei mir zog sich alles zusammen. „Kerstin, was ist los?"

Keine Antwort, nur weiter all diese Geräusche, vor allem dieses furchtbare Geheul.

Plötzlich stand Frauke neben mir. Ich hatte zu laut gesprochen.

„Kerstin, wo bist du?", versuchte ich es weiter. „Ist was mit Manu?"

Sie schluchzte etwas, ich meinte etwas wie „Motorrad" zu hören.

„Hat Manu einen Unfall gehabt?"

„Ja ... ", wieder Unverständliches, dann allerdings ein Wort, das ich verstand, „... toot."

Mir wurde flau. „Kerstin, sag, wo du bist!"

„... Hause ... uns auf dem Weg ...""

„Hast du den Notruf gewählt?" Ich schrie inzwischen mehr, als dass ich sprach. Kerstins Antwort war nicht richtig verständlich, ich hoffte auf ein „ja". „Ich komme!", brüllte ich in den Hörer. „Ich komme zu dir nach Hause."

Als ich hochblickte, starrten acht entsetzte Augenpaare mich an. Nur Frauke, die neben mir gestanden hatte, packte geistesgegenwärtig ihre Handtasche. „Ich fahre", ordnete sie an, „du bist ja ohne Auto."

„Was ist denn los?", Svenjas Alt-Stimme war plötzlich Sopran.

„Ich weiß nicht genau", paralysiert legte ich meinen Deckel auf den Tisch, „aber möglicherweise ist Manuel – tot."

3

Frauke fuhr einen Mazda MX5, schnittige Autos waren ihre Passion. Schnittig fuhr sie dann auch. Ich hatte Probleme, mein Handy zu bedienen.

„Willst du einen Krankenwagen rufen?", fragte sie mit einem Seitenblick.

„Sicherheitshalber." Der Notruf ging schon durch. Abgehackt sagte ich alles, was ich wusste. Das war nicht viel. Wahrscheinlich ein Unfall. Wahrscheinlich auf der Zufahrtstraße zu Kreuzers Haus, das in der Pampa lag, aber wegen der Nähe zu „Beckers Hof" allgemein bekannt war. Rund um den ehemaligen Bauernhof ging man spazieren, dort joggte man, dort fuhr man lang, wenn man den Weg über die Bundesstraße abkürzen wollte.

„Hier ist schon was reingekommen", sagte die Stimme. „Die Kollegen sind vor Ort."

„Dann ist gut", sagte ich. Was für ein Quatsch.

Ich sprach auch noch meiner Frau Alexa auf die Box. Dass ich nicht wusste, wann ich nach Hause kommen würde. Dass ein Unfall passiert war. Dass sie sich keine Sorgen machen musste. Wieder nur Quatsch.

Frauke bog jetzt in den schmalen Teerweg ein, der vom Wohngebiet zu Kreuzers Fachwerkhaus führte. Straßenlaternen gab es hier nicht, der Weg führte durch Felder und war kurvig und eng. Frauke reduzierte das Tempo, ab jetzt mussten wir hinter jeder Wegbiegung mit allem rechnen. Es dauerte noch einen knappen Kilometer, bis wir das Blaulicht sahen. Hinter einer Kurve versperrte ein Polizeiwagen den Weg. Ein weiterer schien von der anderen Seite die Unfallstelle zu sichern, dazwischen Kranken- und Notarztwagen.

Das stumm rotierende Blaulicht der Fahrzeuge sorgte für einen gespenstischen Effekt, er lag in einem krassen Widerspruch zu der Stille, die den nächtlichen Schauplatz umgab. Unwillkürlich suchten meine Augen nach Hinweisen auf das, was hier passiert war. Und tatsächlich: Zwischen den Autos, etwa zwanzig Meter von uns entfernt, waren zwei Scheinwerfer aufgestellt, die den Weg beleuchteten. Was genau sie fokussierten, konnte ich nicht erkennen, der Krankenwagen versperrte die Sicht.

„Mein Gott!", entfuhr es Frauke. Ich hatte eine Ahnung, was sie empfand. Das Ganze sah nicht nur gespenstisch, sondern hoffnungslos aus. Es gab wenig Bewegung, offenbar wurde nirgendwo um ein Leben gekämpft. Beklommen öffneten wir die Autotüren und krochen aus dem Wagen.

Mit schnellen Schritten kam jetzt ein Polizeibeamter auf uns zu, ein junger, blasser Kerl. „Sie müssen zurück", sagte er heiser.

„Wir haben einen Anruf bekommen", hielt ich dagegen. „Von meiner Kollegin. Ich glaube, es ist ihr Mann, der –" Ich machte eine vage Kopfbewegung zu den Scheinwerfern hin.

Der Polizist war zumindest verunsichert. „Moment mal!" Er lief zurück zu seinen Kollegen und beriet sich. Dann ging man zum Krankenwagen hinüber. Frauke und ich blieben beim Auto stehen und sahen uns nach Kerstin um. War sie hier?

Schließlich kam der Polizist zurück. „Kommen Sie mal mit!", sagte er gepresst. „Die Ärztin will Sie sprechen."

Eigentlich waren es nur ein paar Schritte, aber meine Beine waren so schwer, dass ich das Gefühl hatte, ich käme nicht vom Fleck. Mit Macht versuchte ich den Blick abzuwenden, von den Scheinwerfern, von dem Weg, aber es ging nicht. In ein paar Metern Entfernung sah ich jetzt das Motorrad liegen, mitten auf dem Weg, der Motorradscheinwerfer war irrigerweise noch an, ein Stück davor eine leblose Gestalt. Alles in mir krampfte sich zusammen. War das tatsächlich Manuel? Manuel, der eben noch mit uns gesungen hatte?

Jemand zog mich weiter – Frauke, die mein Zögern bemerkt und mich am Arm gepackt hatte. Wir folgten dem Polizisten zum Krankenwagen. Dort saß hinten auf der Fahrzeugkante in eine dicke Wolldecke gehüllt Kerstin, neben sich einen Sanitäter, der gerade eine Blutdruckmanschette entfernte. Davor hockte jemand, die Ärztin wahrscheinlich. Als sie uns kommen sah, stand sie auf und grüßte. „Sie sind Freunde von Frau Kreuzer?"

Ich nickte benommen.

„Hauschild", hörte ich Frauke sagen. „Ich bin Kollegin."

Die Ärztin schien überrascht, positiv überrascht. Ein bisschen von ihrer Anspannung löste sich auf. „Gut, dass Sie da sind! Frau Kreuzer hat einen Schock, ich habe ein leichtes Sedativum verabreicht. Sie ist kreislaufstabil, ich denke, es wäre sinnvoll, sie jetzt nach Hause zu bringen. Sie wohnt ja da drüben." Die Ärztin zeigte in die Richtung, in der man tatsächlich in einiger Entfernung das Wohnhaus erahnen konnte, zumindest waren einige Lichter zu sehen.

„Ich bleibe hier!", Kerstin sprach undeutlich, hob jetzt aber den Kopf und etwas tat sich in ihrem benebelten Gesicht. „Vincent", sagte sie, doch im selben Moment krampfte sich alles zusammen, als sei ihr eingefallen, warum ich da war. „Manu", sagte sie verzweifelt, „Manu."

Ich hockte mich hin, da wo eben noch die Ärztin gehockt hatte, und nahm ihre Hände, sie waren eiskalt. „Kerstin", sprach ich sanft auf sie ein, „wir sind jetzt hier, alles wird gut."

Ihre Reaktion war ein wildes Kopfschütteln. Vielleicht war es das Beruhigungsmittel, vielleicht war es der Schock, der die Bewegung so unkoordiniert aussehen ließ. „Kein Unfall", krächzte sie heiser, „Manu … kein Unfall."

Ich war verwirrt, wollte nachfragen, als mir plötzlich jemand auf die Schulter tippte. Frauke, die wie paralysiert schien. Ich richtete mich auf, versuchte ihrem Blick zu folgen. Sie fixierte etwas in der Nähe der Scheinwerfer, die Bäume am Wegrand, wenn ich mich nicht täuschte.

„Ein Draht", ihr Flüstern enthielt blankes Entsetzen. „Da hat jemand einen Draht über die Straße gespannt. Manuel wurde – geköpft!"

4

Es dauerte, bis wir endlich das Haus der Kreuzers erreichten. Kerstin hatte nicht weggehen wollen. „Wir können doch Manu nicht hierlassen", hatte sie immer wieder gesagt.

Irgendwie hatten wir sie dann doch in den Krankenwagen bekommen, ich war mitgefahren, Frauke hatte ihren Mazda genommen. Während des Rangierens auf dem engen Weg waren noch weitere Fahrzeuge eingetroffen, Kriminaldauerdienst, Kripo, irgendetwas in der Art.

Nun waren wir endlich zu Hause, die beiden Sanitäter führten Kerstin ins Haus. Frauke stürzte schon hinterher, ich hielt einen Moment inne, als ich Kreuzers alten Kombi und den Fahrradständer sah. Kerstin hatte schon einiges zurechtgestellt, sogar die Räder. Wenn Manuel nach Haus gekommen wäre, hätten sie im Licht der Außenleuchte alles montiert und wären am nächsten Tag in Urlaub gefahren. Wenn denn nicht ein Verrückter diesen Draht gespannt hätte! Ich griff nach meinem Handy und wählte die Nummer von Max.

Max war mein bester Freund, seitdem ich vor fast zwanzig Jahren von Köln ins Sauerland gezogen war. Damals war er noch Taxifahrer gewesen, inzwischen schon seit Ewigkeiten bei der Polizei, bei der Hagener Mordkommission genauer gesagt.

Max ging nicht dran, kein Wunder um diese Zeit. Ich sprach ihm gerade auf die Box, als Frauke nach draußen trat. „Kannst du mal kommen? Es geht um die Kinder."

Drinnen im Flur waren die Sanitäter auf dem Sprung. „Sie haben ja die Nummer von Frau Dr. Meisner", sagte der eine. „Wenn irgendetwas ist, kommt sie bestimmt noch mal raus."

„Und wir natürlich auch", sagte der andere schnell. „Notruf geht immer."

„Wir kommen schon zurecht", meinte Frauke.

Ich warf einen Blick ins Wohnzimmer, einen gemütlichen Raum mit alten Balken und schönen Möbeln. Kerstin lag auf dem Sofa, wieder in eine dicke Decke gehüllt. Vor ihr auf dem Couchtisch stand ein Glas Wasser, unberührt, wie mir schien. Kerstin hatte die Augen geöffnet und starrte vor sich hin. Sie konnte noch immer nicht weinen.

„Na dann", die Sanitäter verschwanden.

„Na dann", sagte auch Frauke, aber zu mir. Und dann im Flüsterton: „Kennst du die Kinder?"

„Eigentlich nur vom Erzählen. Das Mädchen, Franziska, ist gerade in Chile, im Rahmen eines sozialen Projekts. Der Junge studiert in Freiburg Musik." Ich überlegte. „Kann man sie nicht morgen früh informieren?"

„Auf keinen Fall. Wenn irgendwer da langfährt und die Unfallstelle fotografiert, ist das ruckzuck im Netz. Dann schreibt ihnen jemand *Ist das nicht bei euch um die Ecke?* und die Katastrophe ist da. So ähnlich hat ein Elternpaar hier in der Gegend vom Unfalltod seiner zwei Söhne erfahren. Glaub mir, Vincent, lieber direkt benachrichtigen und nicht warten, bis die Polizei die Zeit dafür findet."

Ich nickte. Frauke war Profi. „Was schlägst du vor?"

„Wer hat das getan?"

Kerstins Stimme aus dem Wohnzimmer, Frauke und ich eilten zu ihr. Kerstin hatte ihre Position nicht verändert, aber sprach leise vor sich hin.

„Warum macht einer sowas?"

Vorsichtig setzte ich mich auf die Sofalehne an ihrem Kopf. „Ja, das ist nicht zu verstehen."

„Ich stelle mir das immer wieder vor", Kerstin wandte mir den Kopf zu. „Was meinst du? Hat Manu lange gelitten?"

„Das glaube ich nicht. Ich denke, es war ein schneller, schmerzloser Tod."

Kerstin schien darüber nachzudenken. Schließlich wandte sie sich wieder an mich. „Weißt du, was das Schlimmste ist, Vincent? Bevor er losgefahren ist, haben wir gestritten!"

Ich machte keinen Einwand, sprach keine beruhigenden Worte, ließ sie einfach erzählen.

„Immer muss ich alles packen, habe ich gesagt. Immer bin ich zuständig. Warum mache ich immer alles allein."

Der alte Konflikt. Kerstin hatte mir davon schon in der Schule berichtet. Sie machte eine volle Stelle, wuppte den ganzen Haushalt und fühlte sich von Manuel zu wenig unterstützt.

„Wir wollten schon heute Nachmittag die Fahrräder aufpacken, aber dann war Manu plötzlich am Keyboard beschäftigt. Ich war stinksauer und habe ihn angeschrien, dass wir das nun am späten Abend machen müssen. Und dass er nach der Probe bloß direkt nach Hause kommen soll. So sind wir auseinandergegangen."

Ich wusste nicht, was ich sagen sollte, sah zu Frauke hinüber, die schweigend am schwarzen Klavier lehnte.

„Und natürlich *ist* er nach der Probe direkt nach Hause gefahren, ich habe ihm ja gar keine Wahl gelassen. Nur deshalb ist er in den Draht gerast!"

„Das stimmt nicht", versuchte ich sie zu trösten. „Die Straße ist kaum befahren. Das wäre auch eine Stunde später passiert."

Kerstin schüttelte fahrig den Kopf. „Aber wer macht sowas?"

„Tja", sagte ich leise, „das genau ist die Frage."

5

Max saß im Auto und wartete, dass seine Schmerztablette wirkte. Die halbe Nacht hatte er sich mit Kopfschmerzen im Bett herumgewälzt. Morgens nach dem Aufstehen wurden die Schmerzen normalerweise besser, heute allerdings brauchte er eine Extraportion. Er musste dringend zum Arzt.

Vielleicht hatte ja Vincents Nachricht zu viele Neuronen gleichzeitig in Gang gesetzt. Er hatte sie morgens beim Rasieren gehört und dann abrupt den Stecker gezogen, um bloß kein Wort zu verpassen. Jetzt saß er hier in seinem Auto und überlegte, wie er am besten vorgehen sollte. Einfach fragen, ob er in die Ermittlungsgruppe durfte? Sagen, dass er gern in seiner Heimatstadt ermitteln würde? Oder einfach abwarten?

Noch auf dem Weg ins Gebäude war er unschlüssig, bis ihm auf der Treppe Basti entgegenkam. „Schröder sucht dich", meinte er kauend.

Max nahm die nächste Stufe schneller. Das mit Schröder klang gut. In dessen Team fehlten derzeit ein paar Leute, vielleicht rutschte er auf diesem Wege in die Ermittlungsgruppe hinein.

Er erwischte Schröder, als der gerade aus Silke Brandners Büro kam.

„Max", sagte er. „Bist du verfügbar?"

„Klar!", antwortete Max ein bisschen zu schnell.

„Eine üble Leichensache. Einen Motorradfahrer hat es

per Drahtfalle vom Sattel rasiert."

„Wahnsinn", sagte Max und machte die Beckerfaust in seiner Tasche.

Eine Stunde später saßen sie zu siebt im Besprechungszimmer. Max freute sich, dass er dabei war, trotzdem fühlte er sich ein klein bisschen fremd. Die Leute aus seinem eigenen Team – Ina und Jan, Marlene und Nenad – waren ihm so vertraut, dass er von jedem hätte sagen können, was er sich aus der Colorado-Tüte nahm. Die Kollegen in der „Ermittlungsgruppe Biker" kannte er zwar, aber zugegebenermaßen nicht besonders gut.

Am vertrautesten war ihm vielleicht noch Arnold Geizmann, der Kollege mit dem immergleichen Rollkragenpulli und dem braunen Vollbart. Er war wegen seiner Kollegialität sehr geschätzt. Max hatte ihn mal hinzugezogen, als er bei einer Internetrecherche nicht zurechtgekommen war. Arnold war Experte auf dem Gebiet.

Silke Brandner war ihm zumindest sympathisch. Eine patente Outdoor-Frau um die vierzig, die im Sommer gelegentlich in Klettersandalen zum Dienst kam. Max hatte sich in der Cafeteria mal mit ihr über Immobilienpreise im Sauerland unterhalten.

Gerd Busche wirkte für seine fünfzig Jahre sehr behäbig, doch Max wusste, dass das durchaus eine Qualität sein konnte. Leute, die nur herumhektikten, kriegten oft nichts auf die Reihe.

Dann ein neuer Kollege, Max kannte nur den Vornamen. Robin kam aus dem KK 23, Schwerpunkt Glücksspiel, und saß wahrscheinlich zum ersten Mal in einer Mordkommission. Der junge Kerl war um die zwei Meter groß, ein Basketballer-Typ mit knallroten Turnschuhen.

Auch über Schröder, den Leiter, konnte Max nicht viel sagen. Ernst, zielstrebig, ergebnisorientiert. Max war gespannt auf seine Führungsqualitäten, seine Chefin Marlene hatte mal über ihn gemotzt, aber das musste nichts heißen.

Vorn am Laptop saß Piet vom Kriminaldauerdienst, der Arme hatte bestimmt keine Minute geschlafen. Wenn er gleich mit seinem Bericht durch war, würde er sicher verschwinden.

„Die Straße ist keine Anwohnerstraße", erklärte er gerade, „also zumindest nicht in der Woche. Also, am Wochenende und bei Krötenwanderung ist sie für alle außer Anwohner gesperrt, aber in der Woche gibt's Durchgangsverkehr, besonders im Sommer."

Max versuchte zu folgen.

„Hier ist ein Kartenausschnitt", Piet klickte auf seinem Laptop etwas an. Per Beamer erschien auf der Wand ein kurviger Weg, der zu einem Hof führte. Auf halber Strecke ein kleineres Gebäude, das mit einem Kreuz gekennzeichnet war. „Das Wohnhaus des Opfers", sagte Piet, „und hier ist der Tatort."

Er klickte und ein weiteres Kreuz erschien, etwa dreihundert Meter vom Wohnhaus entfernt. „Tatort Biker", war es markiert. Max brauchte nicht lange, um sich zu orientieren. Er kannte die Ecke verdammt gut, vor allem „Beckers Hof", den Bauernhof, der dort eingezeichnet war. Zu seiner Schulzeit wurden im Hühnerstall des Hofes die besten Feten gefeiert.

„Der Draht wurde auf 1,50 Meter Höhe zwischen zwei Bäume gespannt und zwar mit herkömmlichem Befestigungsmaterial aus dem Baumarkt. Den Motorradfahrer hat es exakt auf Halshöhe erwischt. Er trug dort nur ein Halstuch, kein Leder. Der Draht hat ihm quasi die Kehle durchschnitten, gleichzeitig wurde er durch den Widerstand von der Maschine geschleudert und ist auf den Rücken geknallt. Zumindest glaubte das die Ärztin vor Ort."

„Der Kopf war aber nicht abgetrennt?", fragte Arnold total sachlich. Max' Blick fiel auf Robin, der bei der Frage das Gesicht verzogen hatte.

„Nein, aber ein tiefer Schnitt, das hat gereicht."

„Okay", sagte Schröder. „Piet, vielen Dank. Schaffst du noch ein paar Fragen?"

„Wie sehe ich denn aus?" Er machte eine Grimasse.

„Wie ein Zombie – also wie immer."

Ein paar Leute lachten. Piet verzog gleich nochmal das Gesicht.

„Ist der Erkennungsdienst schon durch?"

„Die sind noch beschäftigt, deshalb ist die Straße gesperrt. Die Hofbewohner kommen ja noch auf anderem Wege vom Hof."

„Irgendetwas über den Draht?"

„Ist in der KTU. Keine Ahnung bislang."

Plötzlich öffnete sich ohne Klopfen die Tür und Vera schneite herein, Sekretärin, guter Geist, alles auf einmal.

„Was gibt's?", fragte Schröder.

„Eingang der Dienststelle Sundern, scheint wichtig zu sein." Vera legte Schröder ein Blatt hin. Alle sahen gespannt zu den beiden hin.

„Eine Drahtfalle bei denen im Wald", erklärte Vera, während Schröder noch las. „Der Draht wurde offenbar von einem Auto durchtrennt. Jedenfalls hängen die Enden da an zwei Bäumen herunter."

„Scheiße!", Schröder lehnte sich nach hinten und klopfte nervös mit seinem Kuli auf den Tisch. „Dann ist das möglicherweise nicht die letzte Falle gewesen."

6

Ich hatte unserer Schulleitung in aller Frühe eine Nachricht geschrieben, nur um sie eine Minute später in der Leitung zu haben. Man war geschockt, natürlich war man geschockt, und wir verabredeten, bezüglich Kerstins Fehlen vorerst nur „von familiären Gründen" zu sprechen. Genauso hatte ich es auch beim Frühstück mit meinen Kindern gehalten. Marie hatte bei „Frau Kreuzer" Mathe, Paul kannte sie zumindest vom Sehen. Die beiden mussten sich vor den Ferien nicht noch mit einer Sensationsmeldung hervortun.

Als ich auf dem Lehrerparkplatz das Auto verließ, bildete ich mir ein, eine gedämpfte Stimmung zu spüren. Zwei Schüler saßen auf einer Bank und unterhielten sich leise, ansonsten war wenig los, die erste Stunde in vollem Gange.

Im Schulgebäude die übliche Arbeitsatmosphäre. Aus den Klassenräumen waren halblaut Stimmen zu hören, gelegentlich ein Lachen oder Husten – ein bisschen wie in einer Unterwasserwelt.

Vielleicht, so kam es mir in den Sinn, würde mir das einmal fehlen. Bei allem Ärger über Qualitätsanalysen, Bürokratismus und Verwaltungseinmischung – das Arbeiten mit jungen, unbeschwerten Menschen war verdammt schön.

Es waren diese tiefen Gedanken, die mich unaufmerksam machten, vielleicht auch das nächtliche Drama und mangelnder Schlaf. Eigentlich war ich in Sachen Schwester Gertrudis sehr auf der Hut – heute allerdings lief ich ihr direkt in die Arme. Gertrudis, eine von vier Ordensschwestern, die noch auf dem Schulgelände lebten, war mit ihrem Rollator unterwegs.

„Guten Morgen, Herr Vincenz!", begrüßte sie mich. Ich verbesserte sie nicht, für Schwester Gertrudis war „Herr Vincenz" eine spezielle Form des Du. Stattdessen begutachtete ich ihr Rollatorkörbchen, es war wie immer voll mit Papier.

Während Gertrudis früher im Sekri den Papierkram bearbeitet hatte, war sie heute mit dem Sammeln desselben beschäftigt. Genauer: Sie spürte Papier auf, das illegalerweise im Restmüll gelandet war. Regelmäßig brachte sie ihre Beute zu einem papierverarbeitenden Betrieb, der aus Nächstenliebe oder Bedrängnis viel zu hohe Preise dafür zahlte. Diese Einnahmen spendete Schwester Gertrudis für einen guten Zweck. Allerdings brachte die Nonne das Papier nicht selbst zur Fabrik, wie auch, sie fuhr ja kein Auto, stattdessen *ließ* sie es bringen. Genau deshalb war man immer auf der Hut.

„Herr Vincenz, Sie fahren in den Ferien nicht in Urlaub?"

„Doch", beteuerte ich, „mit meiner Familie nach Holland."

„Aber erst in der zweiten Woche."

Woher wusste sie das? Hatte ich versehentlich einen privaten Zettel im Restmüll entsorgt?

„Das stimmt", murmelte ich.

„Dann hätten Sie nächste Woche Zeit?".

„Nein", sagte ich. Ich hatte schließlich Ferien.

„Ja", sagte ich. Schwester Gertrudis war alt.

„Also ja", fasste Schwester Gertrudis zusammen.

„Worum geht's?", fragte ich nach.

„Um das Papier."

Um das Papier. Natürlich ging es um das Papier. Es ging ja immer um das Papier. Letztens war Schwester Gertrudis während der QA-Hospitation mit ihrem Rollator in eine Klasse gerollt, hatte vor den Augen der Prüfer seelenruhig den Papierkorb geleert und war mit vier zerknüllten Blättern in ihrem Körbchen wieder aus dem Unterricht gerollt. Das hatte ich lustig gefunden.

„Ich bräuchte etwas Hilfe mit meinem Papier."

„Können Sie dafür nicht ein paar Schüler –?"

Früher hatten Schüler als Ordnungsmaßnahme im schuleigenen Park arbeiten müssen, heute wurden sie fast ausschließlich zu Gertrudis' Müllsortierung gebraucht.

„In den Ferien geht das nicht", sagte Schwester Gertrudis.

„Und bei mir geht das?", fragte ich nach. Es sollte ein Spaß sein.

„Haben Sie ja gerade gesagt", Schwester Gertrudis verstand keinen Spaß. „Am Montag um zehn? Dauert höchstens zwei Stunden."

„Am Montag um zehn." Ich gab jeden Widerstand auf.

Ferien waren ja eigentlich keine Ferien. Ferien waren ja nur unterrichtsfreie Zeit. Also dann, Montag um zehn.

7

„Wir brauchen eine Karte vom gesamten Sauerland", meinte Schröder in das allgemeine Gemurmel hinein. Arnold fing auf seinem Laptop gleich an zu suchen.

„Wo genau wurde denn die zweite Drahtfalle entdeckt?", erkundigte sich Silke. Klar, die Kollegin wohnte in einem Bungalow an der Sorpe, Stadtgebiet Sundern.

Schröder rückte sich die Brille zurecht und studierte den Mail-Ausdruck, den Vera ihm hingelegt hatte. „Ochsenkopf", sagte er irgendwann stirnrunzelnd, als sei das ein unappetitliches Fleischgericht.

„Ja klar", Silke seufzte. „1a-Motorradstrecke, da gibt's jedes Jahr Ärger."

„Von dort bis zu unserem Tatort dürften es fünfzwanzig Kilometer sein", schätzte Max. Er war ja nicht umsonst früher Taxi gefahren.

„Ihr beide kennt euch ja mächtig gut aus", feixte nun

Gerd. „Geht ihr da gelegentlich gemeinschaftlich wandern?"

Irgendjemand lachte, die anderen gähnten nur müde.

„Fünfundzwanzig Kilometer", ging Schröder darüber hinweg. „Heißt das, wir haben es im Sauerland flächendeckend mit Fallen zu tun?"

Keiner antwortete, wie auch? Der Tag würde es zeigen.

„Wir sollten eine Pressemeldung herausgeben", meinte Max, „für den Fall, dass es weitere Drahtfallen gibt."

Bevor jemand antworten konnte, klopfte es wieder. Alle dachten dasselbe: Da war sie, die nächste Meldung. Aber falsch, die Staatsanwaltschaft stand vor der Tür. In Form von Rebecca Sterner-Leiss. Eine Frau Mitte vierzig, stylish, sehnig, taff. Max hatte noch nie mit ihr zusammengearbeitet, aber sie hatte einen Ruf.

„Holla", sagte Schröder und stand auf, um ihr die Hand zu schütteln. „Mir war Frau Evers angekündigt worden."

„Das wäre mir auch deutlich lieber gewesen", Sterner-Leiss wirkte angesäuert. „Ich habe ab Montag Urlaub. Den kann ich mir nun klemmen."

„Oh, tut mir leid", Schröder stand etwas unbeholfen herum.

„Können Sie ja nichts für", Sterner-Leiss zog sich einen Stuhl heran. „Ich komme gerade vom Tatort und dachte, ich schaue mal eben herein. Wie ist der Stand?"

Schröder referierte die nächtliche Leichensache und dass es einen neuen Fund gab. Arnold hatte im Internet endlich eine Karte gefunden und markierte dort den „Ochsenkopf". Per Routenplaner ermittelte er die Distanz, während Schröder sprach. Sechsundzwanzig Kilometer zwischen *Tatort Biker* und *Ochsenkopf*. Max gratulierte sich heimlich zu seiner Schätzung.

„Na toll", stöhnte die Staatsanwältin, nachdem Schröder geendet hatte. „Haben wir es da mit der Anti-Motorrad-Liga zu tun?"

„Ich wohne in Sundern", griff Silke das auf. „Der Motor-radlärm ist dort eine große Belastung und immer wieder ein Thema."

„Das Problem ist mir bekannt", Sterner-Leiss nickte. „Ich wohne in Hüsten."

„Oh, eine Sauerland-Kommission", Arnold lehnte sich zurück. „Darf ich dann überhaupt mitmachen? Ich komme aus Dortmund."

„Kommt darauf an, wie Sie sich anstellen", retournierte Rebecca Sterner-Leiss furztrocken, Max gefiel ihr Humor.

„Wir sprachen gerade über eine Pressemeldung", kam Schröder aufs Thema zurück. „Möglicherweise gibt es weitere Fallen. Wenn etwas passiert und nachher heraus-kommt, dass wir Hinweise hatten, macht uns die Presse einen Kopf kürzer."

Max schaute sich um, ob jemand auf das makabre Wort-spiel reagierte. Nur Sterner-Leiss schien es überhaupt be-merkt zu haben, sie hatte eine Augenbraue gehoben. „Ich denke, es ist vor allem in *unserem* Interesse, dass niemand in eine solche Falle gerät."

Max freute sich. Die ständige Argumentation, was die Medien mit einem machten, wenn dieses oder jenes pas-sierte, kotzte ihn an. Wenn Schröder als Ermittlungsleiter nicht klar war, dass per se nicht noch jemand abrasiert wer-den durfte, saß er auf dem falschen Stuhl.

„Wollen wir uns kurz zusammensetzen?", lenkte die Staats-anwältin ein. „Vielleicht kann die Gruppe ja eine Pause ge-brauchen und wir gehen kurz die Pressemeldung durch."

Am Ende dauerte die ganze Sitzung sehr lange. Erst zwei Stunden später war die Marschrichtung klar und jede Auf-gabe verteilt.

Max und Silke würden Kontakt zur KTU halten, die Spu-renauswertung im Auge behalten und sich um den Draht kümmern. Schröder und Robin würden zum Wohnhaus der Kreuzers fahren, den Tatort in Augenschein nehmen und mit den Angehörigen sprechen. Arnold war mit der Auskundschaftung der Motorradlärm-Gegner betraut. Gab es da militante Aktivisten? Stand etwas im Netz?

„Wenn ich nicht irre, hat es schon früher einmal solche Drahtfallen im Sauerland gegeben", nahm ihn Schröder in die Pflicht. „Bitte recherchier das!"

Gerd übernahm das Anfordern von Telefonlisten, die Hinweise aus der Bevölkerung und die Aktenverwaltung, er hatte ja gerade schon protokolliert.

„Eine Kleinigkeit noch", sagte Rebecca Sterner-Leiss zum Schluss. „Ich habe mich um diesen Fall nicht gerissen, das ist wohl deutlich geworden. Zum einen, weil ich ab Montag Urlaub habe – aber noch aus einem anderen Grund. Der Motorradfahrer, der in die Drahtfalle gerast ist, ist mir bekannt. Er ist Chorleiter, in diesem Zusammenhang hatte ich vor Jahren oberflächlich mit ihm zu tun. Als Chormitglied sozusagen."

Max nahm wahr, wie zwischen Arnold und Piet geflüstert wurde. Er hatte eine Ahnung, warum. Rebecca Sterner-Leiss machte nicht den Eindruck, als ob sie in einem Chor sänge. Sie machte den Eindruck, als ob sie überhaupt kein Privatleben hätte.

„Sollte irgendwann irgendwo irgendwer auf meinen Namen stoßen, was sehr unwahrscheinlich ist, da wir es hier offenbar mit einem kranken Motorradhasser zu tun haben, sei er oder sie vorgewarnt. Ich habe den Chef gebeten, jemand anderen mit diesem Fall zu betrauen. Diesem Wunsch wurde leider nicht nachgegeben. Danke dafür, sage ich mal. Ansonsten schönen Tag noch allerseits."

Alle saßen wie versteinert da und brauchten einen Moment, um sich zu lockern. Es war nicht üblich, dass man den Oberstaatsanwalt kritisierte. Vor allem hätte es man einer so ehrgeizigen Mitarbeiterin wie Rebecca SL nicht zugetraut. Max wurde ein Fan.

„Nichts für ungut", sagte er im Rausgehen zu ihr, „ich bin auch persönlich involviert: Ich kenne den Mann, den die Witwe des Opfers als Ersten informiert hat."

Die Staatsanwältin brauchte einen Moment, um das Gehörte einzuordnen. „Aha", amüsiert hob sie eine Augenbraue. „Dann willkommen im Club. Vielleicht nutzen uns unsere Top-Hintergrundinfos ja noch."

„Vielleicht", sagte Max. Und dann: „Hätten Sie Lust auf einen Kaffee?"

8

Nach der Schule schrieb ich Kerstin eine Nachricht und erkundigte mich, wie es ihr ging. Zu meinem Erstaunen antwortete sie sofort. „Kannst du nochmal kommen?"

Ich fackelte nicht lange. Ich hatte gefragt und wenn ich noch etwas für sie tun konnte, musste ich hin.

Unterwegs kamen mir auf der abgelegenen Strecke zwei Autos entgegen. Waren das Unfalltouristen? Oder die Presse? Garantiert wurde Kerstin bei einem so spektakulären Fall von Reportern überrannt!

Hinter der nächsten Kurve plötzlich eine Frau mit Müllzange und Tüte in der Hand. Sie lief mitten auf dem Weg, ich kam nicht vorbei. Anstatt zu hupen, öffnete ich das Fenster und versuchte mich bemerkbar zu machen. „Wenn Sie mich netterweise vorbeilassen würden?"

Sie schien mich nicht zu hören, sie *wollte* mich nicht hören. Sollte ich jetzt die letzten tausend Meter im Schritttempo hinter ihr herbummeln?

Jetzt hupte ich doch, die Person drehte sich ärgerlich um, rührte sich aber nicht vom Fleck. Wütend stieg ich aus und ging auf sie zu. „Ich muss vorbei", sagte ich ungehalten.

„Aha", erwiderte sie barsch. Eine Frau um die siebzig in froschgrüner Pudelmütze, Gummistiefeln und einem Parka, wie ich ihn vor vierzig Jahren sehr cool gefunden hatte. Ich hätte sie als „etwas schräg" bezeichnet, mein Sohn Paul wahrscheinlich als „völlig verpeilt".

„Dies ist nicht Ihr Privatweg!", konnte ich mich kaum mehr beherrschen.

„Es ist auch nicht *Ihr* Privatweg."

„Stimmt, genau deshalb blockiere ich ihn nicht."

„Wissen Sie, wie viele Arten jedes Jahr in Deutschland aussterben?"

„Viel zu viele, aber ich nehme an, sie wohnen nicht alle hier auf der Straße."

„Dieser Weg sollte geschlossen werden, um Fauna und Flora zu schützen."

„Dann diskutieren Sie das mit der Stadtverwaltung! Aber falls es Sie interessiert: Dahinten steht ein Haus, in dem Menschen wohnen. Einer von ihnen ist heute Nacht tödlich verunglückt –"

„Ich weiß!"

Sie sagte das auf so brüske Weise, dass ich unwillkürlich stutzte.

Mein Gegenüber klapperte indes mit der Müllzange. „Mich wundert es nicht. Nichts kommt von nichts."

Nun war ich ernsthaft irritiert. Lächelte die Frau vor sich hin? Oder war das nur ein – nun ja – verklärter Gesichtsausdruck?

Mit einem Mal wurde ich ganz ruhig. „Wie darf ich das verstehen?"

„Fahren Sie durch!", sagte sie plötzlich schroff.

Ich zögerte einige Augenblicke, dann ging ich zum Auto zurück.

Als ich an ihr vorbei war, sah ich im Rückspiegel, dass sie

mir nachblickte. Müllzange rechts und Tüte links stand sie mit herunterhängenden Armen da und starrte hinter mir her. Die Frau hatte recht, es starben viel zu viele Tierarten aus, aber in einem hätte mein Sohn vielleicht doch richtig gelegen: völlig verpeilt.

9

„Das war Lisa", sagte Kerstin ein paar Minuten später in einer merkwürdig monotonen Sprechweise, die auf weitere Beruhigungsmittel hindeutete. „Sie hält die Gegend hier sauber. Sie ist ein wenig strange."

„Habt ihr öfter mit ihr zu tun?"

Kerstin brauchte ein bisschen für eine Antwort. „Sie wohnt auf Beckers Hof, hat dort eine kleine Wohnung im ehemaligen Pferdestall", Kerstin ruckte mit dem Kopf, als wollte sie andeuten, wo genau dieser Pferdestall lag. „Manu hatte mal Ärger mit ihr, weil sie seine Musik zu laut fand."

„Seine Musik?"

„Naja, während er sein Tonstudio renoviert hat, waren die Instrumente ausgelagert. Er hat hier im Wohnzimmer Schlagzeug gespielt, bei geöffnetem Fenster. Hier draußen interessiert das ja keinen, aber Lisa war unterwegs und meinte, er würde das Gleichgewicht stören."

„Von Fauna und Flora –"

Kerstin nickte fahrig. „Du weißt, was für eine Gutfurt Manu war, aber in diesem Fall reagierte er ausnahmsweise ziemlich erbost und hat mit ihr herumdiskutiert. Am Ende hat er sie praktisch vom Grundstück getrommelt."

Kerstin lehnte sich auf dem Sofa zurück, als hätte diese Erzählung sie gänzlich erschöpft. Wahrscheinlich war das auch so. Ich schwieg, gab ihr die Auszeit.

„Sebastian ist endlich eingeschlafen", sagte sie plötzlich aus den Polstern heraus. „Er war ja die ganze Nacht hierher unterwegs. Ulla hat ihn am Bahnhof abgeholt."

Ich nickte, so langsam hatte ich einen Überblick. Ulla war Kerstins Schwester, die hier wohl gerade den Laden schmiss. Wenn ich Kerstin bei der Begrüßung richtig verstanden hatte, war sie es auch gewesen, die diverse Presseleute abgewimmelt, Kerstin unter die Dusche gestellt und ihr eine Tablette aufgedrängt hatte.

„Es haben ein paar Freundinnen angerufen", sagte Kerstin jetzt, „auch Roswitha und Sandra aus der Schule. Sie wollten vorbeikommen, aber ich kann keine Leute ertragen."

Ich schwieg betreten. Warum war dann ich hier?

„Bei dir ist es was anderes", erklärte Kerstin, als hätte sie meine Gedanken erraten. „Du weißt Bescheid, dir muss ich nichts erklären, du bist drin in der Geschichte."

Als ein Motorgeräusch zu hören war, schreckte Kerstin plötzlich hoch. „Das ist die Polizei", erklärte sie seltsam erregt, „die haben sich angekündigt, ich wollte, dass du dabei bist."

Ich wurde immer unsicherer, davon hatte Kerstin nichts gesagt. Inwiefern war ich „drin in der Geschichte"? Und was, wenn mein Freund Max hier gleich reinschneite? Er hatte mir geschrieben, dass er in der Ermittlungsgruppe mitarbeitete.

Als es klingelte, machte Kerstin keine Anstalten aufzustehen. Ich zögerte kurz, ging dann aber zur Tür. Kein Max, das war schon mal gut. Zwei Männer, einer um die fünfzig, leicht untersetzt und mit markant schwarzer Brille, der andere ein junger Typ, wahrscheinlich keine dreißig. Er war sehr groß und trug rote Turnschuhe.

Der Ältere stellte sich als Achim Schröder vor, seinen Kollegen als Robin Schwarz.

„Ich bin ein Kollege von Frau Kreuzer", erklärte ich, während ich die beiden ins Wohnzimmer führte. „Sie hat mich gestern angerufen, als sie den schrecklichen Fund gemacht hat."

„Verstehe." Der Ältere begrüßte Kerstin mit demselben Vorstellungssprüchlein und kondolierte dann, der Jüngere machte es ihm unbeholfen nach.

„Ich hätte gern, dass Herr Jakobs beim Gespräch dabei ist", meinte Kerstin. „Mir geht es im Augenblick nicht so gut."

Einen kurzen Moment zögerte Schröder, dann setzte er sich hin und nickte. „Ich glaube, es spricht nichts dagegen."

Ich fragte mich, ob man etwas anbieten musste, aber so gut kannte ich mich dann doch nicht aus. Außerdem wollte ich nicht den Eindruck erwecken, ich wäre der Hausfreund.

„Frau Kreuzer, es tut uns leid, was passiert ist. Dennoch haben Sie sicher Verständnis, dass wir Ihnen ein paar Fragen stellen müssen. Sie wollen ja auch, dass –"

„Fangen Sie an!"

Schröder war kurz irritiert. Ich auch. Kerstin wirkte nicht mehr verschwommen, sie wirkte plötzlich sehr klar. Offenbar konnte sie sich zusammenreißen, wenn es darauf ankam, bestimmt ein gutes Zeichen.

„Frau Kreuzer, warum hat Ihr Mann das Motorrad genommen, ich meine, jetzt im Herbst?"

Kerstin blickte mich an, als wollte sie von mir eine Bestätigung, wie dumm die Frage war. Ich versuchte Gelassenheit und Ruhe auszustrahlen.

„Mein Mann ist kein Gut-Wetter-Fahrer, der sonntags irgendwelche Touren macht. Er nutzt das Motorrad als Transportmittel. Bis zu den Herbstferien fährt er damit immer zum Chor, wenn es irgendwie geht."

„Was meinen Sie mit „wenn es irgendwie geht"?"

„Naja", Kerstin wurde ein bisschen ungeduldig, „bei Dauerregen fährt er nicht, aber wenn es ihm halbwegs möglich erscheint, nimmt er das Motorrad."

„Weil er ein solcher Motorradnarr war?"

„Er liebt sein Motorrad, also –", ihre Stimme schwankte ein wenig, „er hat es geliebt, aber es war vor allem ein Fortbewegungsmittel für ihn."

„War Ihr Mann in einem Biker-Club organisiert?"

„Nein!", Kerstin schüttelte so unwillig den Kopf, als wäre allein die Frage abwegig. Schröder sah sich das aufmerksam an.

„Frau Kreuzer, wir haben uns gerade den Tatort angesehen, er ist ja wirklich nicht weit entfernt. Sie haben Ihren Mann selbst gefunden, haben mir die Kollegen gesagt."

Kerstin antwortete nicht. Es gab ja auch nichts zu antworten, dennoch hatte man das Gefühl, dass Schröder auf etwas wartete.

„Warum sind Sie gestern Abend die Straße langgelaufen, Frau Kreuzer?"

Der Polizeibeamte sah Kerstin hochaufmerksam an. Es war fast ein Lauern.

Kerstin schluckte, ihr Blick war gesenkt. „Ich habe gesehen, dass etwas passiert war."

„Sie haben es gesehen?"

Kerstin blickte hoch. „Ich habe irgendwann angefangen, Sachen ins Auto zu packen. Wir wollten ja heute in Urlaub. Ich habe auch die Fahrräder aus dem Schuppen geholt. Als ich das erste zum Auto geschoben habe, ist mir ein Licht aufgefallen."

„Ein Licht?"

„Das Licht von Manuels Motorrad. Er ist ja mit der Maschine gestürzt, aber das Licht war noch an. Das habe ich in der Ferne gesehen. Natürlich wusste ich nicht, was es war. Ich habe nur diesen unbeweglichen Lichtpunkt wahrgenommen. Ich habe dann noch das zweite Fahrrad herangeschoben, da war das Licht immer noch da. In dem Moment habe ich mir Sorgen gemacht und bin losgegangen. So habe ich Manuel gefunden."

Schröder wirkte überrascht. Und nachdenklich. Wahrscheinlich ließ er sich durch den Kopf gehen, ob das rein praktisch hinhauen konnte.

„Man hat freie Sicht", beeilte ich mich zu sagen. „Es liegen ja nur Felder zwischen Unfallstelle und Haus."

Schröder sah mich stirnrunzelnd an. Bestimmt würde er das heute Abend überprüfen.

„Frau Kreuzer, ich muss Ihnen etwas sagen", der Ermittler wandte sich jetzt wieder Kerstin zu, die holte tief Luft.

„Vermutlich haben militante Motorradgegner Ihren Mann auf dem Gewissen. Wir wissen von mindestens einer weiteren Drahtfalle, die in der letzten Nacht gespannt worden ist."

Kerstin schaute ihn ernst an und nickte dann schweigend.

Ich stand auf, ein Kaffee wäre vielleicht doch nicht so schlecht.

10

„Und die Strecke fährst du jeden Tag?", fragte Max und gab nochmal Gas, sie waren zu spät.

„Fünfzig Minuten", Silke klang beinahe trotzig. „So lange bist du auch in der Großstadt von einem Ende zum anderen unterwegs."

Max hielt den Mund, Silke schien nicht bester Laune.

„Aber vielleicht kannst du jetzt verstehen, warum einen der Motorradlärm nervt", fuhr Silke wenig später fort. „Ich wohne in der Pampa, weil ich meine Ruhe haben will, und dann jedes Wochenende dieser Radau. Kannst du dir vorstellen, wie es ist, wenn du nach zwei Nachtschichten am Samstagmorgen von einer getunten Harley geweckt wirst, nur weil irgend so ein verfickter Zahnarzt mal was anderes hören will als seinen Bohrer?"

Hups, Max warf einen Seitenblick auf seine Kollegin. Dafür, dass man sich kaum kannte, reagierte sie ziemlich emotional.

„Das ist soo asi! Die haben ihren Helm auf, die hören den Sound nur gedämpft, aber ich liege im Bett oder auf der Liege im Garten und muss den Krach den ganzen Tag ohne Dämpfer anhören. Klar, ich kann mir auch Stöpsel in die Ohren stecken. Im Sauerland! An der Sorpe! Das ist doch pervers!"

Max bog in der Nähe des McDonald's scharf Richtung Arnsberg ab. Silke war noch nicht fertig.

„Ich meine, es geht nicht ums Fahrgefühl. Es geht nicht um Geschwindigkeit. Es geht ums Geräusch! Wie Achtzehnjährige, die bei ihrem Manta mit dem Gas spielen, manipulieren diese Asis ihre elektronische Auspuffklappe, damit ihre Maschine auf der Straße richtig jault. Asozialer geht es doch gar nicht!"

„Und deshalb findest du es okay, wenn jemand sie per Drahtfalle von der Karre rasiert?"

„Das habe ich nicht gesagt!" Silke funkelte ihn an. „Ach, vergiss es einfach."

Max nahm die Kurven auf der L685 ein bisschen zu schnell. Immerhin, er bekam eine Ahnung, warum diese Strecke für Motorradfahrer ein Paradies war.

„Am Wochenende ist hier gesperrt", versuchte er mit Blick auf ein Hinweisschild ans Gespräch anzuknüpfen.

„Leider nur hier!" Silke starrte wütend aus dem Seitenfenster. Max ließ sie in Ruhe.

Wie bei dem Namen zu erwarten, lag der Ochsenkopf

oben auf der Kuppe. Ein Streifenwagen wartete auf dem Wanderparkplatz, der dort großzügig angelegt war.

„Danke für die Unterstützung!", sagte Max gleich zur Begrüßung. Schröder hatte ihnen aufgetragen, doppelt höflich zu sein, eigentlich war hier die Kripo Dortmund zuständig. „Und sorry für die Verspätung! Wir haben uns etwas verschätzt."

„Macht nichts!", der Ältere winkte ab. Bestimmt hatten er und seine Kollegin es sich im Auto mit dem Handy gemütlich gemacht. Jetzt wandte sich der alte Hase an Silke. „Moment, wir kennen uns doch!"

Die wirkte ein bisschen verlegen. „Kann sein, ich wohne an der Sorpe."

„Nee nee, von der Ordnungspartnerschaft. Haben Sie sich da nicht engagiert?"

„Ja, schon", Silke wandte sich an Max, es schien ihr unangenehm, schon wieder auf das Thema zu kommen. „Ein Aktionsbündnis von vier Städten und der Kreispolizeibehörde, um konzentrierter gegen den Motorradlärm vorzugehen. Häufige Kontrollen und so."

„Verstehe", behauptete Max, obwohl das nicht wirklich der Fall war. Aber fragen konnte er nicht, Silke hatte sich schon auf den Weg zur Straße gemacht.

Es gab nicht viel zu sehen, eigentlich gar nichts, der Erkennungsdienst hatte den Draht am Morgen entfernt.

„Hier war er befestigt", der Ältere zeigte auf eine Einkerbung, die wie ein Würgemal aussah, „und da drüben das Gleiche."

Als sie die Straßenseite wechseln wollten, mussten sie erst einen Audi abwarten. Er war deutlich zu schnell; als er die Kollegen in Uniform sah, bremste er erschrocken ab und fuhr langsamer weiter.

Auf der anderen Seite war der Draht an einem Nadelbaum befestigt gewesen, ebenfalls auf 1,50 Meter Höhe.

Silke warf einen Blick über die Straße. „Es sind über zehn Meter dazwischen", überschlug sie. „Da kann doch kein Zug auf dem Draht gewesen sein, oder?"

„Das habe ich mich auch gefragt!", die jüngere Kollegin wurde plötzlich munter. Sie hatte einen Kurzhaarschnitt und rote, kräftige Wangen, was ihr ein kindlich-unbeschwertes Aussehen verlieh. „Der Draht war mit Schraubklemmen befestigt, wie man sie für Garten- oder Weidezäune nutzt. Dazwischen war ein metallener Spanner eingesetzt, damit kriegt man im Prinzip gut Zug drauf, aber der Abstand zwischen den Bäumen war schon ziemlich groß."

Sie schaute erwartungsvoll zwischen Silke und Max hin und her.

„Kennen Sie sich mit Zäunen aus?", erkundigte sich Max.

„Meine Eltern haben einen Hof! Da wächst man mit so etwas auf."

Max hatte kein Problem, sich die Kollegin zwischen Kühen und Schweinen vorzustellen. Ein Bullerbü-Kind.

„Ich habe den Draht fotografiert", sagte sie jetzt und holte ihr Handy hervor. „Ich habe mir gedacht, dass es helfen könnte, wenn man die Bilder immer parat hat."

Der Ältere wippte ein bisschen herum. Möglicherweise machte es ihm Druck, dass seine junge Kollegin so auf Zack war.

Die Polizistin scrollte herum und hielt dann ihr Handy aufgeregt hin. Silke und Max rückten enger zusammen, um die Bilder zu sehen.

„Vermutlich ist der Draht aus dem Spanner gerutscht, als ein Auto durchfuhr", erklärte die Kollegin. „Bestimmt war er nicht richtig befestigt, die Klemmschrauben haben ja gehalten."

„Und solche Spanner und Klemmschrauben kennen Sie?", erkundigte sich Silke erneut. „So etwas haben Sie auf Ihrem Hof?"

„Ja klar", sagte die junge Polizistin, und ihre Wangen dunkelten noch etwas nach, „so etwas liegt bei uns massenhaft rum."

„Wo kauft man so etwas?"

„In einem Spezialmarkt für landwirtschaftlichen Bedarf", kam es wie aus der Pistole geschossen, „zumindest kaufen wir es dort, aber wahrscheinlich gibt es das in jedem Baumarkt."

„Ist das schwer zu befestigen?" Silke betrachtete immer noch das Handyfoto. „Für mich sieht das ein bisschen speziell aus."

„Sie können es gerne probieren", die junge Polizistin platzte fast vor Eifer, „unser Hof ist nur vier Kilometer entfernt!"

Max sah, wie der Ältere noch ungeduldiger wurde. „Die Kollegen –", begann er eine Ansprache an seine Hibbel-Partnerin.

„– die Kollegen wären sehr dankbar", unterbrach ihn Max.

Die junge Polizistin hob den Kopf und strahlte ihn an.

11

Zu Hause hatte Alexa schon den Ofen angemacht und Quiche mit Salat zubereitet, fast als wollte sie es besonders schön machen angesichts der Schreckensnachricht der vergangenen Nacht.

Paul kam mit seinem Handy zum Essen, Marie kam überhaupt nicht, obwohl Alexa schon dreimal gerufen hatte.

„Leg mal weg", sagte ich zu Paul.

„Tim kriegt eine Suzuki." Als hätte ich nichts gesagt, hielt mir mein Sohn sein Display hin. „Und ihr regt euch auf, dass ich eine Vespa fahren will."

Ich sah eine Maschine, die ganz und gar nicht nach A1-Führerschein aussah, sondern wie ein völlig ausgewachsenes Motorrad. „Und die darf man mit sechzehn fahren?", fragte ich dumpf. Alexa warf mir einen warnenden Blick zu. Sie hatte mehr Verständnis für Pauls Motorrad-Sehnsüchte angesichts der Tatsache, dass man im Sauerland mit öffentlichen Verkehrsmitteln nicht gut vom Fleck kam. Der Führerschein für was auch immer kam hier der großen Freiheit gleich.

„Ja klar, eine 125er. Tim sagt, sie kostet nur 4.000 Euro."

„Ist ja geschenkt", schnodderte ich, wohlwissend, dass Paul in allen Ferien arbeitete, nur um seinem Traum ein Stück näher zu kommen.

„Gebraucht gibt's die günstiger. Außerdem habe ich bald 2.000 Euro zusammen."

„Nur leider noch keine Erlaubnis, dass du überhaupt den Führerschein machen darfst."

„Wenn ihr mir das verbietet –", Paul hatte die Augen zusammengekniffen.

„Dann ...?", hielt ich dagegen. Zum Glück klingelte in diesem Augenblick das Telefon und erlöste uns aus unserem Duell.

Es war Petra Werms, Sport und Chemie. Ich fragte mich, wann sie mich zuletzt auf dem Festnetz angerufen hatte, es schien dringend zu sein.

„Vincent", ihre Stimme klang erregt, „sag mal, ob das stimmt!"

„Wenn du mir sagst, was du meinst."

„Na, Kerstins Mann. Stimmt es, dass er – enthauptet wurde?"

Oha! Frauke hatte wohl recht damit gehabt, dass die Geschichte sich ruckzuck verbreiten würde – und zwar in einer Gruselversion.

„Er ist mit dem Motorrad ums Leben gekommen", versuchte ich möglichst neutral zu formulieren.

„Ich habe gehört, dass er in eine Enthauptungsfalle gerast ist."

„Irgendwelche Idioten haben einen Draht über die Straße gespannt. Wenn du das Enthauptungsfalle nennen willst."

„Und du hast ihn gefunden?"

„Kerstin hat ihn gefunden – und mich dann angerufen, weil ich bei Manu in der Chorprobe war. – Woher weißt du davon?"

„Der Kumpel eines Kumpels meines Sohnes fährt den Notarztwagen."

Okay, alles klar. So lief das im Sauerland, das hatte ich über die Jahre gelernt.

„Aber sogar mein Schwiegervater hat sich gerade erkundigt. Und der wohnt in Attendorn."

„Hä?" Jetzt wurde es skurril.

„Kerstins Mann hat dort bis letztes Jahr den Männergesangverein geleitet. Es gab eine Polizeimeldung in der Region, die Nachricht hat sich wie ein Lauffeuer verbreitet."

„Dein Schwiegervater hat bei Manuel Kreuzer gesungen?" Ich wusste nicht, was ich daran interessanter finden sollte: Dass Manuel als Chorleiter richtig herumgekommen war oder dass Petras Schwiegervater immer noch im Chor sang. Petra war letztes Jahr sechzig geworden.

„Es gab damals ein Riesentheater, weil Kerstins Mann den Chor so kurzfristig abgegeben hat."

„Warum hat er das gemacht?"

„Er sah kein Potential mehr."

„Oh."

„Ja, die Herren waren ziemlich empört. Aber man wirft ihm das jetzt nicht mehr vor."

„Sehr freundlich", sagte ich sarkastisch.

„Nichts Schlechtes über die Toten", meinte Petra noch.

„Genau", stimmte ich zu. Und hörte dann, wie Marie ins Wohnzimmer polterte: „Frau Kreuzer ist ja gar nicht krank, wie ihr gesagt habt!" Obwohl ich telefonierte, streckte mir unsere Tochter anklagend ihr Smartphone entgegen: „Warum lügst du mich an?"

„Ich glaube, ich muss Schluss machen", sagte ich zu Petra. „Es gibt hier etwas Wichtiges zu klären."

12

Der Hof lag zwischen Westenfeld und Hellefeld an der Bauernautobahn. So hieß laut Silke die Rennstrecke, an der in unregelmäßigen Abständen Kreuze aufgestellt waren. Man konnte den traurigen Eindruck gewinnen, dass sich hier über die Jahre eine halbe Fußballmannschaft totgefahren hatte.

Irgendwann bogen die Sunderaner Kollegen rechts ab und befuhren einen Zuweg zum Hof. Die junge Kollegin – Julia Funke war ihr Name, das hatten sie inzwischen heraus – war aus dem Auto gestiegen und schien plötzlich ziemlich verlegen. Vielleicht war ihr unterwegs der Gedanke gekommen, dass es doch keine so gute Idee war, schonungslos das eigene Nest aufzudecken, zu zeigen, „wo man wech kam", wie die Sauerländer sagten. Möglicherweise hatte sie aber auch gerade im Auto einen Anschiss bekommen, ihr älterer Kollege stieg gar nicht mit aus.

„Schön hier", versuchte Max für gute Stimmung zu sorgen, „toll, wenn man so groß werden kann."

Julia lächelte dankbar, aber das Lächeln erstarb, als eine Stimme über den Hof scholl. „Was wird das denn hier, Mädchen?"

Der Vater, leicht humpelnd, fragender Blick und unverkennbar der Erzeuger von Julia Funke, wie ein Blick auf seine roten Wangen verriet.

„Die Kollegen würden sich gern ein paar Dinge anschauen", erklärte Julia verlegen und war in diesem Moment so sehr Tochter, dass es Max rührte.

Zielstrebig ging er auf den Bauern zu und gab ihm die Hand. „Max Schneidt, Mordkommission Hagen, und das ist die Kollegin Silke Brandner. Wir ermitteln bezüglich einer Drahtfalle, die auf dem Ochsenkopf gespannt worden ist. Ihre Tochter meinte, es sei Befestigungsmaterial benutzt worden, wie Sie das auch für Ihre Weidezäune nutzen."

Der Bauer wirkte irritiert.

„Vielleicht können Sie uns Ihr Equipment zeigen", drängte Silke, „das wäre echt nett."

Jetzt entspannte sich sein Gesicht. „Wenn das hilft", der Vater kratzte sich unter seinem Hut, „also, wenn Julia das gesagt hat."

„Gehen wir rüber!" Seine Tochter hielt es nicht mehr aus und ging einfach voran.

Das „Equipment", wie Silke es genannt hatte, war extrem gut sortiert. In einem Nebengebäude hingen an der Wand, nach Stärke geordnet, verschiedene Drahtrollen, für die man offenbar spezielle Eisenhaken anmontiert hatte. In einem Werkschrank mit zig kleinen Schubladen war neben Schrauben und Nägeln auch anderes Befestigungsmaterial untergebracht. Julia fand Klemmschrauben und Spanner mit einem Griff und lächelte stolz. Max kam der Gedanke, dass die junge Kollegin es bei der Polizei weit bringen würde, wenn sie neben Intelligenz diese Strukturiertheit von zu Hause mitbekommen hatte.

Silke fasste ein paar der Drahtrollen an. „Welche Stärke hatte der Draht oben auf dem Berg?", wollte sie wissen.

„Wir durften nicht dran", meinte Julia bedauernd, „das war dem Erkennungsdienst vorbehalten. Aber allein vom

Ansehen tippe ich auf 2,5 Millimeter. Ist aber wirklich nur geschätzt."

„2,5 ist wie?"

„2,5 ist der hier", der Bauer zeigte auf die zweite Rolle von links. „Das ist ein sehr belastbarer Draht, wenn es um Einzäunung geht."

Max fasste den Draht an, er wirkte geschmeidig. Und im Dunkeln war er garantiert nicht zu sehen.

„Wie viel Zugkraft hält der aus?", wollte Silke wissen.

„Hm, keine Ahnung", brummte der Landwirt. „Bei uns ist noch kein Bulle durchgerannt, die Tiere versuchen es gar nicht wegen des Stroms. Beim Weidezaun gilt das Prinzip der Abschreckung. Die Viecher akzeptieren ihren Zaun, es sei denn, er wäre aus Bindfaden gemacht."

„Kann uns die KTU ja dann sagen", Max nahm die Klemmschrauben entgegen, die Julia in der Hand hielt, konnte aber auf den ersten Blick nichts damit anfangen.

„Bei den Klemmschrauben wird der Draht hier einge-klemmt", kam ihm Julia zur Hilfe und zeigte auf den Bereich zwischen Schraube und Sattel. „Einfach mal ausprobieren. Auch das Spannen ist wirklich ganz leicht."

In den nächsten fünf Minuten fand ein Zaun-Workshop auf dem Funke-Hof statt. Sowohl Silke als auch er hatten es schon nach kurzer Zeit raus. Spannten den Draht ein, zogen nach, ließen die Spannung wieder ab.

„Ich denke, die Täter waren gut vorbereitet", erklärte Julia. Sie hatte sich offenbar schon jede Menge Gedanken gemacht. „Ich könnte mir vorstellen, dass man den Draht so weit vorbefestigt hat, wie es nur ging, um die Zeit beim Spannen zu minimieren. Ich habe es ausprobiert und bin mit einigem Üben auf eine Zeit von unter drei Minuten ge-kommen."

„Sie haben was?", fragte Max.

Julia legte verlegen die Klemmschraube weg. „Ich dachte, es hilft, wenn man weiß, wie lange sich die Täter beim Spannen der Falle aufgehalten haben."

„Klar hilft das", beeilte sich Max zu sagen. „Ich bin nur beeindruckt von Ihrem Engagement."

„Okay", sagte Silke irgendwann und legte ihr Übungsmaterial zurück. „Ich fühle mich geschult, wir können heute Nacht ein paar Drahtfallen spannen."

Julias Vater schaute nur ganz kurz erschrocken, bevor er breit grinste. „Seht mal zu, dass ihr die Idioten findet", meinte er dann.

Am Auto angekommen, bedankte sich Max überschwänglich und so laut, dass der Kollege im Wagen es unbedingt hörte.

„Wir müssen", revanchierte der sich. Er klang, als hätte man schon viel zu lange ohne ihn gespielt. „Unfall zwischen Stockum und Seidfeld, wir sind am nächsten dran."

„Komme!", Julia schob sich ihre Kappe zurecht und stieg hastig zum Kollegen ins Auto.

Silke beugte sich ebenfalls in den Streifenwagen. „Dieser Unfall, wo Sie hinmüssen – ist der ohne Draht?", fragte sie beim Fahrer nach.

„Ja, ohne Draht. Ein LKW-Fahrer ist auf einen Kleinwagen gerauscht. Zweifacher Personenschaden, heißt es."

„Dann ist gut", Silke schloss die Tür.

„Dann ist gut", wiederholte Max. Mein Gott, wie krank waren sie eigentlich?

13

Der Freitagabend wurde ein Couchabend vor dem Kamin. Alexa hatte keinen tierärztlichen Notdienst, wie sonst oft an den Wochenenden, die Kinder waren beide unterwegs, ein Abend zum Abhängen.

Eigentlich war der Ferienbeginn für mich immer ein Anlass zum Feiern, diesmal hing ich hundemüde auf dem Sofa und starrte abwechselnd ins Feuer und auf mein Smartphone.

Mittlerweile gab es zig Meldungen über Manuels Tod. Von sensationslüsternen Schlagzeilen (*„Drahtfallen-Killer im Sauerland"*) bis zu gemäßigten Überschriften (*„Beliebter Chorleiter stirbt bei Motorrad-Unfall"*) war alles dabei. Für mich neu war der Hinweis, dass es in den vergangenen Jahren schon öfter Fallen gegeben hatte, allerdings *„weniger professionell"*. Natürlich kam auch die Familie des Opfers vor. Tatsächlich hatte man herausgefunden, dass *„die Tochter des Chorleiters im Rahmen eines Sozialpraktikums in Chile weilt"*, was den Mordanschlag offenbar noch grausamer machte. Dass die *„angeschlagene Ehefrau"* nicht in der Lage war, über das Geschehen zu sprechen, war möglicherweise eine Notlüge von Ulla, um ihrer Schwester die Presseleute vom Leibe zu halten.

Schon bald hatte ich genug von der Presserundschau und guckte, was an privaten Nachrichten hereingekommen war. Meine Kollegin Roswitha fragte an, *„ob es bei Kreuzers etwas Neues gäbe"*, darüber hinaus gab es jede Menge Nachrichten vom Chor.

Wegen unserer WhatsApp-Gruppe hatte es im Chor schon zigmal Ärger gegeben, weil dauernd Nichtigkeiten ausgetauscht wurden – hunderttausend Geburtstagsglückwünsche oder Endlos-Konversationen, wenn einer fehlte. Seitdem die Schreckensnachricht über Manus Tod die Runde gemacht hatte, waren die Posts natürlich ganz anderer Natur.

„Ich kann immer nur heulen. Wer tut so etwas Furchtbares?“, hatte Svenja geschrieben. Ruth hatte sogar ein Filmchen in die Gruppe gestellt, das bei einer Probe gemacht worden war. Unseren Chorleiter noch einmal so engagiert und lebendig zu sehen, hatte eine neue Welle der Bestürzung ausgelöst. *„Wie traurig“*, schrieb Svenja, *„ich hab den Film schon sechsmal geguckt.“*

Einen ganz anderen Punkt brachte Gerlinde aufs Tapet: *„Der Anschlag ist besonders bitter, da Manuel ja gar kein Motorrad-Rowdy war.“* Unwillkürlich reizte mich die Frage, ob echte Motorrad-Rowdys ihrer Meinung nach standardmäßig geköpft werden sollten, doch ich zügelte mich. Irgendwie hatte sie ja recht.

„Können wir uns nicht treffen?“, fragte Almuth in die Runde. *„Mir würde es guttun, euch zu sehen. Wir waren ja auch zusammen, als es passiert ist.“*

Irgendetwas sträubte sich in mir. Wollten wir zusammensitzen und gemeinschaftlich heulen?

„Keine schlechte Idee“, schrieb nun Frauke. *„Wie wäre es am Samstagmorgen?“*

Ich kann nicht leugnen, dass meine Haltung allein durch Fraukes Post ins Wanken geriet. Wenn die Psychologin ein Trauertreffen gutfand, hatte das bestimmt einen Sinn.

„Gibt's was Neues?“, schreckte Alexa mich vom anderen Sofaende auf. Sie hatte seit neuestem wieder zu stricken begonnen. Gerade strickte sie Socken für Paul. Ich fand Stricken gut. Es wirkte nicht nur auf Alexa entspannend, sondern auch auf mich.

„Man will sich vom Chor aus treffen“, meinte ich. „Ich weiß nicht, ob das etwas bringt.“

Alexa überlegte einen Moment. „Ich kann es verstehen“, meinte sie schließlich und ihre Nadeln klapperten wieder, „ihr seid eine Gruppe. Und du hast selber gesagt, dass nirgendwo Gemeinschaft so stark gelebt wird wie in einer Theatergruppe oder in einem Chor."

Alexa hatte recht, das hatte ich behauptet. Weil man beim Theater viel Persönliches einbrachte, ob man wollte oder nicht. Und weil beim Chor das Innerste nach oben gespült wurde, ob man wollte oder nicht.

„Vielleicht hast du recht. Ich fürchte nur, dass –"

„– dir das zu sehr an die Nieren geht? Und du vielleicht sogar weinen musst – womöglich vor anderen?"

Ich grunzte. Manchmal war es von Nachteil, so lange verheiratet zu sein, man kannte sich einfach zu gut.

„Wo ist Paul?", wechselte ich deshalb das Thema.

„Bei Freunden", Alexa zog ihr Wollknäuel auseinander.

„Na fein, dann können sie gemeinsam von der Vespa träumen, die sie nicht kriegen. Was ist mit Marie?"

„Ebenfalls bei Freunden, sie übernachtet auch da."

„Bei Anne?"

„Nee, bei Leonard."

„Sie übernachtet bei Leonard?" Meine Stimme wurde schrill.

„Zusammen mit allen anderen. Er feiert seinen Achtzehnten, aber ziemlich klein und bei sich zu Hause. Nachher pennen alle bei ihm."

Mir gingen Bilder durch den Kopf, die ich nicht sehen wollte. Irritiert stand ich auf und legte Holz nach.

„Es ist also so weit", sagte ich, als ich wieder auf dem Sofa angekommen war. „Es ist Freitagabend und wir beide sitzen alleine zu Hause."

Alexa sah hoch, ihre kastanienbraunen Locken wippten dabei. „Ist das denn schlimm?"

„Natürlich nicht", beteuerte ich. „Aber man kann's ja mal sagen."

„In drei Jahren sind wir immer alleine!" Warum enthielt

Alexas Stimme plötzlich diesen Hauch von Aggressivität? „Stell dir vor: Es gibt ein Leben nach den Kindern – sogar für uns!"

„Und das ist auch gut so", behauptete ich, „andere schaffen das auch."

„Kerstin und Manuel zum Beispiel?"

„Wie kommst du jetzt auf die?"

„Na, du hast früher mal erzählt, dass sie Probleme haben, oder irre ich mich?"

„Nein, nein." Ich rief mir den Konflikt ins Gedächtnis. Kerstin hatte mir mehrfach berichtet, wie phantastisch Manuel sich zurückziehen konnte. Der Künstler hockte dann in seinem Tonstudio, komponierte und bekam von der Welt nichts mehr mit. Auch nicht, dass vielleicht mal gekocht oder der Zaun gestrichen oder eins der Kinder abgeholt werden musste. Als die Kinder älter wurden, gab es weniger Streit, da weniger zu tun war. Gleichzeitig hatten sich Kerstin und Manu auseinandergelebt. Jeder machte sein Ding, von ihrer Ehe war nicht mehr viel übrig. Abends war Manuel bei irgendwelchen Proben, tagsüber Kerstin in der Schule. Sie gaben sich nur noch die Klinke in die Hand, tauschten sich nicht aus, entfremdeten sich. Erst in einem vierwöchigen Sommerurlaub hatte Kerstin es geschafft, die Sache zu drehen. Sie war nach den Ferien ganz beseelt zur Schule gekommen, ich wusste noch genau, wie ich mich für sie gefreut hatte.

„Du hast schon recht", gab ich zu. „Die Trennungsgefahr ist verdammt hoch, wenn die Kinder erst aus dem Haus sind. Aber bei Kerstin und Manuel hatte ich in letzter Zeit ein gutes Gefühl. Und dass er jetzt ums Leben gekommen ist –", ich brach abrupt ab.

Alexa sah mich an, legte ihr Strickzeug zur Seite und nahm meinen Fuß, den Körperteil, der ihr am nächsten lag.

„Wir schaffen das", sagte sie sanft, „mit und ohne Kinder,

ich habe noch viel mit dir vor." Sie streichelte meinen Fuß, bis sie plötzlich abgelenkt war. „Du könntest auch neue Socken gebrauchen."

„Stimmt", murmelte ich und genoss die Berührung. In früheren Zeiten wären jetzt andere Dinge passiert. Inzwischen hielten wir einander den Fuß. Das reichte. Wir hatten noch viel miteinander vor.

14

Sie wollten gerade anfangen – Robin hatte weitere Tatort-Fotos an die Stellwand gehängt, Arnold schien mit seinen Vorbereitungen am Laptop fertig zu sein, Schröder zog sich zielstrebig seine Unterlagen zurecht – als plötzlich die Tür aufging. Alle hatten mit Silke gerechnet, die etwas später kommen wollte, stattdessen stand Rebecca Sterner-Leiss in der Tür, mit einem großen Papptablett in den Händen.

„Sorry", sagte sie, „ich wollte mir eigentlich nur selbst ein Brötchen besorgen, weil's mit dem Frühstück nicht mehr geklappt hat, aber dann habe ich gedacht: Ich könnte doch für alle was mitbringen!"

„Gute Idee!", Arnold eilte schon heran, um der Staatsanwältin behilflich zu sein. Er nahm ihr das Tablett ab und stellte es auf einen freien Tisch.

Der Chef schaute ein wenig verdattert. „Ich wusste gar nicht, dass Sie teilnehmen wollen."

„Wollte ich auch nicht", erwiderte Rebecca Sterner-Leiss, „bis mir einer Ihrer Kollegen gesteckt hat, wie oft man sich hier über die mangelnde Präsenz der Staatsanwaltschaft ärgert."

Max schluckte, das kam von ihm, aber er hatte es anders

gemeint. Hoffentlich schaute sie jetzt nicht zu ihm herüber, dann würde er nachher von den Kollegen gelyncht. Okay, man ärgerte sich, wenn die Staatsanwaltschaft auf Anfragen verzögert reagierte, aber ob man sie deshalb immer am Tisch haben wollte ...? Schröder zumindest sah angefressen aus.

„Kleiner Scherz", sagte die Staatsanwältin jetzt. „Die Wahrheit ist: Die Öffentlichkeit sitzt mir im Nacken, bei mir häufen sich die Anfragen, das wird in Ihrer Pressestelle ähnlich sein. Allein der Kommunikation willen müssen wir eng zusammenarbeiten." Betont locker nahm sie sich ein Brötchen. „Im Übrigen halte ich den Mund. Ich muss eh erstmal frühstücken."

Schröder sah sie nachdenklich an und schien dann eine Entscheidung getroffen zu haben. „Verstehe", sagte er. „Dann ist es doch schön, dass Sie hier sind – und sogar etwas mitgebracht haben."

Eine kleine Pause folgte, die Robin nutzte, um sich ebenfalls ein Brötchen zu holen, Max wurde allein von dem Anblick schon schlecht, er hatte am Morgen zwei Kopfschmerztabletten genommen. Ganz unvermittelt wandte sich Schröder an ihn. „Und? Was hast du zu sagen?"

Max stockte der Atem. Diese Schockstarre hatte er über vierzig Jahre nicht gehabt. Chemieunterricht – und er an der Tafel. Keine einzige Formel war mehr im Kopf, aber dafür die Stimme von Lehrer Hornung: *„Und Max? Was hast du zu sagen?"*

Wie vor vierzig Jahren entwich ihm kein Ton.

„Du und Silke, ihr habt euch ja um die KTU gekümmert", half ihm der Chef auf die Sprünge, „und um den Bericht der Rechtsmedizin. Vielleicht erstmal was zur Todesursache?"

Ein Klumpen zersprang in Max' Brust. Kein Anschiss von wegen Staatsanwaltschaft, einfach nur berichten.

Er erklärte, dass bei dem heftigen Sturz Manuel Kreuzers Genick gebrochen war. „Etwa 60 km/h hatte er drauf, wahrscheinlich hat er nach der Kurve beschleunigt."

„Er hatte es eilig", erklärte Schröder knapp. „Er wusste, dass seine Frau auf ihn wartet."

„Auf jeden Fall war der Schnitt in die Kehle nicht tödlich", erklärte Max. „Wäre er vielleicht irgendwann gewesen, denn die Wunde war groß, aber Kreuzer ist am Genickbruch gestorben."

„Ich möchte mir das bildlich vorstellen", Schröder legte konzentriert die Finger an die Stirn. „Der Draht hat Kreuzer nach hinten gerissen und das Motorrad ist dann noch ein paar Meter weiter gerollt."

„Genau. Deshalb lag Kreuzer quasi unter dem Draht, die Yamaha ein ganzes Stück vor ihm."

„So dass die Ehefrau aus der Ferne das Motorradlicht wahrnehmen konnte."

„Exakt, die Maschine lag nicht im Bereich der Bäume, vom Wohnhaus aus hatte man freie Sicht."

„Wie lange hat er auf der Straße gelegen?", wollte nun Arnold wissen. „Kann die Rechtsmedizin da Genaueres sagen?"

„Mindestens eine Stunde, die Leichenstarre setzte bereits ein. Aber der Zeitraum, in dem sich der Unfall abgespielt hat, ist ja ohnehin sehr begrenzt."

„Stimmt", Schröder sah in seine Unterlagen. „Im Chor ist man sich einig, wann Manuel Kreuzer aufgebrochen ist. Ziemlich genau um viertel nach neun. Von dem Saal, wo der Chor probt, bis zum Tatort sind es zwölf Minuten – zumindest mit dem Auto, das haben Robin und ich gestern ausprobiert. Wenn Kreuzer zwischendurch nichts anderes erledigt hat, ist er ziemlich genau um halb zehn in die Falle gerast. Seine Frau hat gegen viertel vor zehn eine Nachricht an diesen Vincent Jakobs geschrieben, den Typ aus dem

Chor."

Max setzte sich etwas gerader hin. Musste er erwähnen, dass „der Typ aus dem Chor" sein bester Kumpel war, der ihn kurz darauf angesimst hatte? Tat eigentlich nichts zur Sache, außerdem machte Schröder schon weiter.

„Eine dreiviertel Stunde später, um halb elf, hat Frau Kreuzer den Notruf gewählt, zehn Minuten später war man vor Ort. Ziemlich wahrscheinlich ist Kreuzer also gegen halb zehn in die Falle gerast."

„Und danach ist da eine Stunde lang kein Auto gefahren?", erkundigte sich Gerd.

„Wie Max schon sagte, die Strecke ist wenig befahren. Einspuriger Teerweg. Wenn sich zwei Autos begegnen, müssen beide halb in die Botanik ausweichen."

„Tolle Stelle für eine Falle!" Es war Arnold, der den ironischen Kommentar ausgespuckt hatte.

„Allerdings", gab Max zu, „ähnlich am Ochsenkopf. Zwar ist die Straße dort deutlich stärker befahren, aber genau dadurch war die Wahrscheinlichkeit, dass es zu dieser Jahreszeit ausgerechnet einen Motorradfahrer erwischt, total gering."

„Also wollte da jemand nicht töten, sondern nur eine Warnung aussprechen?", vermutete Robin. „So nach dem Motto: Fühlt euch auf dem Motorrad nicht sicher?"

„Kann sein", Schröder nickte dem jungen Kollegen zu, „aber dazu müssten wir erst einmal wissen, ob die Drähte überhaupt von ein und derselben Person gespannt worden sind."

„Ich würde sagen: ja!", wagte Max sich vor. „Zwar ist die Spurenlage dünn – wegen des trockenen Bodens und weil so viele Einsatzfahrzeuge dort herumgekurvt sind. Eigentlich gibt's nur einen halben Reifenabdruck, der nicht zuzuordnen ist. Aber das verwendete Befestigungsmaterial ist identisch und es wäre schon ein Riesenzufall, wenn zwei

Personen unabhängig voneinander mit demselben Material denselben Plan gehabt hätten. Außerdem war die Höhe, in der die Drähte angebracht waren, absolut gleich, genau 1,50 Meter."

„Vielleicht war es eine Gruppe", schlug Arnold vor, „die Szene ist erhitzt. Nicht unmöglich, dass sich da ein Aktionsbündnis was Feines ausgedacht hat. Im Internet lässt sich da einiges finden."

„Schieß los!", forderte Schröder ihn auf, als plötzlich die Tür aufging und Silke im Türrahmen stand.

„Okay, kurze Pause", seufzte der Chef. Und dann zu Silke: „Guten Morgen! Da vorne gibt's Brötchen."

Allgemein wurde sich ein bisschen gestreckt und Kaffee nachgeschenkt, den die Sekretärin vor der Besprechung bereitgestellt hatte. Max trank seine fünfte Tasse, vielleicht kam seine Übelkeit von zu viel Koffein.

Als Arnold loslegte, wurde schnell klar, wie fleißig er gewesen war. Internetrecherchen waren sein Ding, er vergaß dabei völlig die Zeit. Gut, dass die Interessen so fein verteilt waren, stellte Max fest, für ihn gab es nichts Langweiligeres. Gestern der Tag in Sundern hatte ihm gutgetan, viel frische Luft. Aber heute schon wieder Kopfschmerzen, es war echt zum Verzweifeln.

„Im Grunde dreht sich die ganze Lärmdiskussion nur um dreißig Prozent der Motorradfahrer", stellte Arnold klar. „Das sind diejenigen, die ihre Maschinen getunt haben und sich nicht um Höchstwerte scheren."

„Aber genau diese dreißig Prozent machen einem das Leben zur Hölle", Silke guckte so sauer, als ob sie just heute Nacht wegen Motorradlärms kein Auge zugetan hätte.

Arnold ging darüber hinweg. „Die fahren mit offener Auspuffklappe und machen auf der Straße einen Höllenlärm, aber bei der Polizeikontrolle ist auf Knopfdruck wieder alles im grünen Bereich."

„Sag ich ja, das ist ein Riesenproblem", Silke warf Max einen Blick zu, als säße ausgerechnet er dauernd auf einem getunten Motorrad und führe rund um den Sorpesee.

„Auf jeden Fall gibt es eine breite Bewegung gegen dieses Verhalten: Umweltbundesamt, BUND, NABU, Ärzteverbände, vor allem aber Anwohner an besonders betroffenen Hotspots. Man fordert Gesetzesänderungen, schärfere Kontrollen und Straßensperrungen, weil der Appell an die Vernunft der Verursacher überhaupt nichts bringt."

„Das klingt alles rational und gemäßigt", warf Schröder ein. „Ich nehme an, dass keiner von denen nachts losfährt und Drähte spannt."

„Naja, die Betroffenen sind schon entnervt."

„Soll heißen?"

Arnold mache sich am Laptop zu schaffen. Auf der Wand erschien eine Website mit dem Namen *„gedacht – gemacht".* Als Arnold einen Chat anklickte, begannen alle leise vor sich hinzulesen. Max hatte trotz seiner Brille Probleme mit der Schrift, seine Augen brannten, während er las.

ich wohne in herscheid, an einer straße, wo den ganzen tag motorräder fahren. Die machen einen krach, das kann sich niemand vorstellen und die fahren nicht nur einmal bei uns lang, ganze gruppen machen rundtouren nur so zum spaß. lassen ihre motoren aufheulen, drehen die gänge voll aus, ein einziger schwanzvergleich ist das. mittagsschlaf kann man sich klemmen, weil diese spinner so einen lärm machen. und auch im garten sitzen geht gar nicht. ich würd denen am liebsten die karre wegsprengen.

Zwei Leute hatten den Post kommentiert:

Genauso bei mir, irgendwann drehe ich durch. Du hast recht, man muss die erziehen. Straßenbarrikade, Nägel streuen, sowas in der Art.

Ein anderer: *Spinnt ihr eigentlich? Ihr seid doch viel*

schlimmer als jeder Biker. Ab in Keller mit euch!

„Wo wohnt dieser *Leckmich1974*", wollte Schröder wissen, „der mit den Nägeln?"

„Keine Ahnung, an eine Rückverfolgung habe ich bislang nicht gedacht, aber zumindest der erste Schreiber kommt ja aus dem Sauerland. Und es gibt noch mehr solcher Posts. Ich wollte erstmal nur zeigen, dass es da eine Szene gibt."

„Das sind Leute, die irgendwas *schreiben*", warf Silke ein. „Aber die *machen* doch nichts."

Die Staatsanwältin räusperte sich. Alle sahen zu ihr hin. „Wenn ich etwas einwerfen darf: Es gibt auch Leute, die etwas *machen*, sonst säßen wir nicht hier. Ich finde es sehr hilfreich, im Internet die Szene zu checken."

Silke lehnte sich beleidigt zurück.

„Die Lärmbelästigung ist eine Sache", sagte Arnold jetzt. „Es gibt aber auch Leute, die Drahtfallen bauen, weil sie die Natur schützen wollen. Wenn jemand im Wald einen Draht spannt, geht es nicht um klassische Biker, sondern um Mountainbike-Fahrer und Motocross-Freaks."

„Sie spielen auf die Fälle an, die es schon im Sauerland gab?", fragte die Staatsanwältin mit gerunzelter Stirn.

„Genau. In Wasserfall bei Bestwig wurden 2015 im Wald ein paar Drähte gespannt, in einen ist tatsächlich ein Enduro-Fahrer hineingeraten. Zum Glück hat er sich nicht schwer verletzt. Nur ein halbes Jahr später gab es am Stüppelturm bei Dörnberg einen ähnlichen Fall."

Arnold rief eine Karte auf, die das Sauerland zeigte. Einige Punkte waren blau markiert und mit einer Jahreszahl versehen. „Am Stüppelturm ist man sich nicht sicher, wem der Anschlag galt. Möglicherweise waren eher Fahrradfahrer gemeint."

Auch in Schmallenberg gab es ein blaues Fähnchen, auf dem die Jahreszahl „2016" eingetragen war. Arnold zeigte mit seinem Cursor darauf. „Auf der Schmallenberger Bahnhofstraße wurden Gurte über die Straße gespannt. Hier richtete sich der Anschlag wahrscheinlich gegen Biker."

Arnold klickte wieder etwas an. Diesmal erschienen die aktuellen Schauplätze, und zwar in roter Markierung: „*Tatort Biker*" und „*Tatort Ochse*" hatte Arnold die Stellen genannt.

„Ob das alles zusammengehört?", Gerd schüttelte ungläubig den Kopf. „Da müsste ja jemand durchs Sauerland fahren und wahllos Gurte und Drähte spannen."

Der Ermittlungsleiter schien in die Karte versunken, dann fuhr er abrupt hoch. „Arnold, sehr gute Arbeit! Finde bitte heraus, welches Material bei früheren Fällen benutzt worden ist. Vielleicht ist es zumindest teilweise dasselbe wie in den neueren Fällen. Max hilft dir, er ist ja am Drahtthema dran." Der Chef wandte sich nun Silke zu. „Und du fährst zusammen mit Robin zu den Kreuzers. Es gibt da eine Tierschützerin in der Nachbarschaft, die sich in der Vergangenheit wegen Lärmbelästigung mit dem Opfer gezofft hat. Sie lebt auf dem ehemaligen Bauernhof, der ansonsten von einem Architektenpaar bewohnt wird. Vielleicht hat sie sich im Internet angeschärft und ist auf dumme Ideen gekommen."

„Also doch ein persönliches Motiv?", fragte Silke, als fände sie das gar nicht so schlecht.

„In dem Fall wäre es eine Mischung aus beidem." Schröder wandte sich nun dem Aktenführer zu. „Gerd, noch ein Wort zu unserer Pressemeldung. Gab es aus der Bevölkerung Hinweise, die etwas taugen?"

Gerd lehnte sich zurück. „Nur Schrottbeschreibungen", sagte er bedächtig, „für Orte, die uns nicht interessieren, oder mit so ungenauen Angaben, dass sie unbrauchbar waren."

„Gar nichts Verwertbares?", fragte Schröder nach. „Wir haben doch diesen mickrigen Reifenabdruck, gibt's keinen

Zeugen, dem vor dem Mordanschlag ein Auto aufgefallen ist?"

„Nicht am *Tatort Biker*", Gerd sah auf die Karte, „aber am *Tatort Ochse*, da schon."

Ein Raunen ging durch den Raum. Sie hatten stundenlang über alles Mögliche gesprochen und bekamen jetzt ganz nebenbei etwas Konkretes geliefert?

„Ein junges Pärchen hat am Ochsenkopf auf dem Wanderparkplatz geknutscht. Also, nicht direkt auf dem Parkplatz. Sie sind über den Schotterplatz gefahren und haben das Auto auf dem Feldweg abgestellt, der sich da anschließt." Gerd machte eine Pause, als müsste er seinen Zuhörern Gelegenheit geben, das zu verarbeiten. „Sie sagen, dass irgendwann ein Auto auf den Parkplatz gefahren ist. Sie dachten, da geht jemand pinkeln, denn es ging die Tür, es dauerte ein Weilchen, dann ging die Tür wieder, und das Auto fuhr weg. Kurz drauf hörten sie ein komisches Geräusch – wie einen Knall."

Alle warteten gespannt. Gerd war so cool, konnte sein, dass er jetzt seelenruhig von einer Ufo-Landung erzählte.

„Die beiden konnten sich das Geräusch nicht erklären, aber sie hatten dann ja auch was anderes zu tun", Gerd machte ein komisches Geräusch. Der Kollege war ein bisschen seltsam, fand Max.

„Auf jeden Fall – jetzt, wo die Meldung in der Presse war, haben sie sich gemeldet. Sie haben nämlich eine Ahnung, woher der Knall kam."

Alle hingen an Gerds Lippen. Max war nicht sicher, ob der Kollege das überhaupt merkte. „Der Draht ist gerissen."

Alle schwiegen beeindruckt, bis Robin meinte. „Und das hat der Fahrer nicht gemerkt? Er müsste doch angehalten haben, um zu gucken, was los ist."

„Stimmt", meinte der Chef, „eine wichtige Frage: Was merkt man im Auto, wenn man solch einen Draht durchfährt? Kriegt man das überhaupt mit, noch dazu, wenn man die Musik lautgestellt hat? Oder denkt man womöglich, da sei einem nur ein Steinchen ans Auto gepitscht?"

„Hängt sicher vom Auto ab", meinte Arnold. „Im Lkw ist es unwahrscheinlich, in einem Kleinwagen nicht."

„Wir müssen wissen, wie viel Krawumm solch eine Drahtfalle hat", fasste Schröder zusammen. „Und auch, ob da nachher Spuren am Auto bleiben. Max, du kümmerst dich drum!"

Max nickte abwesend.

„Können die beiden Zeugen zum Fahrzeug etwas sagen?", machte Schröder weiter. „Zu dem Auto, das auf den Parkplatz gefahren ist? Oder zu dem Wagen, der später den Draht durchfahren hat?"

„Sie haben nichts *gesehen*, wenn du das meinst", Gerd zog die Nase hoch, „sie lagen im Auto und haben gar nicht nach draußen geguckt, aber sie haben etwas gehört."

„Den Knall?", meinte Schröder ungeduldig.

„Den auch, aber das habe ich ja schon erwähnt." Gerd mochte es offenbar gar nicht, wenn man nicht abwarten konnte. „Sie können aber auch zu dem Auto was sagen, das auf den Platz gefahren ist, also zu dessen Motor."

Alle schwiegen, wollten nun endlich hören, was Gerd zu sagen hatte. „Also, der Bursche ist Kfz-Mechatroniker oder wie man die Autoschrauber neudeutsch nennt. Und er sagt, dass er einen Dieselmotor gehört hat, vermutlich ein älteres Modell, es war lauter als die heutigen Autos. Ohne Garantie würde er sogar zur Marke eine Aussage wagen."

„Und zwar?", konnte Silke sich jetzt auch nicht mehr zurückhalten.

„VW", verkündete Gerd.

„Na, dann sind wir ein gutes Stück weiter", brummelte Arnold, „VW-Diesel gibt's ja nicht viel."

15

Als ich mich am Samstagmorgen zur Chorprobe auf-
machte, nahm ich wie immer das Rad – obwohl nach vielen
Wochen Trockenheit ausnahmsweise Nieselwetter herrschte. Egal, ich wollte an die frische Luft und meinen Kopf
durchpusten lassen.

„Ein trüber Tag", sagte Christian, als ich vom Fahrrad
stieg. Er hatte gerade sein Auto auf dem Parkplatz abgestellt.

„Ja, es wird gar nicht richtig hell", bestätigte ich. Ein Gespräch so dröge wie das Wetter und so trübe wie der Anlass,
aus dem wir hergekommen waren.

Tatsächlich waren so gut wie alle da und sogar richtig
pünktlich, so eine Probendisziplin hätte sich Manuel immer gewünscht.

Im Saal herrschte eine seltsame Atmosphäre, Nieder-
geschlagenheit, aber auch Freude, sich zu sehen. Es wurde
sich umarmt, es wurden Tränen verdrückt, entgegen allen
Befürchtungen fühlte ich mich nicht unwohl, sondern ge-
borgen. Frauke ging von einem zum anderen, sagte nicht
viel, aber hörte zu, was jeder zu sagen hatte. Ich bekam mit,
wie Annika schluchzte, sie könne das alles nicht fassen, sie
komme damit nicht klar. Frauke zog sie in eine Ecke, hielt
sie im Arm und ließ sie sich richtig ausweinen.

Irgendwann ergriff Gerlinde das Wort, unsere Vorsitzende. „Ich war erst nicht sicher, ob das Treffen hier gut ist.
Aber jetzt weiß ich, dass wir alle das brauchten. Schön, dass
ihr da seid."

Ich war ein bisschen überrascht. Gerlinde war sonst nicht
gerade meine Lieblingschorschwester. Klar, sie war ordentlich und gewissenhaft, und sie war die Einzige, die sich den
Job der Vorsitzenden und Notenwartin hatte aufdrücken
lassen, aber dabei wirkte sie immer ein wenig verkrampft.
In dieser Situation jedoch machte sie einen ganz guten Job.

„Manuel, unser Chorleiter, ist tot, durch einen schrecklichen Unfall aus dem Leben katapultiert. Wir werden lange brauchen, um das zu verwinden."

„Das werden wir nie", sagte Annika halblaut und schluchzte wieder in sich hinein. Gerlinde wartete einen kleinen Moment.

„Ich habe mir überlegt, wie wir die Zeit hier füllen könnten, und hatte dann eine Idee. Es kommt euch vielleicht komisch vor, aber wollen wir nicht gemeinsam etwas singen?"

Alle schwiegen konsterniert, wohlwissend, dass das eine Herausforderung war.

„Du weißt, was Manuel immer gesagt hat", wandte Almuth ein, „dass Singen ganz aus der Tiefe kommt, dass dabei Emotionen aufsteigen, von denen man nichts wusste –" Ihre Stimme versiegte.

„Naja, aber er hat auch gesagt, dass Singen reinigt und befreit", es war Svenja, die sich da vorwagte, „und dass man sich etwas von der Seele singen kann." Ihre Stimme war immer euphorischer geworden. Jetzt sah sie sich, um Zustimmung bittend, in der Runde um.

„Eben", meinte Gerlinde. „Ich glaube außerdem: Manuel würde sich freuen. Lasst uns eine ganz normale – also eine halbwegs normale – Chorprobe machen."

„Und dann singen wir *Mambo* oder was?" Christian wirkte nicht überzeugt.

„Vielleicht singen wir *Those were the days?*" Gerlinde griff in ihre Tasche und holte Noten heraus. Sie war perfekt vorbereitet, das war schon mal klar.

Wir machten es, am Ende machten wir es. Und mussten feststellen: Gerlinde hatte recht. Das Singen tat gut. Wie ein Rohrreiniger spülte es die Leitungen durch. Gerlinde hatte mal einen Dirigierkurs gemacht, sie gab die Einsätze und korrigierte, das war nicht schlecht, so sangen wir nicht nur vor uns hin, wir mussten uns auch konzentrieren. Bei *Earth* setzten wir dreimal an, bevor unsere Ersatzchorleiterin zufrieden war. Bei *Lass uns gehen* ließ sie Männer- und Frauenstimmen allein singen, um erst dann alle zusammenzuführen und alles prächtiger zu machen. Klar, es war eingeübtes Repertoire, wir mussten nicht bei Null anfangen. Aber Gerlinde hatte eine gute Auswahl getroffen. Wir kannten weitgehend den Text, wurden aber herausgefordert, da wir die Songs länger nicht in der Probe gehabt hatten. Inhaltlich waren die Sachen weder übertrieben fröhlich noch übertrieben traurig. Das änderte sich nach einer knappen Stunde.

„Ich habe da noch ein letztes", sagte Gerlinde und wirkte nun doch ein wenig unsicher. „*Nehmt Abschied, Brüder.* Ihr wisst, Manuel hat dieses Lied geliebt."

Gemurmel setzte ein, und auch mir wurde flau. Dieses Lied machte mich schon unter normalen Umständen traurig.

„Habt ihr schon einmal daran gedacht, dass wir vielleicht auf Manuels Beerdigung singen?" Gerlindes Frage löste eine Explosion aus: „Wie kommst du denn darauf?" – „Du bist ja verrückt!" – „Ich kann das auf gar keinen Fall!"

„Gibt es einen Anlass, dass du das sagst?" Fraukes Gegenfrage kam sachlich bis schneidend.

„Nein, das nicht", Gerlinde wirkte einen Moment lang verlegen, fing sich aber schnell wieder, „wobei eigentlich doch. Manuel hat uns immer als seinen Lieblingschor bezeichnet. Da ist es doch naheliegend, dass wir die Trauerfeier gestalten."

Wieder Gemurmel. „Ich glaube, das mit dem Lieblingschor war eher ironisch gemeint", meinte nun Christian. „So nach dem Motto: Ihr könnt nix, aber ihr macht gute Laune."

Ein paar Leute stimmten ihm zu.

„Manuel hat früher richtige Meisterchöre gehabt", warf Svenja ein, „einen Frauenchor aus Arnsberg zum Beispiel –

war der nicht sogar bei diesem Chor-Wettbewerb im WDR dabei?"

„Selbst wenn", beharrte Gerlinde, „diese Chöre hat er abgegeben und sich stattdessen mit uns herumgeschlagen. Weil ihm die Stimmung bei uns besser gefiel, weil wir sein Freundeskreis waren."

Gerlindes Worte blieben im Raum stehen, niemand widersprach, obwohl ‚Freundeskreis' eigentlich zu weit ging.

„Ich glaube, an eine Beerdigung ist noch gar nicht zu denken", sagte ich irgendwann. „Es dauert in der Regel, bis der Leichnam freigegeben wird." Hier und da traf mich ein Blick, man wusste, dass ich schon öfter mit Mordfällen zu tun gehabt hatte, ich galt als Spezialist.

„Warten wir ab, ob jemand aus der Familie unseren Chor um Mitwirkung bittet", schlug Frauke vor. „Dann können wir immer noch reagieren. Jetzt ist jeder Gedanke daran einfach zu früh."

„Okay", unsere neue Chorleiterin gab sich geschlagen und packte auch *Nehmt Abschied Brüder* weg. „Aber bleiben wir doch noch ein bisschen zusammen. Ein Frühschoppen hätte Manuel genauso gefallen."

„Sie hat das gut gemacht", sagte ich später leise zu Frauke, als wir nebenan im *Sauerbier* saßen. Diesmal waren fast alle mitgekommen, wir mussten einen Tisch dazustellen, damit alle Platz hatten.

„Gerlinde meinst du? Ja, du hast recht. Vielleicht hat es sie befreit, dass Manuel nicht mehr da ist."

„Wie meinst du das?"

Frauke sah zu unserer Vorsitzenden hinüber. „Nun, ein bisschen scheint sie darauf gewartet zu haben, Manuels Platz einzunehmen."

Offenbar schaute ich ziemlich erschrocken.

„Nicht falsch verstehen", Frauke lachte, „aber ein System

verändert sich, wenn ein Element wegfällt. Das ist in der Familie so, aber auch in einer Gruppe. In diesem Fall ist der Leitwolf gestorben, und sofort ist jemand da, der seinen Platz einnehmen will. Das ist ganz normal."

Ich dachte darüber nach. Und ich dachte auch darüber nach, wie sachlich Frauke diese Vorgänge analysierte.

„Ist doch interessant, wie unterschiedlich die Leute hier reagieren", sie schaute sich um, zum Glück wurden wir überhaupt nicht beachtet. „Sieh dir Annika an!"

Annika war ein verträumter, mädchenhafter Typ. Im Moment saß sie da wie paralysiert, ihre Trauer war tatsächlich besonders.

„Sie ist halt – sehr emotional", versuchte ich mich.

„Stimmt", gab Frauke zu, „und darüber hinaus bis über beide Ohren in Manu verliebt."

Ich verschluckte mich beinahe an meinem Getränk. „Wie bitte?"

„Nie gemerkt?", Fraukes Gesicht war von einem sphinxhaften Lächeln überzogen. „Ich fand es immer schon mehr als eindeutig."

Ich sah noch einmal zu Annika hinüber. Sie war die Jüngste im Chor, jetzt gerade spielte sie mit einer Strähne ihres langen blonden Haares.

„Aber Manuel ist verheiratet – und Annika viel jünger."

Frauke verdrehte die Augen. „Das ist erstens kein Argument und zweitens kein Hindernis. Ich sage übrigens nicht, dass zwischen den beiden irgendwas lief oder hätte laufen können. Ich sage nur, dass Annika Manuel angeschwärmt hat."

„Aha", sagte ich kleinlaut. Tatsächlich warf Alexa mir vor, dass ich kein Auge für so etwas hatte. Dass ich nicht mal bemerkte, wenn ich selbst angebaggert wurde. Aber ich wurde auch nie angebaggert.

„Manuel war ein attraktiver Typ", sagte nun Frauke.

„Wenn man auf den zerstrubbelten Künstlertyp steht, war er ein *Must.*"

„Ein *Must*", wiederholte ich trocken.

„Gleichzeitig verkörperte er Freigeist und Körperlichkeit. Wenn einer zu jeder Chorprobe in Lederhose erscheint, strahlt das eine Männlichkeit aus, der man sich als Frau nur schwerlich entzieht."

Ich war ehrlich verblüfft. Lederhose ...? Männlichkeit ...?

Frustriert sah ich an mir herunter. Eine Jeans. Wofür stand die? Wahrscheinlich für: in der Eile nichts anderes gefunden.

„Aber Manuel hatte die Lederhose wegen des Motorradfahrens an!"

„Klar, hatte er, aber warum war es dann keine 08/15-Motorrad-Lederhose, sondern ein mattes Nappa-Modell, irgendwie alt, irgendwie verschlissen, aber genau deswegen kultig. Und dann dieses ausgeblichene Halstüchlein, das er immer trug, der reinste Abenteurerlook. Manu war nicht so uneitel, wie du denkst."

„Aha", sagte ich matt – vielleicht so matt wie Manuels Lederhose war.

„Außerdem hatte er sehr sinnliche Lippen."

„Hatte er die?", wiederholte ich tonlos. Ich hatte vor allem immer darauf geachtet, *was* Manuel sang, nicht womit. Wenn ich aber jetzt darüber nachdachte –

„Ich sag's mal so: Manuel war Künstler und liebte seine Musik, aber ein Mann war er auch – und glaub mir, Annika war nicht die Einzige, die nachts von ihm träumte."

„Was?" Mein Kieksen kam ein wenig zu laut. Gott sei Dank schaute nur Birgit herüber und die sah dann auch schnell wieder weg, man diskutierte in der Runde die Berichterstattung in der Presse.

„Auch Svenja?", presste ich heraus. „Auch Almuth und Birgit und Ruth?" Frauke verdrehte die Augen.

Ich verkniff mir die Frage, warum die nicht in mich verliebt waren, Frauke indes schien meine Gedanken zu erraten.

„Vergiss nicht den Leithammel-Faktor!"

„Den was?"

„Nenne ich manchmal so. Menschen in Leitungsfunktionen gewinnen allein deshalb an Attraktivität, weil sie vorne stehen und sagen, wo's lang geht. Das müsstest du als Lehrer eigentlich wissen."

„Naja, meine Schüler sind vierzig Jahre jünger als ich. Das radiert den Leithammelfaktor vollständig aus."

„Möglicherweise. Aber denk an Vorgesetzte, an Schwimmtrainer, an Priester. Ohne Leithammelfaktor würden sich deutlich weniger Frauen für die interessieren."

„Aber Manuel –", ich schüttelte den Kopf, „ich meine, er war nur unser Chorleiter –"

„– der den meisten Redeanteil hatte bei unseren Proben. Der den Takt angab. Den wir die ganze Probe über angeschaut haben. Und der nebenbei eine Künstler-Biker-Ausstrahlung hatte." Frauke machte eine Mini-Kopfbewegung zu Annika hin. Der jungen Frau kamen schon wieder die Tränen. Svenja neben ihr tragischerweise auch. Möglicherweise war ja Gerlinde die Einzige, die immun gewesen war gegen seinen Charme.

„Ich bin sicher, dass Manuel sich seiner Wirkung sehr wohl bewusst war", sagte nun Frauke. „Ich fand, wenn er nicht gerade den Takt angab, war er immer mit angezogener Handbremse unterwegs."

Das fand ich interessant. „Wie meinst du das?"

„Er war vorsichtig. Er hat nicht geflirtet. Er ist nie zum Absacker geblieben. Er wusste genau, was er tat."

Ich lehnte mich zurück. Frauke sprach etwas an, das ich selbst schon gespürt hatte, ohne es genauer benennen zu können. Selbst bei mir hatte ich den Eindruck gehabt, dass Manuel immer auf Distanz geblieben war, obwohl Kerstin und ich Kollegen waren.

„Jemanden wie Manuel kriegen wir nie wieder", hörte ich plötzlich Svenja laut sagen. Um dann zu sehen, wie sie in Tränen ausbrach. Frauke knipste mir dezent ein Auge, während sie mir mit ihrer Cola zuprostete.

16

Max hatte einem weiteren Gespräch mit Rebecca SL eigentlich aus dem Weg gehen wollen, aber dann verließen sie quasi gleichzeitig den Besprechungsraum, es war unvermeidbar.

„Ich hoffe, ich habe Sie nicht in eine unangenehme Lage gebracht", zischte sie, als sie auf dem Flur waren, „Sie wirkten etwas verunsichert."

„Nun – ich –", er ging sich durchs Haar.

„Sorry, ich werde nie wieder erwähnen, was Sie über die Zusammenarbeit mit der Staatsanwaltschaft denken."

„Nein, so ist das nicht", Max kam ins Schwitzen, „also, ich fand gut, dass Sie heute da waren."

Die Staatsanwältin verzog das schlanke Gesicht zu etwas Ähnlichem wie einem Lächeln. „Da bin ich aber froh. Diese Ermittlung ist sehr speziell, ich werde mich verstärkt einbringen müssen, obwohl es nicht so leicht ist, mich zu Hause freizumachen."

Max hielt den Kopf schief, um zu signalisieren, dass ihn interessierte, warum.

„Ich sehe meinen Mann nur am Wochenende. Ist ja bei Ihnen ganz ähnlich, haben Sie gesagt."

„Wenn es immer das Wochenende wäre", Max zog eine Grimasse. „Meine Freundin lebt in Schmallenberg, also quasi am Ende der Welt, und sie arbeitet meist am Wochenende – wir sehen uns selten." Max verschwieg, dass er die Regelung eigentlich gutfand. Er und Karla hatten sich spät kennengelernt. Jeder lebte sein Leben, damals wie heute. Zwischendurch sahen sie sich und genossen die Treffen umso mehr.

„Dann wissen Sie, wovon ich rede", die Staatsanwältin zuckte resigniert mit den Achseln. „Die ganze letzte Woche habe ich bis spät abends geackert, um befreit in den Urlaub zu gehen. Und jetzt dieser neue Fall. Mein Mann hat frei und logischerweise wenig Verständnis. Ich versuche gerade, ihn mit kleinen Ausflügen bei Laune zu halten."

„Warum hat es nicht Frau Evers erwischt?"

„Gelber Schein, genau wie Axel Scholz. Tommes und Klein sind im Urlaub, Vedder und Hohmann bis über beide Ohren voll." Sie hob unvermittelt die Hand. „Egal, ich fahre jetzt nach Hause. Ihnen frohes Schaffen! Und bitte nicht noch eine Falle!"

„Wir tun unser Bestes!" Max hob zum Abschied die Hand und steuerte dann auf sein Büro zu. Er hatte noch nicht die Tür hinter sich geschlossen, als er Arnold rufen hörte: „Kommst du nochmal?"

„Zur Besprechung?" Max war entsetzt, fast drei Stunden hatten sie gerade gebraucht, sein Kopf würde gleich platzen. Doch dann sah er auch Robin und Silke zurück in den Besprechungsraum eilen. Irgendetwas war da passiert.

„Was ist los?", fragte er Arnold im Gehen.

„Neue Drahtfalle. Meldung ist gerade reingekommen. Zum Glück ist nichts passiert."

„Wo?"

„Heinrichsdorf bei Olsberg", gab Arnold an.

Max sah ihn an.

„Genau", nickte er. „Praktisch da, wo es schon vor ein paar Jahren passiert ist."

17

„Kannst du Franziska abholen?", hatte es in der Nachricht von Kerstin geheißen. *„14.36 Uhr in Hagen, ich komme hier nicht weg und Uschi kann auch nicht."*

Ich hatte einen Moment gezögert. Kerstin und ich kamen als Kollegen gut aus. Besser befreundet war ich in der Schule eigentlich nur mit Roswitha Breding aus der Bio-Fraktion und mit meinem Geschichtskollegen Ulf. Kerstin und ich saßen uns im Lehrerzimmer gegenüber und quatschten gern in den Pausen. Dennoch beschränkte sich unser Kontakt fast ausschließlich auf die Schule, privat sahen wir uns kaum. Nun war ich buchstäblich über Nacht zu Kerstins engstem Vertrauten geworden, während sie andere nicht in ihrer Nähe haben wollte. Wie sollte ich damit umgehen? Und was erwartete mich, wenn ich ihre Tochter abholte, die ich überhaupt nicht kannte und die sicher in schrecklicher Verfassung war?

„Auch wenn ihr sonst wenig Kontakt habt", fegte Alexa meine Bedenken vom Tisch, „Kerstin hat dich angesprochen, als das Unglück passiert ist. Weil du im Chor bist. Weil sie dich mag. Sie wird schon Gründe haben, wenn sie dich nun wegen Franziska anspricht. Du kannst mit jungen Menschen umgehen, ihr kriegt schon einen Draht!"

Die letzte Bemerkung war etwas heikel, Alexa hatte es gar nicht bemerkt.

Erst auf der Fahrt nach Hagen kam mir in den Sinn, dass ich nicht wusste, wie Franziska überhaupt aussah; sie und ihr Bruder waren aufs städtische Gymnasium gegangen, um nicht unter Mutters Fittiche zu geraten. Sollte ich mir ein Schild malen und mich damit auf den Bahnsteig stellen? Ich verließ mich auf meine Intuition, allzu viele Zwanzigjährige stiegen hoffentlich nicht aus dem Zug.

Es brauchte nicht mal Intuition, Franziska sah aus wie

ihre Mutter. Nicht allzu groß, aber drahtig und agil. Und kein bisschen, als stünde sie unter Schock.

„Du bist Vincent?", fragte sie, noch bevor ich sie ansprechen konnte. „Meine Mutter hat geschrieben, dass du mich abholst. Ich hab dich gegoogelt, dein Bild ist auf eurer Schulpage."

„Alles klar", sagte ich ein bisschen überrumpelt. Als ich ihr den Rucksack abnehmen wollte, winkte sie ab. „Ich habe den von Chile nach Deutschland geschleppt. Die letzten Meter schaff ich jetzt auch."

„Hier riecht's ganz anders", sagte Franziska, als wir zum Auto liefen. Faktisch roch es nach Toilette, wahrscheinlich hatte irgendjemand vor ein paar Minuten in eine Ecke gepinkelt.

„Und es sieht so anders aus."

„Zum Glück sieht's nicht überall aus wie am Hagener Hauptbahnhof", versuchte ich einen Gag, während ich das Auto aufschloss, „aber ob wir mit Chile mithalten können...? Ich hoffe, du kommst hier gut an!"

Franziska schmiss ihren Rucksack auf die Rücksitzbank. „Ich wäre lieber dageblieben." Damit knallte sie die hintere Autotür zu.

Beim Anschnallen warf ich noch einmal einen Blick auf das Mädchen. Franziska wirkte abgekämpft und erschöpft, aber nicht wirklich verweint. Wenn sie trauerte, dann auf eine sehr ruppige Art. Andererseits hatte ich Verständnis, dass sie sich nicht bei einem Wildfremden ausheulen wollte.

„Wie geht's Sebastian?", fragte sie, nachdem wir uns smalltalkmäßig über Flug und Jetlag ausgetauscht hatten.

„Deinem Bruder? Weiß nicht genau. Mit ihm hatte ich keinen Kontakt."

„Er wird es schwernehmen", sagte Franziska, „er ist total sensibel. – Und Mama?", fragte sie dann.

„Sie ist sehr – tapfer."

„Kann ich mir denken", Franziska schaute aus dem Seitenfenster, „ist sie ja immer."

„Sie hatte immer eine Menge zu schleppen, was?"

„Sie hat praktisch drei Jobs gemacht: Lehrerin, Mutter und Papas Betreuung. Papa wurde immer geschont."

Ich musste schlucken. So harte Worte. Als erste Reaktion.

„Ich hatte das Gefühl, dass sie einen zweiten Frühling erleben", versuchte ich zu vermitteln. „Deine Mutter wirkte in letzter Zeit sehr zufrieden."

„Ja, kann sein", fast trotzig kam das heraus. „Basti hat auch sowas gesagt, ich bin ja schon über ein Jahr nicht mehr da. Als ich ging, war es gerade ganz schrecklich."

„Sie hatten eine Krise –", tastete ich mich vor. Mit allem hatte ich gerechnet, aber nicht mit einem Gespräch dieser Art.

„Ich dachte, sie würden sich trennen. Haben praktisch nicht mehr miteinander geredet. Papa andauernd weg oder im Keller, Mama immer geladen und genervt."

„Gab's Gründe?", fragte ich nach. „Oder eher die Last der vielen Jahre?"

Franziska schaute mich an. Ich ärgerte mich sofort über meine Ausdrucksweise, das Mädchen musste mich für hundert halten.

„Da war was, ganz sicher, irgendeine Affäre oder so, aber natürlich wurde nicht darüber gesprochen, zumindest nicht mit uns. Ich bin in dem Sommer gegangen, angeblich war später wieder alles okay, hat Basti behauptet, aber der kriegt auch immer nur die Hälfte mit."

Eins ließ sich nicht leugnen: Die Autofahrt mit Franziska bescherte mir Einblicke, auf die ich nicht unbedingt Wert gelegt hätte.

„Wenn man so lange zusammen ist, kann das passieren", wandte ich ein.

„Dass man eine Affäre hat?"

„Dass man sich auseinanderlebt."

„Ich habe ihm das niemals verziehen", sagte Franziska. „Mama hat immer alles gemacht."

„Ich glaube, deine Mutter hat ihm sehr wohl verziehen, vielleicht kannst du das ja auch." Ich warf Franziska einen Blick zu, doch sie schaute wieder aus dem Seitenfenster und sagte nichts mehr. Ich ließ sie mit ihren Gedanken allein.

#

Wenn man die Pressemeldung liest, dann tun sich Bilder auf. Als Täter eine Gruppe von Menschen, die zu allem bereit ist, um für Ruhe und Frieden zu sorgen. Keine Dumpfköpfe, eher die Sorte kluge Tierschützer, die in Hühnerfabriken einbricht und dort Filme erstellt.

In diesem Fall spannen sie Drähte, um Gerechtigkeit herzustellen, um den Rücksichtslosen ein paar Takte zu sagen. Vielleicht eine radikale Methode, aber doch eine gute Sache, unbedingt.

Wenn man die Pressemeldung liest, sieht man das alles vor sich, und das ist sehr gut.

18

Die neue Drahtfalle hatte einen einzigen Vorteil: Max hatte die Nacht bei Karla verbringen können, ein unverhofftes Vergnügen. Er hatte ihr am Samstag nach Schließung des Cafés in der Küche geholfen und dann den Abend mit ihr bei einem Glas Rotwein verbracht. Aber schon beim Frühstück war Karla mit ihren Gedanken woanders gewesen. Reichten die Kuchen für heute, musste sie nochmal durchwischen, kam ihre Aushilfe pünktlich …? Max hatte die Unruhe schlecht ausgehalten. Außerdem war ihm der Rotwein ganz und gar nicht bekommen, in der Nacht hatte er wieder heftige Kopfschmerzen gehabt. Er hatte eine Tablette eingeworfen und war um kurz nach acht geflohen – nach Heinrichsdorf, um auch dort den Tatort in Augenschein zu nehmen.

Er fand die Stelle sofort, obwohl der Erkennungsdienst natürlich auch hier alles abgebaut hatte. Kollege Tom hatte den Tatort eindrücklich beschrieben, Max hatte die Nachricht unterwegs nochmal gehört: *„Hinter Ramsbeck, also vor Ramsbeck, je nachdem, von wo man kommt, also eigentlich noch in Ramsbeck, wenn man Richtung Werdern fährt, da geht eine Straße ab Richtung Heinrichsdorf und Wasserfall, und dann schon bald wieder rechts nach Heinrichsdorf rauf. Da steht rechts so ein schlanker, einsamer Laubbaum, ich glaube, 'ne Buche ist das, da war der Draht dran befestigt und hing in ganzer Länge hinter der Leitplanke runter. Auf der anderen Seite muss der Draht nur an einem faserigen Baumstumpf befestigt gewesen sein. Dort hat sich der Draht vorzeitig gelöst, mit Falle war da nicht viel. Zum Glück, das wäre sonst ein Mord mit Aussicht geworden. Wenn du dort bist, wirst du sehen, was ich meine."*

Kollege Tom hatte auch ein paar Bilder geschickt, allerdings hätte Max die gar nicht gebraucht, der „schmale, einsame Laubbaum", war unverkennbar. Und auch „der Mord mit Aussicht" erschloss sich sofort. Schon vom Auto aus hatte Max einen phantastischen Weitblick über das Tal. Er überlegte, den Wagen einfach an der Straße stehenzulassen, entschied sich dann aber dagegen. Hier war es zu eng und zu kurvig, er fuhr zügig weiter.

Im Ortskern von Heinrichsdorf standen Häuser mit Siedlungscharakter – hatten hier früher die Bergleute aus

Ramsbeck gewohnt? Er wendete und näherte sich dem einsamen Laubbaum diesmal von oben. Parken konnte er etwas unterhalb, wo ein Schotterweg in den Wald führte, von dort machte er sich zu Fuß Richtung Drahtfalle auf.

Als er schließlich neben dem Baum stand, wurde ihm flau. Der Fernblick übers Tal löste keinerlei Euphorie in ihm aus, sondern reine Beklemmung. Die dichten Nadelwälder dunkel und bedrohlich. Feuchte Kälte, die ihm in die Knochen zog. Und in den Kopf. Bei dem dumpfen Schmerz musste er plötzlich an seinen Vater denken, der an seiner Krebserkrankung elendig verreckt war. Er musste hier weg!

Hastig warf er einen letzten Blick auf die Drahtspuren an der Buche und wechselte gerade die Straßenseite, als ein Mountainbiker den Hang herunterschoss. Eine Drahtfalle hätte ihn eiskalt erwischt.

Max schaute sich noch den Baumstumpf an, an dem man mehr schlecht als recht einen Draht befestigen konnte. Durch die Hanglage hatte er zwar die richtige Höhe, aber wenn man jemanden umbringen wollte, suchte man sich einen besseren Halt.

Zurück im Auto fuhr Max nicht sofort los, sondern wählte die Nummer von Tom. Gegen seine Gewohnheit meldete der sich sofort: „Max, hast du die Stelle gefunden?"

„Ja, war unverkennbar. Hast du einen Augenblick Zeit?"

„Eigentlich nicht, wenn ich vorankommen will. Was willst du denn wissen?"

„Habt ihr eine Ahnung, wo der Täter geparkt hat?"

„Gegenüber ist ja dieser schmale Grasstreifen, da vermutlich nicht. Vielleicht oben bei diesen komischen Buden am Ortseingang oder unterhalb, da gibt's einen Schotterweg."

„Genau da stehe ich jetzt."

„Okay, dann bist du im Bilde und weißt, dass es dort mit Abdrücken mau ist. Anders am Ochsenkopf, da haben wir was."

Max horchte auf.

„Auf dem Wanderparkplatz, an der Stelle, wo das Pärchen den abfahrenden Wagen vermutete. Seitlich vom Schotter, unter den Bäumen, wo der Boden etwas feucht geblieben ist – ein Reifenprofil 195/65/15, kaum abgefahren."

„Und was sagt mir das?"

„Dass der Reifen kaum abgefahren ist."

„Ich meine die Größe und so. Um was für einen Wagen handelt es sich?"

„Größenordnung Golf. Das heißt: Ford Fiesta, Opel Astra, Peugeot 308 ... ich schicke dir eine Liste."

„Wird von VW nur der Golf auf der Liste sein oder noch ein anderes Modell?"

„Weiß ich nicht aus dem Kopf, vielleicht der Passat, aber siehst du ja dann, die Liste geht in der nächsten Stunde raus", Tom klang, als wollte er das Gespräch zügig beenden.

„Danke, Tom, nur eins noch: Kannst du über den Draht inzwischen mehr sagen?"

„Ein 2,5 Millimeter – Stahldraht, verzinkt. Es gibt zig Hersteller, übrigens viele im Sauerland, ist ja eine Drahtregion dort." Max wollte etwas nachfragen, aber Tom machte schon weiter. „Bei Klemmschrauben und Spannern ließ sich leichter ein Hersteller ausmachen, schicke ich dir zu. Ein Klassiker im Bereich Weideumzäunung, die Dinger werden im Fachhandel und Internet verkauft. Ich fürchte, es wird schwer für euch, den Kauf zurückzuverfolgen, da ja nicht mehr als eine handelsübliche Menge verwandt worden ist."

„Verstehe. Kann man denn wenigstens sagen, dass das Material neu gekauft worden ist? Ich meine, wenn dieser Draht seit Jahren in irgendeinem Stall gelegen hätte, hättet ihr das doch sicher gemerkt."

„So ist es, keine außergewöhnlichen Spuren. Sieht aus wie frisch aus der Packung entnommen."

„Okay", Max kaute auf seiner Lippe. „Könnt ihr über

mögliche Spuren am Auto etwas sagen? Also, wie stark ein Fahrzeug beschädigt ist, wenn es einen Draht wie am Ochsenkopf durchfährt?"

„Nicht mein Terrain, darum kümmert sich Karl. Aber eine andere Sache habe ich hier noch –"

„Ja?"

„Ich habe von einem Reifenabdruck am Ochsenkopf gesprochen, aber es gibt ja auch diesen halben am Tatort des Mordes."

Max war augenblicklich hellwach. „Gibt's da einen Zusammenhang?"

„Ja. Nein. Vielleicht."

„Na, das ist mal eine Auskunft."

„Der Abdruck am *Tatort Biker* war ja unvollständig und eigentlich nicht brauchbar. Aber nach dem Fund am Ochsenkopf habe ich ihn nochmal vorgeholt, es *könnte* ein Bruder von dem am Ochsenkopf sein."

„Was genau heißt *könnte?*"

„Ich weiß nicht, ob wir das gerichtsfest kriegen, der Wagen ist offenbar nur mit einem halben Reifen auf den Seitenstreifen geraten und hat dort einen minderwertigen Abdruck hinterlassen."

„Verstehe, aber dein Eindruck ist –"

„– dass es derselbe Reifen sein könnte, es gibt da eine markante Stelle. Außerdem ist der Abdruck sowieso etwas speziell."

„Inwiefern? Mach's nicht so spannend!"

„Es handelt sich um Winterreifen."

„Aha."

Tom hatte offenbar eine heftigere Reaktion erwartet, als die nicht kam, wirkte er enttäuscht. „Also, richtige Winterreifen, keine Ganzjahresreifen."

„Wie unterscheiden die sich denn?"

„Echte Winterreifen haben Lamellen auf der gesamten

Lauffläche bis in die Reifenschultern. Ganzjahresreifen haben diese Lamellen nur im mittleren Bereich."

„Aha", sagte Max erneut, „und was genau sind jetzt Lamellen?"

„Zickzackförmige Einschnitte in den Profilblöcken, die für Griffigkeit sorgen."

Max ließ sich das durch den Kopf gehen. „Winterreifen – und derselbe Reifenabdruck an den Tatorten."

„*Wahrscheinlich* derselbe."

„*Wahrscheinlich* derselbe. Schade, dass es nicht safe ist. Wenn wir wüssten, dass ein einziges Auto rumgefahren ist, um alle Drahtfallen anzubringen, würde das sehr helfen." Max trommelte mit der Linken aufs Lenkrad. „Wenn ich es richtig im Kopf habe, habt ihr den halben Reifenabdruck neben ein paar Büschen genommen, etwa zwanzig Meter vom Tatort entfernt – gut möglich, dass der Täter dort den Wagen abgestellt hat. Ich werde jetzt die Strecke weiter abfahren. Wenn es bei dir etwas Neues gibt, meld dich bitte sofort."

„Wie soll ich etwas Neues herausfinden, wenn immer wieder Kollegen anrufen und mich von der Arbeit abhalten?"

„Dann sag denen mal ordentlich Bescheid, damit es endlich vorangeht."

„Bescheid!", sagte Tom und legte auf.

19

Das Frühstück am Sonntagmorgen war eines der schönsten Rituale, die ich mit meiner Familie erlebte. Also, erlebt hatte. Heute saßen Alexa und ich alleine am Tisch, untendrunter lag unser Hund Walter.

„Meinst du nicht, wir könnten –?", quengelte ich.

„Gib ihnen noch eine Viertelstunde", Alexa wirkte genervt, nicht von den Kindern, sondern von mir.

„Aber es ist nach zehn!"

„Vincent, Paul hat gestern mit seinen Kumpels Doppelkopf gespielt, Marie hatte eine Spätvorstellung mit ihrer Theatergruppe. Ich glaube, wir können froh sein, dass unsere Kinder nicht dauernd vorm PC hängen oder in die Ruhrgebiets-Diskos fahren. Das tun andere Teenies nämlich durchaus."

Ich seufzte, sie hatte ja recht. Also noch eine Viertelstunde. Dann klingelte es. Ich sah Alexa überrascht an und machte mich auf. Draußen stand Max. Er wirkte verfroren.

„Das Wetter schlägt um", sagte er, und: „Ist der Kaffee schon durch?"

Drinnen fiel ihm Walter ums Bein und Alexa um den Hals. „Dass wir dich nochmal zu sehen bekommen!"

Es stimmte. In den letzten Monaten hatten wir kaum Kontakt zu Max gehabt. Bei seinem Anblick hatte ich eine Ahnung, warum. Er sah völlig überarbeitet aus.

„Ihr lagt sozusagen auf meiner Strecke, da dachte ich: Für einen Kaffee –"

„Danke, dass du uns die Illusion nimmst, du seist aus reiner Freundschaft gekommen", Alexa knuffte Max und platzierte ihn an unseren Frühstückstisch, ich holte ein weiteres Gedeck.

„Lass mal, Kaffeetasse reicht", wehrte Max ab.

„Was ist los?", Alexa sah ihn misstrauisch an. „Du siehst schlecht aus, brütest du was aus?"

„Kann man so sagen. Zu wenig Bewegung plus zu viel am Schreibtisch plus ungewohnte Mordkommission ergibt Kopfschmerzen und schlechte Laune."

„Du bist in Sachen Kreuzer unterwegs?", fragte ich nach. „Ich dachte schon, ich höre überhaupt nichts mehr von dir."

„Ist ja schwierig, von einer laufenden Ermittlung zu berichten, noch dazu, da du das Mordopfer kennst."

„Wisst ihr inzwischen, wer diese Drähte gespannt hat?"

„Ich wäre schon froh, wenn wir wüssten, ob alle Drähte gekappt sind. Es gab eine weitere Falle zwischen Bestwig und Olsberg."

„Ach du je", Alexa wirkte erschrocken. „Das heißt, die Gefahr ist noch nicht gebannt."

„Wahrscheinlich schon. Wenn die Drähte am vergangenen Donnerstag gespannt worden sind, müssten inzwischen eigentlich alle durchtrennt sein. Möglicherweise haben die Fahrer es gar nicht gemerkt. Wenn du mit einem Lkw durch eine solche Falle fährst, kriegt du es nicht unbedingt mit."

Alexa war nicht zufrieden. „Und wenn sie auch im Wald Drähte gespannt haben, für Mountainbiker und so? Da ist die Wahrscheinlichkeit, dass jemand die Drähte entdeckt hat, deutlich geringer."

„Können wir leider nicht ausschließen", Max schob mir seine Kaffeetasse hin, damit ich ihm einschenken konnte. „Allerdings waren bislang nur Straßen betroffen. Man scheint es auf Motorradfahrer abgesehen zu haben. Wobei zu dieser Jahreszeit ja gar nicht mehr viele Biker unterwegs sind – und schon gar nicht spätabends. Es sollte wohl ein Warnschuss sein, leider mit tödlichem Ausgang."

„Was für Idioten!", Alexa schüttelte den Kopf.

Max sah sie an. „Interessant, dass du von mehreren Tätern ausgehst, bei mir war das bislang auch so. Eine Gruppe, die sich über Biker aufregt, sich gegenseitig aufheizt und gemeinsam ein Zeichen setzen will. Inzwischen bin ich nicht mehr so sicher. Es kann auch ein Einzeltäter sein, der nachts losfährt, um ein paar Drähte zu spannen, und sich dabei fühlt wie Robin Hood."

Noch während er sprach, hatte Max die Nase gerümpft. Und plötzlich war auch ich von einer Wolke umgeben. Ein

Einzeltäter hatte zugeschlagen – unter dem Tisch. Binnen kürzester Zeit war die ganze Küche mit der unverwechselbaren Mischung aus Schwefelwasserstoff, Methan und Kohlenstoffdioxid verseucht. Walters Pupse waren fürs Guinness-Buch der Rekorde gemacht.

„Der lebt also immer noch", Max sah amüsiert zu, wie Alexa den Hund am Halsband nach draußen schleifte.

„Wir merken vor allem an seinen Pupsen, dass er noch lebt."

Max lachte. „Und bei euch so?", fragte er, als die Terrassentür hinter Alexa zugefallen war. „Wie geht's den Kindern?"

„Schlafen", sagte ich verschnupft. „Eigentlich hätte ich Lust, sie aus dem Bett zu schmeißen, jetzt da der Patenonkel da ist."

„Untersteh dich, in dem Alter braucht man seinen Schlaf. Fahrt ihr in Urlaub?"

„Erst in der zweiten Woche, Alexa muss in der kommenden Woche noch in die Praxis." Ich streckte meine Beine unter dem Tisch aus, jetzt, da Walter das Feld geräumt hatte.

„In den letzten Tagen war ich übrigens zweimal bei Kerstin Kreuzer. Es ist ziemlich schrecklich, was so ein Todesfall mit einer Familie macht."

Ich erzählte von Sebastian, der laut Kerstin über Stunden am Klavier saß und komponierte, und von Franziska, die zu verbittert war, um zu weinen.

„Das kommt alles noch", mutmaßte Max.

„Franziska glaubt, dass Manuel vor Jahren eine Affäre gehabt hat. Bis heute nimmt sie ihm das krumm."

„Und? Hat er eine Affäre gehabt?"

„Kann sein. Ich weiß, dass er und Kerstin eine Krise hatten, davon hat sie damals erzählt. Wie auch immer, sie waren längst miteinander im Reinen. Insofern ist es schade, dass die Tochter das nicht abschließen kann."

Max überlegte. „Was war euer Chorleiter eigentlich für ein Typ?", fragte er schließlich. „In der Ermittlungsrunde hat das bislang keine Rolle gespielt, da Manuel Kreuzer von Anfang an als Opfer eines schrecklichen Anschlags galt. Er ist mir seltsam fremd geblieben. Und das, obwohl sogar unsere Staatsanwältin ihn als Chorleiter kennt."

Ich dachte über Max' Frage nach. „Bis gestern hätte ich gesagt: ein netter, mitreißender Chorleiter, ein bisschen verträumt, aber immer um die Sache bemüht, manchmal ernst, aber stets freundlich."

„Was sagst du heute?"

„Ein Typ, auf den alle Frauen stehen, wegen seiner Künstler-Biker-Ausstrahlung."

Max lachte. „Wo hast du denn das her?"

„Von einer Chorschwester. Und das Schlimmste: Sie hat recht. Ich hab's nur vorher überhaupt nicht gemerkt."

„Klingt ein bisschen frustriert."

„Ach Quatsch, es wäre sarkastisch zu sagen, ich wollte mit ihm tauschen. Willst du ihn mal sehen?"

„Hast du ein Foto?"

„Reicht heutzutage ein Foto? Ich habe einen Film."

Ich stand auf und suchte mein Handy. Lag unter der Zeitung. „Hier, hat jemand vom Chor in unsere Gruppe gestellt. Eine Aufnahme von einer Probe."

Ich ließ den Film laufen und gab Max das Gerät in die Hand. Der Ton war nicht toll, der übliche Handy-Sound. Aber trotzdem – obwohl ich den Film schon dreimal angeschaut hatte, blieb ich stehen und sah Max über die Schulter.

Vorne der Meister in Lederhose und Leinenhemd. Seitdem Frauke mich darauf aufmerksam gemacht hatte, sah ich die lässige Eitelkeit auch. Jetzt gerade erklärte er etwas, er hatte sich den Frauen in der ersten Reihe zugewandt. Dann sprach er zu uns allen. *„Mehr Konzentration ab Takt 84, da schwimmt ihr, kein klarer Akzent. Das könnt ihr besser!*

Wir starten bei 80."

Er spielte im Stehen einen Ton auf seinem E-Piano an und fixierte uns. Dann gab er ein Zeichen und unser Chor setzte punktgenau ein.

„Er erinnert mich ein bisschen an dich", sagte Max.

„Wie bitte?" Aus Protest ließ ich mich zurück auf die Küchenbank fallen. „Willst du mir eine Freude machen, nachdem ich gesagt habe, dass er ein Frauentyp war?"

„Nein, ehrlich, der Habitus."

Ich wollte protestieren, als Alexa zur Terrassentür hereinkam. Sie war allein, Walter musste offenbar noch im Pupsexil bleiben.

„Stopp stopp!", hörte ich Manuel Kreuzer in der Aufnahme. *„Das singt ihr nicht aus. Ihr stolpert darüber hinweg und hofft, dass es schnell vorbei ist. Das höre ich, und das hört jeder Zuhörer. Nochmal ab 80."*

„Schaust du das Filmchen?" Alexa zog sich ihre Gartenschlappen aus.

„Ich finde, dieser Manuel hat etwas von Vincent", wiederholte mein Kumpel überflüssigerweise.

„Unsinn!", widersprach ich. „Manuel ist dunkelhaarig mit attraktiven Silbersträhnen im Haar. Ich dagegen bin blond, falls das schon mal jemandem aufgefallen ist."

„Ebenfalls mit attraktiven Silbersträhnen im Haar", Alexa lachte ungeniert. „Ich weiß, was du meinst, Max. Es ist dieses Jungenhafte – verbunden mit einer leichten Zerstreutheit."

„Habt ihr sie noch alle?"

„Das ist positiv gemeint", beteuerte Alexa. „Ich habe mich deshalb in dich verliebt. Und was hat Frauke noch von wegen Künstler-Biker-Ausstrahlung gesagt? Du bist ein Lehrer-Radler, das ist ungefähr dasselbe."

„Was für ein Quatsch!" Trotzig begann ich, meinen Teller abzuräumen. „In Manuel Kreuzer waren offenbar jede

Menge Frauen verliebt. Für mich gilt das nicht."

Meine Frau blitzte mich an. „Woher willst du das wissen?"

Der Film war zu Ende, Max stand abrupt auf. „Streitet euch ohne mich, ich verschwinde dann mal."

Alexa und ich warfen uns einen schuldbewussten Blick zu. Hatten wir Max in die Flucht geschlagen? Dann musste er wirklich extrem überarbeitet sein.

20

Diesmal war ich es, der Kontakt zu Kerstin aufnahm. Franziska war mir nicht mehr aus dem Kopf gegangen.

„*Wie geht es?*", schrieb ich am Sonntagmittag. „*Vor allem: Wie geht es Franziska?*"

„*Nicht gut, sie ist wütend.*"

„*Kann ich was tun?*"

„*Gute Stimmung verbreiten.*"

„*Ich versuch's. Komme gleich vorbei.*"

„*DANKE!!!*"

Es war mir eine Pille, erneut die Stelle zu passieren, an der Manuel umgekommen war. Diesmal bereitete ich mich frühzeitig vor, nur um hinter der Kurve an den Bäumen plötzlich zwei eingemummelte Gestalten auf der Straße zu sehen. Wieder die Tierretterin? Heute mit Verstärkung?

Es waren Franziska und Sebastian, und diesmal war es der Junior, dessen Ähnlichkeit zu seinem Vater mich erschreckte. Manuels dichtes, dunkles Haar blitzte unter der Mütze hervor, vor allem aber Haltung und Gang waren so ähnlich, dass es mir unheimlich war.

Ich blieb stehen und ließ das Fenster herunter. Franziska kam heran. „Hallo!"

Ich sparte mir Bemerkungen zu Spaziergang, gutem

Wetter, was auch immer.

„Wir wollten schauen, ob wir hier was sehen."

Ich nickte.

„Und ob man ihm hier begegnet. Denn zu Hause ist er nicht. Nicht in seinem Keller, nicht im Wohnraum, er ist einfach nicht da."

Ich hatte eine Ahnung, was sie meinte. „Ich finde schön, dass ihr ihn sucht."

Franziska sah mich ernst an, Sebastian dagegen wirkte distanziert und verletzt. Als hätte man ihm Furchtbares angetan. Hatte man ja auch.

„Soll ich euch mitnehmen?", fragte ich nach.

Franziska schaute zu ihrem Bruder. Ich sah in keinem der Gesichter eine Regung, trotzdem schienen sie sich einig zu sein.

„Nein, wir bleiben noch hier."

„Gut", sagte ich, „dann vielleicht bis später."

„Die Kinder wollten an die frische Luft", begrüßte mich Kerstin.

„Ich weiß, ich habe sie getroffen." Mittlerweile kannte ich mich so gut aus, dass ich selbstständig meine Jacke aufhängte, die Schuhe abstellte und ins Wohnzimmer ging.

Kerstin wirkte auf neue Weise erschöpft. „Alles klar bei dir?", fragte ich besorgt. „Ich meine, soweit alles klar sein kann in deinem Fall?"

„Geht so. Einer dieser Privatsender ist wiedergekommen. Hat einfach draußen gefilmt und Sturm geklingelt, damit wir ein paar verzweifelte Worte in die Kamera heulen. Wir haben uns verbarrikadiert, bis sie abgezogen sind. Hoffentlich kommen sie nicht wieder."

„Oh Mann! Willst du dich hinlegen?"

„Nein, schon gut." Tränen glitzerten auf. Instinktiv nahm ich Kerstin in den Arm. Zunächst war sie völlig verkrampft, dann endlich löste sie sich und fiel mir regelrecht in den Arm. Sie weinte ein bisschen, ich hielt sie ganz fest, dann schließlich platzierte ich sie auf dem Sofa, wo sie sich auch sogleich ein wenig ausstreckte.

„Möchtest du etwas trinken?", fragte ich nach.

„Das müsste eigentlich ich fragen. Lass uns einfach hier sitzen."

Eine Zeitlang schwiegen wir, Kerstin hatte ihren Arm über ihre Augen gelegt, dann durchbrach sie plötzlich die Stille. „Franziskas Wut, ich weiß nicht, woher diese Wut kommt."

„Sie denkt, Manuel hatte eine Affäre."

Kerstin nahm abrupt den Arm weg. „Davon hat sie dir erzählt?"

„Ja, hat sie. Ich glaube, sie war sehr aufgewühlt. Bestimmt hat sie sich ihre Ankunft anders vorgestellt, nach mehr als einem Jahr. Und dann diese ungeklärte Situation."

„Ich weiß nicht, warum sie es nicht einfach hinnehmen kann."

Ich wusste nicht genau, was Kerstin meinte, den Tod ihres Vaters, die Affäre?

„Vincent, wir hatten mal eine sehr schwere Zeit, liegt schon ein gutes Jahr zurück, vielleicht erinnerst du dich, auch wenn ich bestimmt nicht viel ausgeplaudert habe. Ich hatte damals den Eindruck, dass da etwas war. Dass es in Manus Leben jemanden gab. Oder dass Manuel sich aus anderen Gründen zurückgezogen hatte. Als ein Urlaub anstand, habe ich ganz rational überlegt: Will ich ihn ausquetschen? Bis ins letzte Detail wissen, was da läuft? Ich habe mich dagegen entschieden, nicht zuletzt um mich selber zu schützen. Für mich war nur eins wichtig: Wollten wir es noch einmal versuchen? Dazu war ich bereit, weil ich Manuel wirklich geliebt habe." Ein Schluchzer entwich Kerstins Brust, aber so unvermittelt, wie er gekommen war, hatte sie sich auch wieder gefasst. „Ich habe mit Manuel vereinbart, dass wir einen kompletten Neuanfang starten. Alles auf Reset! Und wir haben Vereinbarungen getroffen. Dass er sich aufs Komponieren konzentriert, dass er die Chöre außerhalb abgibt und bestenfalls noch etwas in der Nähe annimmt. Dass wir uns mehr absprechen. Ich ziehe ja alles an mich und dann beschwere ich mich, dass Manuel zu wenig tut. Dabei lasse ich ihn gar nicht. Das habe ich damals ganz gut erkannt."

Ich war überrascht von so viel Offenheit und so viel Einsicht. Auch in der Schule konnte Kerstin nerven mit ihrer Perfektion. Es mal locker angehen zu lassen, war ihr praktisch unmöglich.

„Weißt du, Manuel und ich hatten uns so viel zu geben. Er mir seine Unbeschwertheit, ich ihm meine Organisiertheit. Wir haben uns sehr gut ergänzt, wir sind nur ein wenig aus dem Takt geraten."

Ich musste schlucken. Alexa hatte unsere Beziehung mal ganz ähnlich beschrieben – verband mich mit Manuel tatsächlich mehr, als mir lieb war?

„Weißt du, wie das damals war, als ich schwanger wurde – mitten im Studium?" Kerstins Tonfall hatte sich geändert. Sie war abgedriftet in Erinnerungen – in schöne Erinnerungen, wie mir schien. „Es kam total überraschend und ich habe nur die Probleme gesehen: dass ich mein Studium nicht zu Ende bringen kann, dass alles den Bach runtergeht. Manuel dagegen hat vom ersten Moment an das Gute gesehen: wie schön es ist, wenn man sein Kind so früh bekommt, dass wir junge, unbeschwerte Eltern sein können, dass wir das Studium mit viel mehr Stringenz angehen werden."

Ich fragte mich, ob Kerstin das schon einmal Franziska erzählt hatte. „Hat er recht behalten?", fragte ich nach.

„Eigentlich ja, und er hat alles dafür getan. Ich habe

mein Studium als Erste abgeschlossen, weil er sich in den ersten Monaten ums Kind gekümmert hat. Schlimm war die Zeit meines Referendariats, da steckte Manuel mitten im Examen, er hat dann am Ende nur Musik und nicht das Lehramt weitergemacht, weil er ja eh nicht so der Lehrertyp war."

„Bedeutete aber, dass er keine feste Anstellung hatte", warf ich ein.

„Genau, er musste immer kämpfen, jeden Chor annehmen, Privatunterricht geben, Jingles komponieren. Trotzdem hat er immer nur einen Bruchteil von mir verdient."

„Hat er darunter gelitten?"

„Ich weiß nicht – möglicherweise", Kerstin geriet ins Stocken, „bestimmt habe ich es ihm nicht leicht gemacht. Mehr als einmal habe ich ihm vorgeworfen, dass er keinen richtigen Job hat und trotzdem im Haushalt nicht genug hilft."

Ich ließ das so stehen.

„Manuel hat ja viel komponiert, kleine Arrangements, Firmenwerbung und so. Aber manchmal habe ich ihn an Sachen arbeiten hören, für die er keinen Auftrag hatte. Dann habe ich mich geärgert und über diese Zeitverschwendung geschimpft – in Wirklichkeit glaube ich, dass er immer auf den großen Hit gehofft hat."

Ich musste lächeln. Dieses Ringen um den Erfolg, die stille Hoffnung, die er da in sich getragen hatte – Manuel rückte mir dadurch ein Stück näher. Gleichzeitig war Kerstin an einem Tiefpunkt angelangt. Selbstzweifel und Scham, wie bekam ich sie da wieder raus?

„Wenn er Musik so liebte", sagte ich heiter, „ist es ein Wunder, dass er sich mit unserem Chor herumgeschlagen hat."

Kerstin musste lachen. „Mehr noch, er hat euch immer als seinen Lieblingschor bezeichnet."

„Das hat er auch bei uns behauptet, aber wir haben es nicht wirklich geglaubt. Außerdem – wenn es nur noch einen Chor gibt, ist es nicht schwer, der Lieblingschor zu sein." Ich zog eine Grimasse. Kerstin lachte erneut.

„Es tat ihm gut, mal ganz ohne Stress arbeiten zu können. Er hatte vorher zwei Chöre, die eine echte Herausforderung waren. Bei euch kam es nur darauf an, nicht zu gute Laune zu kriegen."

„Das freut mich. Dann waren wir ja doch für irgendetwas gut."

Kerstin richtete sich auf. „Ich habe ernsthaft überlegt, ob ihr nicht die Beerdigung mitgestalten könnt. Hört sich komisch an, dass ich an so etwas denke, aber die Musik bei der Feier wäre Manu sehr wichtig gewesen."

„Oi", sagte ich, „ich frage mal nach."

21

Im Präsidium herrschte eine sehr spezielle Stimmung. Friedlich irgendwie, leise. So sehr auch immer über die Wochenenddienste geschimpft wurde – Max mochte sie. Er schlich nach oben, als ihm im Treppenhaus plötzlich zwei rote Turnschuhe entgegenkamen, Robin auf dem Weg nach unten.

„Hi", meinte er, „gibt's noch was zu tun?"

„Immer. Warum fragst du?"

„Mir ist langweilig."

Den Satz kannte Max sonst nur von Vierjährigen in Karlas Café, die von ihren Eltern beschäftigt werden wollten.

„Okay, dann komm mit. Ich will eine Aufstellung machen."

„Oh ja", sagte Robin, als hätte Max ihm versprochen, ein bisschen mit ihm Fußball zu spielen.

Der Bursche war ein Segen, das merkte Max sofort. Er selbst hätte aufwändig auf der Landkarte an der Stellwand herumgemacht, Nadeln hineingesteckt und versucht die Abstände zu schätzen. Robin bediente seinen Laptop, als hätte er ihn schon im Kindergarten auf dem Spieltisch gehabt. Flugs hatte er über den Beamer die Sauerland-Karte an die Wand geworfen, die Arnold mit allen Drahtfallen-Tatorten versehen hatte.

„Wenn das geht, fügen wir jetzt die Uhrzeiten ein", schlug Max vor. „Der Mord hat gegen 21.30 Uhr stattgefunden, schreib das bei „*Tatort Biker*" bitte dazu."

Robin tippte, schon erschien die Uhrzeit in Grün.

„Jetzt zur Drahtfalle am Ochsenkopf: Falls die jungen Leute diesen Knall richtig gedeutet haben – wann ist dann jemand dort durch die Falle gefahren?"

Robin kramte in seinen Unterlagen. „Viertel vor acht, also 19.45 Uhr." Er notierte die Uhrzeit unter *Tatort Ochse*, während Max schon weiterüberlegte: „Wenn es *ein* Täter oder eine Tätergruppe in *einem* Auto war, waren sie also erst am Ochsenkopf und sind von dort aus zum *Tatort Biker* gefahren."

Robin kräuselte die Nase, was bei diesem Riesenkerl irgendwie lustig aussah. „Ist es nicht wahrscheinlicher, dass mehrere Leute an verschiedenen Orten eine Drahtfalle gespannt haben? Okay, sie haben sich vielleicht das Material zusammen besorgt, aber ausgeführt haben sie ihr Ding dann an verschiedenen Orten."

Max erzählte, was Tom ihm über den halben Reifenabdruck gesagt hatte.

„Die Frage ist, wann genau die Falle in Sundern *aufgebaut* wurde. Am Ochsenkopf ist ordentlich Verkehr. Also muss es kurz vor 19.45 Uhr gewesen sein. Wahrscheinlich sogar unmittelbar vorher – wenn es nämlich der Fahrer war, dessen Auto das Pärchen vor dem Knall auf dem Parkplatz gehört hat."

„Der VW", sagte Robin. „Und die Knutscher haben tatsächlich nur *eine* Person gehört. Sonst hätten sie nicht vermutet, dass da jemand pinkeln geht. Sie haben *eine* Autotür gehört und nach wenigen Minuten wieder eine. Wenn mehrere Täter beteiligt gewesen wären, hätten die sich die Arbeit geteilt, damit es schneller geht, dann hätte man mehrere Türen gehört."

„Gut, Robin", lobte Max, der Youngster freute sich sichtlich. „Wir haben also *einen* Täter in einem VW. Und unmittelbar nachdem der den Draht am Ochsenkopf gespannt hatte, wurde dieser auch schon durchtrennt, womöglich als der Täter noch auf dem Parkplatz war."

„Ja, nein, anders", Robin wurde aufgeregt. „Das Pärchen hat ausgesagt, dass unmittelbar nach dem Wegfahren der Knall zu hören war, also fast *beim* Wegfahren."

„Einverstanden", Max massierte seine Schläfen, die konzentrierte Arbeit verlangte ihm einiges ab. „Heißt, der Täter wollte gerade vom Parkplatz fahren, als ein Auto die Straße langkam und vor seinen Augen den Draht durchfuhr?"

„Der hätte dann doch angehalten", wandte Robin ein. Dann wurden seine Augen plötzlich ganz groß. „Vielleicht hat der Täter den Draht ja selber durchfahren."

Max war irritiert. „Warum sollte er?"

„Weil er nur ein Zeichen setzen wollte, genau wie in Heinrichsdorf, wo der Draht ja nicht mal richtig festgemacht war", Robin war jetzt ganz aus dem Häuschen. „Das würde erklären, warum sich niemand bei der Polizei gemeldet hat, nachdem er in die Falle geraten ist. Der Täter war erst in Heinrichsdorf, ist von dort aus zum Ochsenkopf und dann weiter zum Biker-Tatort gefahren. Zeitlich passt das doch, oder?"

Max war die Entfernungen schon auf der Fahrt durch-gegangen. „Ja, passt."

Robin war begeistert. „Da wir die Fahrtrichtung kennen, wissen wir, dass der Täter vom Wanderparkplatz Ochsen-kopf Richtung Sundern fahren wollte. Das heißt, er musste definitiv durch seinen eigenen Draht, denn die Falle war ja rechts von der Ausfahrt."

Max starrte auf die Karte, sah aber in Wahrheit den Wanderparkplatz vor seinem inneren Auge. Er war dort gewesen. Zweimal war er dort gewesen, warum war ihm der Gedanke nicht gekommen, dass der Fallensteller durch seinen eigenen Draht gefahren war? Spätestens heute beim Checken der Route hätte ihm das auffallen müssen!

„Vorher in Heinrichsdorf hat der Täter es ähnlich ge-macht", sprudelte Robin schon weiter, „nur hat dort den durchfahrenen Draht lange keiner bemerkt, er hing da ein-fach in der Landschaft herum. Ich habe mir die Bilder an-geguckt, an der Stelle geht ja kein Mensch zu Fuß."

Max hing immer noch der Frage nach, wie Robin auf all das gekommen war, ohne vor Ort gewesen zu sein. Was sag-te das über ihn selbst aus? War er zu alt für diesen Job?

Der Youngster machte sich jetzt wieder am Laptop zu schaffen und malte eine Streckenführung ein. „Er ist einen solchen Bogen gefahren. Von Olsberg über die Autobahn, Abfahrt Arnsberg, Richtung Ochsenkopf, Sundern, Hachen, Oelinghausen –"

„Ich kenne die Strecke", unterbrach ihn Max brüsk. „Ich bin sie eben mit dem Auto abgefahren."

Robin sah ihn irritiert an und ließ die Schultern hängen. Max musste unwillkürlich an Julia Funke denken, vor al-lem an ihren Partner, der mit der Überlegenheit der jungen Kollegin nicht zurechtkam. So wollte er nicht sein.

„Deine Schlüsse sind sehr interessant", versuchte er es deshalb wiedergutzumachen, „nur frage ich mich: Warum

hat der Täter nicht auch die dritte Drahtfalle selber durchtrennt?"

Der Zwei-Meter-Bursche nahm wieder Körperspannung
an, er starrte auf die Karte, dann plötzlich tat sich etwas in
seinem Gesicht. „Weil er gestört wurde? Er hat den Draht
gespannt, aber dann passierte irgendetwas und er musste
schnell weg."

„Nicht schlecht", Max kniff konzentriert die Augen zusammen, „aber er ist zurückgefahren, nicht wie zuvor durch
den eigenen Draht. Warum?"

„Weil die Störung von vorn kam", Robin war jetzt wieder
voll in seinem Element, „vom Wohnhaus der Kreuzers, das
ja in Sichtweite lag. Vielleicht hat sich da am Haus etwas getan. Angeblich hat die Ehefrau ja abends die Fahrräder zum
Auto gebracht – und vorher noch anderes Zeugs. Das heißt,
da war plötzlich Betrieb vorm Haus, die Außenbeleuchtung
ging an und so weiter."

„Gut möglich", Max wurde nun ebenfalls von Aufregung
erfasst. Der Junge konnte verdammt kreativ denken.

„Vielleicht war auch diese Frau unterwegs", machte
Robin schon weiter, „diese Tierschützerin. Die läuft nachts
manchmal durch die Gegend, haben die Vermieter gesagt.
Silke und ich waren gestern da, aber wir haben sie wieder
nicht angetroffen. Dabei meinten die Hofeigentümer, sie sei
eben noch im Garten gewesen. Möglicherweise macht sie
sich vom Acker, wenn sie uns sieht."

„Habt ihr es heute noch einmal versucht?", wollte Max
wissen.

„Nee, Silke meinte, das hätte keinen Zweck. Zumal die
Eigentümer erzählt haben, dass die Tierschützerin gar kein
Auto besitzt. Wie soll sie also die anderen Fallen aufgebaut
haben?"

Max ärgerte sich. Er war eben am Tatort gewesen, er
hätte die Frau noch einmal aufsuchen können – wenn er

denn Bescheid gewusst hätte. „Ist Silke heute hier?", fragte er nach.

„Nee, sie wollte einen Pferdetag machen. Sie besitzt eine Stute und kann sich viel zu selten darum kümmern."

„Aha", brummte Max und ging in Ruhe noch einmal alles durch. „Deine Ausführungen sind sehr überzeugend", meinte er dann. „Nur müssen wir herausfinden, ob es wirklich diese Störquelle gab. Langeweile kannst du für heute vergessen."

22

Ich war pünktlich, am Montag um zehn. Schwester Gertrudis empfing mich an der Pforte, was ihre Homebase in Sachen Papiersammlung war. Nach ihren Jahren im Sekretariat hatte sie es sich im Pfortenzimmer gemütlich gemacht. Hier hatte sie ihren PC, ihr Radio und ihre Ruhe.

„Einen Kaffee?", wollte sie wissen. Ach ja, eine Kaffeemaschine hatte sie auch. Ich überlegte: schnell ans Papier oder –

„Gern einen Kaffee", sagte ich. Waren schließlich Ferien.

„Herr Vincenz", sagte Gertrudis, während sie mir in eine BVB-Tasse einschenkte, „Sie waren als Erster am Tatort."

Aha, daher wehte der Wind. Schwester Gertrudis war nicht nur an meinen Packkräften interessiert, sondern auch an meinen Infos.

„Das stimmt", Gelassenheit demonstrierend ließ ich meinen Blick über Gertrudis' Schreibtisch schweifen. Er war mit bolivianischen Handarbeiten vollgestellt, Auswirkungen ihrer Spendenaktivität.

„Und was hatten Sie für einen Eindruck?"

„Ich verstehe nicht recht."

Schwester Gertrudis verdrehte die Augen. „Von dem Tathergang meine ich jetzt."

Eins musste man sagen: Gertrudis hatte in den letzten Jahren ihre Eigenarten entwickelt, nein anders, sie hatte *noch mehr* Eigenarten entwickelt, aber mit ihren vierundachtzig Jahren war sie auf ihre Weise noch immer hellwach.

„Es hat jemand einen Draht über die Straße gespannt", war ich um Sachlichkeit bemüht, „in den Herr Kreuzer mit dem Motorrad hineingefahren ist."

„Jaja, so stand's in der Pressemeldung, jemand, der es auf Kradfahrer abgesehen hat." Schwester Gertrudis warf einen Blick auf ihren Rollator, als wäre sie wegen ihres fahrbaren Untersatzes ebenfalls gefährdet.

„Na dann, mehr weiß ich auch nicht."

Schwester Gertrudis lehnte sich nach hinten, als brauche sie im Umgang mit Begriffsstutzigen wie mir sehr viel Geduld. „Was denken Sie denn über die Todesursache?"

Ah, die Leier! Schwester Gertrudis hatte sich schon bei früheren Gelegenheiten in dieser Sache geäußert. Ihrer Meinung nach sagte die Mordmethode viel über das Mordmotiv aus.

„Ich denke, dass da jemand kurzen Prozess machen wollte", fiel es mir ein.

„Sehr richtig", Schwester Gertrudis war durch diese kluge Antwort ein wenig versöhnt. „Enthauptung bedeutet Zerstörung. Man nimmt dem Menschen das Wichtigste: Haupt, Steuerung, Macht."

Ich schüttelte unwillig den Kopf. „Aber Manuel Kreuzer wurde nicht wirklich enthauptet."

Schwester Gertrudis ging lässig über meinen Einwand hinweg. „Bestimmt haben Sie auch sofort an Johannes den Täufer gedacht."

„Eigentlich nicht."

„Salome forderte seinen Kopf als Belohnung für einen

Tanz. In der Kunst kommt dieses Motiv tausendfach vor", Schwester Gertrudis deutete auf ihren PC, wohl um zu signalisieren, dass sie alle tausend Darstellungen angeschaut hatte.

„Interessant ist aber auch, was Kopflosigkeit in Träumen bedeutet."

„Ach ja?", sagte ich matt.

„Ein fehlender Kopf heißt dort, man hat die Orientierung verloren und will zurück zu Organisiertheit und klarem Verstand."

„Hochinteressant!" Ich hatte meine Tasse geleert und stand einfach auf. „Apropos Organisiertheit: Wie war das noch mit Ihrem Papier?"

Schwester Gertrudis erhob sich eher unwillig. „Wir sollten das Thema demnächst weiter vertiefen."

„Unbedingt." Ich schob Schwester Gertrudis ihren Rollator heran. Leider stieß ich dabei an den Schreibtisch und warf eine Tonfigur um. Schnell stellte ich sie wieder hin.

„Nichts passiert", haspelte ich, „Kopf ist noch dran. Und das ist das Wichtigste, oder?"

23

Diesmal gab es keine Brötchen, vielmehr war die Stimmung von Anfang an gespannt. Robin und er waren den Vortrag mehrfach durchgegangen und brannten nun darauf, den Kollegen ihre Theorie zu erklären.

Beim Kampf um den Beamer hatte Arnold Widerstand geleistet. Er hatte offenbar auch eine Bilderschau vor. Max hatte noch nicht herausfinden können, worum es genau ging.

Endlich kam Schröder, im Schlepptau Rebecca Sterner-

Leiss. Offenbar wollte sie nach einem gemeinsamen Presse-
termin noch einmal die Dienstbesprechung besuchen. Max
freute sich insgeheim, je mehr Publikum desto besser.

„Guten Morgen!", Schröder schien bestens gelaunt.
„Heute haben wir viel vor. Max und Robin, ihr wollt uns
etwas zeigen, Arnold ebenfalls. Fangen wir gleich an, bitte!"
Max nickte Robin zu. Die Show konnte beginnen.

„Und deshalb", wie bei einem Abschlussplädoyer wandte
Robin sich zehn Minuten später seinem Publikum zu,
„glauben wir, dass es nur *einen* Täter gibt und dass er am
vergangenen Donnerstagabend *diese* Strecke genommen
hat."

Über ihm leuchtete an der Wand die Täterroute auf.
Robin setzte sich und sah Max fragend an, der nickte ihm
unmerklich zu. Max hatte dem Youngster den größten Teil
der Präsentation überlassen, die Theorie war schließlich
sein Verdienst gewesen, ganz allein seins. Und Robin hatte
seine Sache gut gemacht.

„Interessant", sagte Schröder, was Max ein wenig schal
fand, er hatte stehende Ovationen erwartet, „vor allem, dass
der Täter die Drähte selbst durchtrennt haben soll."

„Könnte man das nachweisen?", erkundigte sich Arnold.
„Sieht man das am Fahrzeug, wenn da ein Draht über den
Lack geschrammt ist?"

„Die Drähte waren auf 1,50 Meter Höhe gespannt", erklärte Max, „das trifft einen Kleinwagen im oberen Bereich
der Windschutzscheibe oder an den vorderen Säulen. Ja,
vermutlich würde man irgendetwas sehen. Und deshalb ist
diese Theorie auch so nachvollziehbar. Jeder Autofahrer, der
in die Falle geraten wäre, hätte sich bei der Polizei gemeldet,
immerhin ist ein Schaden am Fahrzeug entstanden."

„Naja, beim Lkw hätte man es vermutlich weniger gemerkt", brummelte Gerd. „Vielleicht war es ja ein Laster,
der abends im Sauerland Metall abziehen wollte. Der hätte

sich bestimmt nicht gemeldet." Gerd lachte laut, Max fand die Bemerkung etwas weniger lustig.

„Du hast doch von dem knutschenden Pärchen erzählt", konterte er. „Ich glaube, von einem Lkw haben die beiden nichts gesagt."

„Wir haben noch nicht über die Winterreifen gesprochen", wechselte Robin das Thema. Sein Gesicht glühte vor Eifer. „Ihr habt's sicher im KTU-Bericht gelesen: Am *Tatort Ochse* sowie am *Tatort Biker* wurden Reifenabdrücke sichergestellt, vermutlich von ein- und demselben Wagen. Das Besondere: Der Wagen hatte Winterreifen drauf. Was haltet ihr von dem Gedanken, dass man einen Uraltwagen genommen hat, einen vom Schrottplatz, auf dem zufällig noch Winterreifen waren?"

„Also doch Schrottwagen?", Gerd keckerte, wurde dann aber ernst. „Im Bericht steht auch, dass die Winterreifen noch ordentlich Profil hatten: 8 Millimeter. Autos auf dem Schrottplatz haben selten solche Spitzenreifen drauf."

„Wie auch immer – die Theorie enthält etliche Spekulationen", ergriff nun Schröder das Wort. „Es ist unklar, ob der Knall, den das Pärchen gehört hat, wirklich der zerrissene Draht war. Es ist unklar, ob der Reifenabdruck auf dem Wanderparkplatz tatsächlich vom Täterauto stammt. Es ist unklar, ob der halbe Abdruck am Biker-Tatort tatsächlich ein Zwillingsabdruck ist. Es ist unklar, warum der Täter den dritten Draht nicht selbst durchfahren hat."

„Weil er gestört wurde", erklärte Robin, obwohl er das schon in seinem Vortrag angeführt hatte. „Frau Kreuzer hat bestätigt, dass sie irgendwann nach neun Uhr Sachen aus dem Keller nach draußen geschleppt hat – später hat sie auch die Fahrräder aus dem Schuppen zum Auto gebracht."

„Genau! Dabei hat sie das Licht am daliegenden Motorrad ihres Mannes bemerkt. Ein Auto hat sie aber vorher nicht wahrgenommen", Schröder schüttelte den Kopf. „Versteht mich nicht falsch, vieles davon kann genauso passiert sein, aber wir müssen es belegen. Vielleicht helfen da weitere Ergebnisse der KTU, die sind ja noch nicht vollständig."

Robin wirkte geknickt, Max warf ihm einen aufmunternden Blick zu. Vielleicht hatten sie zu viel erwartet. Sie hatten gute Ideen gehabt, aber Schröder war im Recht, bislang viel Spekulation.

„Ich finde das alles sehr interessant", sagte nun Arnold, während er seinen Laptop mit dem Beamer verband, „weil es zumindest teilweise mit meinen Ergebnissen korrespondiert."

Er schien bei aller Nüchternheit in der Sprache die Spannung zu genießen. „Ich habe weiter die Foren gecheckt und dabei jemanden gefunden, der mir interessant scheint. Frau Sterner-Leiss hat mir freundlicherweise Zugang zu seinem Echtnamen verschafft."

Die Staatsanwältin lehnte sich zurück. „Ich habe eine Anfrage an den Netzbetreiber unterzeichnet, das ist mein Job."

Alle schmunzelten leicht.

„Das geht nicht immer so schnell", sagte Arnold, „hat sehr geholfen." Er klickte an seinem Laptop herum, auf der Wand erschien ein Chat.

„Es gibt einen Post, der mich angefixt hat. Ich habe dann weitergeforscht und festgestellt, dass dem noch etwas vorausging. Ich zeige euch jetzt den Anfang von allem."

„Adam und Eva", sagte Gerd. Arnold ging nicht darauf ein.

„In dem Forum geht's eigentlich um Sorgerechtsfragen und die Rechte von Vätern. Der Ursprungspost ist vom 22. Juni dieses Jahres."

Max sah die Schrift an der Wand wieder verschwommen. Vielleicht brauchte er einfach eine neue Brille, damit seine Kopfschmerzen verschwanden? Nur mit Mühe konnte er entziffern, was *GanzderPapa!* ins Netz gestellt hatte.

„Hi Leute! Sagt mir mal, was ich tun soll. Meine Tochter ist vier und meine Frau hat sich getrennt weil sie einen anderen hat. Ich hab 14tägiges besuchsrecht, lief am Anfang auch gut aber ich wohne jetzt in einer neuen Wohnung, an einer Motorradstrecke hier bei uns im sauerland und da ist es voll laut. Die Kleine kann jetzt im Sommer nicht schlafen, vor allem nicht tagsüber, also Mittagsschlaf, den macht sie normalerweise noch, und meine Ex hat gemeint, sie dürfte jetzt nicht mehr kommen. Sie sagt, Jessi fühlt sich nicht wohl bei mir und der Krach macht ihr Angst. Ich find das mit diesen Motorrädern selber schlimm, ist echt Höllenlärm aber was soll ich tun? Gebt mir mal nen Rat, bin echt ziemlich down.“

Arnold schaute sich um, ob alle durch waren, und scrollte dann nach unten. Es gab etliche Kommentare.

Ralf77 hatte geschrieben: „Hört sich echt fies an aber ich glaube deine Alte schützt das nur vor. sie will einfach nicht, das du deine Kleine siehst. Ich kenn das, hab selber jahrelang ums Besuchsrecht gekämpft. Drück dir die Daumen!“

GanzderPapa! hatte darauf geantwortet. „Hallo Ralf77, danke dir, tut gut. Ja, kann sein, aber der Lärm ist echt ein Problem, ich halte es selber kaum aus. letzte Woche war Jessi nochmal hier und schon nach einer Minute hat sie geheult. Da war meine Ex noch da und wollte sie sofort wieder mitnehmen. Ich hatte extra draußen was aufgebaut wasserrutsche und so ist ja schon heiß genug aber dann hab ich meiner Ex versprochen, dass ich irgendwohin fahre, wo es nicht laut ist. Aber jessi hat dann nur gequengelt und wollte nach Hause. Ich bin schon völlig fertig mit allem.“

Es gab ein paar Posts, in denen man allgemein sein Mitgefühl ausdrückte, Nachfragen, ob es besser geworden sei, den Vorschlag, die Wohnung zu wechseln, und irgendwann wieder *GanzderPapa!*:

„Hab jetzt ein paarmal Polizei angerufen wegen dem Lärm, andere regen sich auch auf. Wohne hier genau am Ortsaus-

gang, wo die Biker voll aufdrehen. Das ist echt unerträglich. Hab sogar schon überlegt, Nägel auf die Straße zu streuen, damit die's kapieren."

Rogerbig1 hatte daraufhin geschrieben: *„Nägel bringen's da nicht, da muss man was anderes machen."*

„Was denn?", fragte *GanzderPapa!* nach.

„Draht spannen!", schrieb *Rogerbig1*.

„Bist ja wohl panne", kommentierte *Hannes1982*, *„mal eben zum Feierabend einen Biker umnieten?"*

Weitere Empörungsposts, *Rogerbig1* meldete sich nicht mehr. Der Chat war irgendwann tot.

„Wer ist jetzt unser Mann?", fragte Silke. *„Rogerbig1* oder *GanzderPapa?"*

„Wahrscheinlich beide", murmelte Gerd, *„haben sich in der Klapse kennengelernt."*

Arnold ließ sich nicht aus dem Konzept bringen. „In einem Chat, in dem es um Motorradlärm geht, taucht *GanzderPapa!* am 4. September erneut auf. Er benutzt also überall denselben Namen."

„Bin auch Opfer", schrieb er, *„und ich lass mir das nicht länger gefallen. Polizei macht nichts, Politik macht nichts. Ich mach es jetzt selbst."*

„Äh, wie bitte?", fragte jemand namens Lorry. *„Wie darf man das verstehen?"*

„Drahtfalle über die Straße, nur so als Warnung."

„Nur so als Warnung?", fragte jemand. *„Wir reden hier von einem Mordversuch. Hast du verstanden? MORDVERSUCH!"*

Aber *GanzderPapa!* ließ sich nicht lumpen: *„Hast du schon an so einer Motorradstrecke gewohnt? Hast du deswegen deine Tochter verloren? Und deinen Job? Das ist auch MORD!"*

Darunter der Hinweis: **Der Admin hat diesen Chat eingestellt.**

„Hammer!", sagte Rebecca Sterner-Leiss in die Stille hinein. „Mein Beruf kann mich immer noch überraschen."

Arnold hatte ein zufriedenes Lächeln auf dem Gesicht, als er sich wieder seinem Laptop widmete. „Darf ich ihn euch vorstellen? *GanzderPapa!*"

Ein Ausweis-Foto erschien. Ein Mann mit kinnlangem, glattem Haar und ernstem Gesicht. Max fragte sich, ob er ihn sympathisch fand, und kam zu keinem Ergebnis.

„Meinolf Willecke, achtunddreißig Jahre alt, wohnhaft in Wiemeringhausen an der B 480. Da fahren im Winter die Holländer durch und im Sommer die Biker."

Arnold machte eine Kunstpause. „Willecke wurde vor einem Jahr geschieden und ist seit dem 1. August als arbeitssuchend gemeldet. Das Sorgerecht liegt bei seiner Frau. Der Mann hat einen Sack voll Probleme."

„Wiemeringhausen?", fragte Schröder. „Wo ist das genau?"

„Hier!", Arnold klickte weiter. Die immer wieder genutzte Karte mit allen Drahtfallen erschien – außerdem war der Wohnort von Meinolf W. eingetragen, nicht weit von Heinrichsdorf entfernt.

„Meinolf Willecke wohnt günstig", erklärte Arnold. „Schmallenberg ist nicht allzu weit, Heinrichsdorf liegt direkt vor der Haustür, und zwischendurch hat sich der Knabe möglicherweise zu einem Ausflug aufgemacht."

„Nun ja", Silke studierte die Karte, „der Biker-Tatort liegt schon ziemlich weit entfernt."

„Eigentlich nicht", Arnold genoss nun sichtlich die Aufmerksamkeit, „wenn man bedenkt, dass Willeckes Schwester in Fröndenberg wohnt." Ein weiterer Punkt erschien auf der Karte. Alle waren beeindruckt.

„Ich bin ziemlich sicher, dass ihr recht habt mit eurer Theorie", Arnold wandte sich Max und Robin zu. „Ich glaube, dass Meinolf Willecke die von euch markierte Strecke gefahren ist. Er kannte sich dort nämlich ziemlich gut aus."

Robin lebte sichtlich auf.

„Was fährt er für einen Wagen?", fiel es Max ein. „Nicht zufällig einen VW?"

„Nee", Arnold kramte in seinen Unterlagen. „Einen Škoda Superb, wenn ich nicht irre. Aber immerhin einen Diesel."

„Wunderbar", die Staatsanwältin schob ihren Stuhl zurück und stand auf. „Škoda gehört zu VW und nutzt schon seit langem deren Motoren. Ich würde sagen, wir schauen uns den Burschen mal an. Wer nimmt mich mit?"

24

Kerstins Anruf erreichte mich beim Beladen des Altpapiercontainers.

„Wollte nur Bescheid geben", hörte ich sie in meinem Handy. „Die Polizei hat gerade Manus Leiche freigegeben."

„Moment! Moment!" Ich kletterte von der Trittleiter, die mir ein Nachstopfen in alle Ecken ermöglichte. „Wie ist das genau?"

„Gerade hat eine Vera Mertens angerufen, von der Mordkommission Hagen. Die gerichtsmedizinische Untersuchung ist abgeschlossen. Ich habe mit dem Bestatter alles besprochen, Manuel wird am Samstag beerdigt."

„Am Samstag", wiederholte ich monoton, „das ist ziemlich fix."

„Finde ich gar nicht, heute ist ja erst Montag. Für uns ist wichtig, dass wir abschließen können. Übrigens fragte der Bestatter nach einer Todesanzeige in der Zeitung. Ich habe mich dagegen entschieden."

„Aha", sagte ich, zugegebenermaßen verwundert.

„Ich habe keine Lust, dass da auf der Beerdigung Kameras blitzen. Es ist schön, wenn Freunde Abschied nehmen, aber die Klatschpresse halte ich nicht aus."

„Das kann ich verstehen. – Hat die Polizei noch etwas gesagt?"

„Dass auch Manus Motorrad freigegeben ist. Und natürlich habe ich gefragt, ob es neue Erkenntnisse gibt."

„Und?"

„Diese Frau Mertens hat von weiteren Drahtfallen gesprochen, aber das wusste ich ja schon aus dem Netz."

„Keine heiße Spur?"

„Offenbar nicht. – Ich wollte nur, dass du Bescheid weißt, wegen der Beerdigung. Hast du im Chor schon gefragt, ob man sich eine Beteiligung vorstellen kann?"

„Ja, habe ich. Es ist uns eine Ehre, wenn du es denn wirklich willst. Manuel hat schließlich schon bessere Chöre gehabt."

„Die anderen Chöre sind raus", sagte Kerstin schärfer als nötig. „Darüber haben wir ja schon gesprochen. Allerdings denkt Sebastian daran, etwas zu spielen. Wenn er denn am Ende zufrieden ist mit seiner Komposition."

„Stark", sagte ich, „wenn er das schafft."

„Ich würde gern mit dir die Gestaltung durchgehen. Hast du heute Abend Zeit?"

„Ja klar", sagte ich. Waren schließlich Ferien.

25

Sie fuhren mit zwei Autos – die Staatsanwältin mit Schröder im Dienstwagen, Max und Silke in deren Privatwagen, damit Silke nach dem Einsatz direkt nach Hause fahren konnte.

Arnold hatte dankend verzichtet, obwohl er die Spur aufgetan hatte. Er saß schon wieder an seinem PC.

„Hätte darauf gewettet, dass er mitkommt", meinte Silke, als sie von der Autobahn abbogen. „Ich habe den Eindruck, er steht auf Rebecca Sterner-Leiss."

„Wie kommst du denn darauf?"

„Nicht gemerkt, wie er sie anschmachtet? Bestimmt war es Arnold, der ihr das von wegen besserer Zusammenarbeit vorgesülzt hat."

„Nee, war er nicht."

„Woher willst du das wissen?"

„Weil ich es war."

Silke fuhr herum. „Waaas?"

„Sie hat's falsch verstanden", verteidigte sich Max. „Außerdem gelten in diesem Fall sowieso andere Regeln. Bestimmt hat sie Anweisungen von oben erhalten, dass sie sich besonders reinhängen soll."

Silke schwieg. Max plapperte daher einfach weiter. „Davon ab, scheint die Leiss richtig Feuer gefangen zu haben. Eben auf dem Parkplatz hat sie gesagt, sie könne jetzt verstehen, dass beim Ermitteln der Jagdinstinkt geweckt wird. Das wäre viel spannender, als immer nur Akten zu wälzen."

„Toll, dann kann sie ja ganz zu uns rüberwechseln."

„Ich finde es gut, wie sie sich einbringt."

„Ich finde es anmaßend. Und dass sie jetzt sogar zu einer Befragung mitfährt –"

„Kann es sein, dass du die Sterner-Leiss persönlich nicht magst?"

„Sie ist karrieregeil, heißt es."

Max verkniff sich eine Bemerkung. Warum machten sich erfolgreiche Frauen das Leben gegenseitig schwer?

„Ich habe nicht den Eindruck, dass sie karrieregeil ist. Zumindest hat sie ein Privatleben. Sie hat mir von den Tücken ihrer Wochenendbeziehung erzählt."

„Mit BWL?"

Max sah fragend zu Silke hinüber.

„Bernd W. Leiss, Richter am Bundesarbeitsgericht in Erfurt. W. steht für Wichtig, sagt man ihm nach. Wenn der nicht karrieregeil ist, weiß ich es nicht."

„Du kennst ihn?"

„Natürlich nicht. Sowas wird in der Kantine erzählt."

„Dann weiß ich, warum ich lieber in die Pommesbude gehe", Max sah genervt aus dem Fenster.

„Ah, Mister Arroganto", giftete Silke zurück. „Bist du auch an der großen Karriere interessiert? Dann tu dich doch mit Rebecca zusammen! Ich weiß gar nicht, warum du bei mir ins Auto eingestiegen bist!"

„Das frage ich mich mittlerweile auch." Max starrte weiter nach draußen, nur um sich irgendwann doch wieder Silke zuzuwenden. „Warum hast du eigentlich am Samstag nicht durchgegeben, dass du die Tierschutz-Nachbarin von Manuel Kreuzer nicht erreicht hast?"

„Was soll das denn jetzt?", spulte sich Silke weiter auf.

„Ich war am Sonntagmittag in der Nähe des Tatorts und hätte es nochmal probieren können – wenn ich's denn gewusst hätte."

„Die Frau hat kein Auto. Sie ist uninteressant."

„Hätte ich gern selber geklärt."

„Ihr wart doch dann am Sonntagabend nochmal bei ihr, hat Robin gesagt. Und zwar ebenfalls vergeblich", Silke war jetzt total aus dem Häuschen. „Was soll der ganze Scheiß? Ich hab's am Samstag vergessen und am Sonntag freigemacht. Ist das ein Drama?"

„Nee, ist kein Drama. Es hilft nur, wenn alle auf einem Stand sind."

„Ich glaub's ja nicht! Erst muss ich mich rechtfertigen, weil ich mich gegen diesen verdammten Motorradlärm engagiere, jetzt auch noch, wenn ich mein Pferd sehen will!"

„Dafür musst du dich nicht rechtfertigen. Ist mir egal."

Eisige Stille. Max wusste selbst nicht, was gerade passierte. Er wusste nur, dass er nicht aufhören wollte. Karla hatte erzählt, dass die Hormone sie manchmal durchdrehen ließen, genauso unzurechnungsfähig fühlte er sich auch.

„Warum kennst du dich eigentlich nicht mit Weidezäunen aus, wenn du ein Pferd hast?"

„Was?", wieder fuhr Silke herum.

„Du hast dir auf dem Bauernhof alles erklären lassen, als ob du noch nie aus dem Büro gekommen wärst. Wenn du ein Pferd hast, hast du doch bestimmt schon selbst eine Weide abgezäunt."

„Sag mal, spinnst du eigentlich?" Silkes Augen sprühten Funken. „Such dir jemand anderen, den du anscheißen kannst."

26

Ich brauchte Ewigkeiten, bis der Container voll war. „Für einen guten Zweck", sagte Gertrudis zum gefühlt hundertsten Mal. Ich war sicher, dass sie das auch dem papierverarbeitenden Betrieb immer wieder vorbetete, schließlich hatten sie diesmal sogar einen Container zur Verfügung gestellt. Egal, meine Arbeit war für heute getan. Dachte ich zumindest, bis mein Handy zum zweiten Mal summte. Eine unbekannte Nummer. Ich meldete mich mit vollem Namen.

„Ich bin's, Franziska!"

„Ach", rutschte es mir heraus.

„Ich habe deine Nummer von Mama. Also von Mamas Handy. Sie weiß nicht, dass ich dich kontaktiere."

Das klang nach Ärger. „Aha", sagte ich zögernd.

„Ich habe mir was überlegt. Ich möchte herausfinden, ob Papa damals eine Affäre hatte."

„Hm", brummelte ich, da ich das für keine gute Idee hielt. „Obwohl das für deine Mutter keine Rolle spielt?"

„Es soll keine Abrechnung werden – ich will ihn nur besser verstehen."

Das ließ ich mir durch den Kopf gehen.

„Aber deine Mutter weiß nichts von deinen Recherchen?"

„Ich möchte sie nicht damit belasten."

Nette Formulierung, vielleicht kam Franziska ja mal irgendwo als Pressesprecherin unter.

„Wie auch immer, Franziska, ich kann dir da leider nicht helfen. Ich kenne deinen Vater nur aus dem Chor. Den hat er vor gut einem Jahr übernommen. Wenn ich richtig sehe, lagen die Eheprobleme davor."

„Und da kanntest du Papa noch nicht? Als Mamas Mann, meine ich jetzt?"

„Nee, deine Mutter und ich hatten bislang fast nur in der Schule miteinander zu tun. Sonst hätten ja auch wir uns schon eher kennengelernt."

Franziska schien darüber nachzudenken. „Ich finde überhaupt keinen", sagte sie irgendwann frustriert. „Papa hat kaum Freunde gehabt, die man anrufen könnte."

„Was ist mit seinen früheren Chören?", rutschte es mir heraus, obwohl ich Franziskas Projekt alles andere als gut fand.

„Ich habe in seinen Mappen gestöbert. Da sind alle Chöre, die er mal gehabt hat, penibel abgeheftet. *Klangwunder Plettenberg, Melodie Meggen, Sangeslust Iserlohn, Tonsalat Eslohe,* über die Jahre ist da einiges zusammengekommen – aber ausgerechnet über seine beiden letzten Chöre habe ich kein bisschen gefunden."

„Hm." Das war tatsächlich erstaunlich.

„Herr Vincenz", wurde ich aus meinen Gedanken gerissen. Schwester Gertrudis stand mit ihrem Rollator vor mir. „Meinen ganz herzlichen Dank." Erst jetzt sah ich, dass sie in ihrem Rollatorkörbchen etwas mitgebracht hatte.

„Ich melde mich nochmal", sagte ich in mein Handy hinein und drückte Franzi weg.

Schwester Gertrudis überreichte mir das Tonmännchen aus ihrem Zimmer, das ich umgeschmissen hatte. „Als kleine Erinnerung", fügte sie hinzu, „und auch weil der Kopf ja noch dran ist."

Ich nahm es dankend entgegen. Vielleicht würde es ja irgendwann auch eine Alt-Ton-Sammlung geben.

27

Meinolf Willecke wohnte in einer Lage, die – nun ja – verkehrsgünstig war. Bestimmt war seine Miete erschwinglich, weil das Haus nicht nur alt, sondern auch ungünstig gelegen war – direkt an der vielbefahrenen Straße, gegenüber einer ausrangierten Werkstatt. Rechts vom Wohngebäude war Platz für zwei bis drei Autos. Dort stand Willeckes Škoda.

„Guck ich mir an", brummte Silke, während alle anderen der Haustür zustrebten. Schröder nickte nur und drückte schon auf die Klingel.

Meinolf Willecke kam im Jogger zur Tür. „Streetfight" stand in großen Lettern auf seiner Brust.

„Herr Willecke?", Schröder hielt ihm seinen Dienstausweis hin. „Achim Schröder. Wir müssten mal reden."

Willecke wirkte überrumpelt, Schröder drängte sich vorsichtig an ihm vorbei.

„Was ist denn los?", wollte Willecke wissen.

„Besprechen wir drinnen", Schröder war schon hinter

der nächsten Ecke verschwunden.

Erst jetzt traute sich Rebecca SL ebenfalls hinein. Sie deutete auf Willeckes „*Streetfight*"-Emblem. „Heute schon erledigt?", fragte sie ihn. Willecke sah sie nur verständnislos an.

Drinnen zeugte die Bude von tagelangem Bildschirmkonsum. Eine Spielekonsole mit Megaflatscreen bildete das Zentrum des Wohnzimmers, drumherum lagerten Essensreste aus den letzten Tagen oder Wochen. Der Geruch von Schweiß und abgestandenen Pommes lag in der Luft. Max hätte gern ein Fenster geöffnet.

„Gemütlich", rutschte es der Staatsanwältin heraus.

Willecke schob bemüht ein paar Pizzakartons zur Seite, so dass man sich theoretisch auf die Couch setzen konnte. „Ich wusste ja nicht, dass Besuch kommt", entschuldigte er sich. Immerhin, ein Rest Schamgefühl war vorhanden.

Schröder überlegte kurz und wählte dann einen Platz ganz am Rande des Sofas, Max nahm das andere Ende, die Staatsanwältin in ihrer hellen Leinenhose blieb stehen. Einen Moment brauchte Max, um Block und Stift aus seinem Rucksack zu kramen. Als er fertig war, legte Schröder los.

„Herr Willecke, wie lange wohnen Sie schon hier?"

Die Frage überraschte Willecke, Max überraschte sie auch.

„Zwei Jahre", antwortete Willecke. Seine Haare waren fettig und hätten eine Wäsche verdient, trotzdem war der Typ nicht ohne Charme. Im gepflegten Zustand hatte er sicher einmal Chancen bei Frauen gehabt.

„Zwei Jahre diesem Verkehrslärm ausgesetzt?", bohrte Schröder nach.

Durch Willeckes Gesicht ging eine Bewegung. „Sind Sie deshalb hier? Haben meine Eingaben endlich etwas gebracht?"

„Sie haben sich an die örtliche Polizeidienststelle gewandt", Schröders Äußerung war halb Frage, halb Aussage, „und es ist nichts passiert."

Willecke sah jetzt seine Chance. „Immer wieder habe ich mich gemeldet, Sie haben keine Vorstellung, was hier verkehrsmäßig los ist."

„Hier am Ortsausgang drehen die Biker richtig auf", mutmaßte Schröder, „das kann einen schon fertigmachen."

„Aber holla!", Willecke kam in Fahrt. „Wir haben eine Lautstärkemessung gemacht. Ein Kumpel hat ein Gerät im Internet besorgt. Raten Sie mal, was dabei herausgekommen ist!"

Schröder versuchte sich an einer Schätzung. Max hingegen hatte Probleme mit seiner Konzentration, das Gespräch lief sehr schnell. Außerdem viel Krach von draußen. Die Fenster waren alt und einfachverglast. Jedes Auto, das vorbeifuhr, war laut und deutlich zu hören. Laster oder getunte Motorräder mussten die Hölle sein.

„Es ist unfassbar, was den Leuten hier zugemutet wird", ging es bei Meinolf Willecke weiter. „Wir haben eine Verkehrszählung gemacht. An manchen Tagen fahren dreihundert Motorräder durch."

„Dreihundert", krickelte Max. Musste er den ganzen Sums wirklich mitprotokollieren? Er blickte hoch, blieb mit dem Blick an einem blau-weißen Fußballwimpel hängen, an der Wand außerdem zwei gemalte Bilder sowie eins aus getrockneten Blättern. Ein Buchenblatt bildete den Bauch einer Figur, ein Eichenblatt den länglichen Kopf, leider war eins der Beine verschwunden.

„Herr Willecke, wir haben ein gewisses Verständnis, was Ihren Motorradfrust angeht", hörte Max neben sich den Ermittlungsleiter sagen. „Was halten Sie für geeignete Maßnahmen?"

„Stärkere Kontrollen", war er nicht um eine Antwort verlegen. „Und hier die Strecke muss für Motorräder gesperrt werden." Er zeigte hinter sich aufs Fenster.

„Das dürfte sich schwierig gestalten, da –"

„Anderswo geht das auch", schnitt Willecke Schröder das Wort ab. Er war jetzt sichtlich erregt. „Meine kleine Tochter kann hier nicht schlafen. Was muss noch passieren, damit die Polizei endlich was unternimmt?"

„Täusche ich mich oder sind Ihre Fenster einfachverglast?" Es war Rebecca Sterner-Leiss, die jetzt an einen der Fensterrahmen fasste. „Es würde schon helfen, wenn –"

„Ich hab echt keinen Bock mehr", Willecke sprang auf. „Hier an der Straße sind doch alle betroffen. Egal, ob einfach- oder mehrfachverglast. Aber was wissen Sie schon?" Seine Stimme überschlug sich beinah. „Wo wohnen Sie? In einem Villenviertel? In einer Spielstraße, wo Ihre süßen Kleinen unbehelligt mit dem Dreirad herumfahren können? Sie haben doch keine Ahnung, wie es uns kleinen Leuten geht!"

„Aha", sagte Schröder ruhig und bestimmt, „dann hätten wir das ja geklärt. Herr Willecke, kommen wir mal zur Sache. Wir ermitteln im Fall mehrerer Drahtfallen, die über die Straße gespannt worden sind."

Völlig emotionslos rasselte der Ermittlungsleiter nun die polizeiliche Belehrung herunter … *Auskunftsverweigerungsrecht … der Wahrheit verpflichtet …* Doch anstatt anschließend zu fragen, ob sein Gegenüber sie verstanden hatte, machte er sofort weiter. „Herr Willecke, Sie haben sich im Internet sehr aggressiv zur Motorradlärm-Problematik geäußert. Gleichzeitig sind hier in der Gegend Anschläge auf Biker erfolgt."

„Was soll das denn jetzt?", Willecke wich zurück.

„*GanzderPapa!* ist ein einprägsamer Name. Ihre Internet-Einträge sind uns bekannt."

Willecke fiel aus allen Wolken. „Ich glaub's nicht. Dürfen

Sie das überhaupt? Surfen da im Internet rum und verfolgen unschuldige Bürger, während auf der Straße die Hölle los ist. Ich fass es ja nicht!"

Max schrieb hektisch mit. Er hatte das Gefühl, ihm traten vor Anspannung die Adern hervor.

„Herr Willecke, wollten Sie das Problem auf der Straße selbst in die Hand nehmen?", fragte Schröder provokativ. „Haben Sie Drähte gespannt, um Biker zu stoppen, so wie Sie es im Netz angekündigt haben?"

„Sie sind ja verrückt!"

„Wie würden Sie es formulieren? Einfach mal Ihrem Ärger Luft machen und den Leuten zeigen, dass die Bürger nicht wehrlos und unmündig sind?"

Willeckes Stimme überschlug sich beinah. „Sie wollen mir diesen Bikermord anhängen!"

Schröder blieb ruhig. „Herr Willecke, wo waren Sie am vergangenen Donnerstag zwischen zwanzig und dreiundzwanzig Uhr?"

Kurzes Zögern. Dann Willecke fassungslos: „Sie spinnen total. Ich war hier zu Hause."

„Wer kann das bezeugen?"

„Niemand kann das bezeugen. Sie sehen doch, ich wohne allein."

Das Türklingeln schreckte sie auf. Willecke ergriff die Gelegenheit und hastete zur Tür, Schröder eilte flugs hinterher. Silke. Irgendwie hatten sie die völlig vergessen.

„Ich hab da was", hörte Max sie zu Schröder sagen. „An dem Škoda könnte was sein."

28

Auf dem Lehrerparkplatz standen zwei weitere Autos, als ich vom Papiercontainer kam. Das eine gehörte Rainer Ackermann, unserem Oberstufenkoordinator. Er verbrachte sein ganzes Leben an der Schule, er hatte sonst keins.

Das andere war von Petra Werms und das wunderte mich sehr. Petra war Sportfetischistin, die im Sommer paddelte, im Winter Ski fuhr und im Herbst mindestens bergwandern ging, und zwar vom ersten Ferientag an. Warum hing sie hier immer noch herum?

„Petra!", sagte ich erstaunt, als ich sie im Auto sitzen sah. Freundlicherweise hatte sie für mich die Scheibe heruntergelassen.

„Frag nicht!", brummte sie mich an. „Wir konnten nicht fahren. Axel hat Rücken!"

Etwas wie Genugtuung kam in mir auf. Wenn sogar Sportskanonen wie Petras Mann im Alter Rückenprobleme bekamen, warum sollte man sich dann überhaupt quälen?

„Hab mich mit Leo verabredet, wir wollen in der Halle ein wenig Badminton spielen."

Kollege Leo Brussner – der war also immer noch beim Badminton dabei. Als ich ins Sauerland gekommen war, hatte ich oft mit Leo zu tun gehabt, irgendwie hatte sich das über die Jahre verloren. Schade eigentlich.

„Hast du etwas Neues von Manuel Kreuzer gehört?", wollte Petra wissen. Wenn etwas sie interessierte, fackelte sie nicht lange, sondern fragte einfach nach.

„Naja, was so im Internet steht. Dass es noch andere Drahtfallen gab. Und dass der Täter offenbar etwas gegen Biker ausrichten wollte."

Petra Werms schnaubte. „Kein normaler Mensch, der etwas gegen Biker ausrichten will, spannt eine Drahtfalle auf dem Weg zu Beckers Hof."

„Ja, der Gedanke kann einem kommen."

Petra schüttelte den Kopf. „So doof kann man gar nicht sein."

„Und du glaubst, stattdessen hat jemand Manuel gezielt ermordet und zur Ablenkung weitere Fallen gespannt? Vielleicht jemand aus dem Chor deines Schwiegervaters?", versuchte ich einen Scherz.

Petra schmunzelte. „So in etwa. Könnte sogar sein, dass mein Schwiegervater es selbst war."

„Erzähl mir davon", wurde ich ernst. „Du hast gesagt, er singt in Attendorn? Wie ist das in seinem Chor damals gelaufen?"

„Naja, Kerstins Mann hat aufgehört und die Herren waren beleidigt."

„Klingt nicht so, als wären sie deshalb ein Jahr später losgefahren, um Manuel per Draht zu ermorden."

„Wer weiß, die Oldies brauchten vielleicht etwas länger", Petra lachte, während Leos Auto auf den Parkplatz fuhr.

„Kannst du da mehr in Erfahrung bringen?", bohrte ich nach. „Wie das in Attendorn gelaufen ist? Würde mich interessieren."

„Okay", Petra klang ein bisschen irritiert, „wenn ich dich damit glücklich machen kann."

Inzwischen hatte Leo sein Auto verlassen. „Sieht man dich auch mal!" Er kam im Sportdress auf mich zu.

„Ich bin während der Schulzeit quasi jeden Tag hier", gab ich zurück, „allerdings hänge ich nicht wie du immer im Sportlehrerzimmer herum."

Leo lächelte, wegen seiner kräftigen Nase hatte das immer ein bisschen von einer Kasperlfigur. „Auf jeden Fall schön, dich zu sehen."

„Das gebe ich gerne zurück. So also sieht einer aus, bevor Petra ihn abgezogen hat."

Leo boxte mir lachend gegen den Bauch. „Und so sieht

einer aus, der es noch nie gegen Petra versucht hat."

„Touché", sagte ich. „Da hast du eindeutig recht."

29

Auf der Rückfahrt zum Präsidium saß Max mit Schröder und der Staatsanwältin im Auto. Eine seltsame Müdigkeit hatte ihn erfasst – der Streit mit Silke, das Gespräch mit Willecke, diese ewige Warterei auf die Einsatzfahrzeuge. Lethargisch saß er auf der Rückbank und ließ die Landschaft an sich vorbeiziehen.

Ja, an dem Škoda war etwas gewesen. Und zwar überall. Der Wagen hatte in seinem Leben schon viele unliebsame Blechkontakte gehabt.

Inzwischen war der Erkennungsdienst vor Ort und kümmerte sich um Wagen und Haus in der Hoffnung, dass man irgendwelche Hinweise auf die Drahtfallen fand. Max glaubte nicht daran.

„Sind Sie bescheuert?", hatte Willecke gebrüllt. „Glauben Sie etwa, dass ich das Leben von Leuten riskiere? Leuten, die vielleicht kleine Kinder haben – genauso wie ich?"

Nein, Max glaubte das nicht. Denn Robins Theorie hatte einen großen Schwachpunkt gehabt: Warum hatte der Täter zwei Fallen selber durchfahren, die dritte aber nicht? Weil er gestört worden war, hatte Robin vermutet. Weil er allein Manuel Kreuzer umbringen wollte, vermutete Max.

Vorne gingen Schröder und Sterner-Leiss gerade noch einmal die Täterroute durch.

„Ist doch merkwürdig", hielt Max sich irgendwann nicht länger zurück. „Wir haben zwei liederliche Drahtfallen an klassischen Motorradstrecken und eine perfekte an einer Strecke, wo kaum jemand fährt – außer Manuel Kreuzer, der auch im Herbst noch mit dem Motorrad unterwegs ist – zu immer denselben Zeiten."

Schröder und Sterner-Leiss reckten quasi synchron die Köpfe nach hinten. Zumindest beim Chef konnte einem das Sorgen bereiten. Er fuhr.

„Wie kommen Sie jetzt darauf?" Die Staatsanwältin machte große Augen. „Willecke ist quasi überführt."

„Irgendwie glaub ich nicht dran", Max hielt dem Blick der Staatsanwältin stand. „Wir haben bei der Ermittlung das persönliche Umfeld des Opfers total vernachlässigt, möglicherweise war das ein Fehler."

„Wie bitte?", regte Schröder sich auf. „In derselben Nacht sind noch anderswo Fallen aufgebaut worden. Wer sich trotzdem mit Kreuzers Umfeld befasst, ist nicht ganz dicht."

„Vielleicht wurden die anderen Drahtfallen nur zur Tarnung gespannt."

Schröder haute ungehalten aufs Lenkrad. Ihn vor der Staatsanwältin zu kritisieren, war vielleicht keine gute Idee.

Rebecca Sterner-Leiss ihrerseits blickte nach hinten. „Ich find's gut, wenn kreativ gedacht wird", versuchte sie die Wogen zu glätten. Max hatte sogar das Gefühl, sie lächelte ihm zu.

Schröder seinerseits brummelte etwas. Max konnte fast nichts verstehen, aber wenn er sich nicht täuschte, kam das Wort „Inkompetenz" irgendwie vor.

30

Um sechs war ich mit Kerstin verabredet, vorher hatte sie einen Termin beim Bestatter. Ich fuhr zielgenau um fünf, um noch in Ruhe mit Franziska sprechen zu können.

Diesmal näherte ich mich Kreuzers Haus bewusst von

der anderen Seite, auch wenn ich dafür einen Umweg in Kauf nehmen musste. Aber auch diese Strecke hielt für mich eine Überraschung bereit. Eine Walkerin kam mir entgegen, und nicht irgendeine.

„Frauke!", sagte ich verdutzt, nachdem ich meine Fensterscheibe heruntergelassen hatte.

„Vincent!" Frauke war außer Atem, dabei war Walken doch gar kein richtiger Sport.

„Du walkst?" Tatsächlich hatte Frauke nie davon erzählt. Und ehrlichweise sah ihre Figur mehr nach gemütlichen Chipsabenden aus als nach Selbstquälerei. Der hellblaue Sportdress und die zwei Stöcke passten nicht richtig zu ihr.

„Was bleibt einem übrig? Sonst habe ich im Chor nicht genügend Luft."

„Und du walkst *hier?*", legte ich nach.

„Immer schon", antwortete Frauke, „die Gegend ist einfach total schön." Sie machte eine Kopfbewegung, deutete im weitesten Sinne auf Kreuzers Haus. „Hast du nochmal was von Kerstin gehört?"

„Ich fahre jetzt gerade hin. Auch wegen Franziska. Sie ist ziemlich neben der Spur."

„Ich denke, du kennst die Kinder kaum."

„Inzwischen etwas mehr. Sie hadert mit ihrem Vater."

Frauke hob fragend die Brauen.

„Naja, Manuel hatte wohl mal eine Affäre. Darüber will sie mehr wissen."

„Von dir?"

„Nicht direkt. Aber sie sucht einen Ansprechpartner."

Frauke sah mich stirnrunzelnd an, ich konnte ihren Blick nicht recht einordnen.

„Na dann", sagte ich. „Hau mit deinen Stöcken noch ein paar Löcher in den Teer."

Frauke musste lachen. „So viel Kondition habe ich dann auch nicht."

Kaum hatte sich bei den Kreuzers die Tür geöffnet, hörte ich Musik.

„Sebastian", erklärte Franziska, „er komponiert für Papa ein Lied."

Ich lauschte einen Moment dem Klavier. Eine leichte, sanfte Melodie, es schnürte mir das Herz zu.

„Willst du zu Mama?", fragte Franziska forsch. „Oder willst du zu mir?"

„Ich bin um sechs mit Kerstin verabredet, aber ich dachte, ich komme etwas eher."

„Also zu mir", sagte Franziska, „dann komm mal mit!"

Wir gingen am Wohnzimmer vorbei, wo Sebastian gerade ausgesetzt hatte und noch mal von vorne begann. Franziska führte mich in den Keller hinunter. „Papas Reich", sagte sie knapp.

„Das ist sein Tonstudio", erklärte sie, nachdem sie die erste Tür aufgestoßen hatte. Ich warf einen Blick hinein. Das Studio war fensterlos und winzig, Aufnahme und Technik in einem Raum. Klaustrophobie durfte man in diesem Raum, der mit Synthesizer, Schlagzeug und Boxen vollständig ausgefüllt war, auf keinen Fall haben.

„Interessanter ist Papas Büro", sagte Franziska und ging in den nächsten Raum voraus. Ein ganz anderes Zimmer. Zwei erhöhte Fenster machten das Souterrain zu einem lichten, freundlichen Raum, den Manuel mit hellen Büromöbeln eingerichtet hatte. Rechterhand stand ein E-Piano, links ein Sofa, auf dem alles Mögliche abgelegt war. Ordnung war nicht Manus Stärke gewesen.

„Hier!", Franziska zog mir den Bürostuhl zurecht. Ich konnte nur staunen, wie selbstverständlich diese junge Frau mit mir umging. Kein höfliches Bemühen, keine Unsicherheit. Ich war dreißig Jahre älter als sie und ihr eigentlich unbekannt, aber von Anfang an hatte sie mich wie einen immer dagewesenen Patenonkel behandelt.

Sie ließ sich auf einem Hocker nieder, der seitlich abgestellt war. „Ich habe mich gefragt, wo Papa wohl seine Freundin kennengelernt hat."

Ich fand so ziemlich alles schrecklich an dieser Formulierung, aber ich schwieg.

„Er hat so gut wie keine Freunde gehabt, keine Kollegen, keine alten Schulfreunde, okay, einen vielleicht, aber den hat er nur alle paar Jahre gesehen, und um seine Verwandtschaft hat er sich auch nicht bemüht."

„Das heißt, er hat als Eremit hier unten im Keller gelebt und sich gefreut, wenn nebenan mal die Waschmaschine gepiepst hat."

Franziska konnte darüber nicht lachen. „Nachbarschaft gibt es auch kaum, klar, Bortheims, die den Hof gekauft haben, aber die sind eigentlich dauernd unterwegs, wegen ihres Berufs, und dann noch diese Frau Brenner, aber die ist nun wirklich nicht an Kontakt interessiert. Bleiben also nur seine Kundenkontakte und Chöre."

„Kundenkontakte?", fragte ich nach.

„Er hat Jingles gemacht, meistens für Firmen. Manchmal ist er direkt angefragt worden, manchmal hat ihm eine Agentur den Auftrag vermittelt. Er hatte sogar eine Homepage dafür." Franziska klang, als hätte sie ihrem Vater so viel Geschäftstüchtigkeit nicht zugetraut.

„Ich nehme an, du hast in seinem PC rumgestöbert." Ich deutete auf den Computer vor meiner Nase.

„Natürlich. Aber für sein E-Mail-Konto kenne ich das Passwort nicht. Ansonsten war er nicht bei Instagram, nicht bei Facebook, eigentlich nirgends. Ein Wunder, dass er sich auf dem Handy WhatsApp eingerichtet hat."

„Wahrscheinlich, um mit dir Kontakt zu halten, während du in Südamerika bist."

„Kann sein, wir haben eine Familiengruppe, aber sehr rege war er da nicht. Ich übrigens auch nicht", fügte sie eine Sekunde später hinzu. „Ich habe mir sein Smartphone angeschaut. In seinem aktuellen WhatsApp-Konto ist vor allem in einer Gruppe viel los. Und das ist euer Chor."

Kurz musste ich schmunzeln. Dann fragte ich mich, wie ich es fand, dass Franziska dort mitlas. Ich wollte ihr gern dazu etwas sagen, verschob es aber auf später.

„Du hast gesagt, dass du nach seinen Chorunterlagen geschaut hast."

„Ja, hier sind seine Mappen", Franziska stand auf und ging ans Regal. „Pro Chor ein Ordner. Darin Noten, Teilnehmerlisten, Konzertabläufe und weiteres Zeug. Aber guck –", sie reichte mir ein blaues Exemplar mit der Aufschrift *MGV Attendorn,* es sah reichlich abgenutzt aus, war aber absolut leer.

„Dasselbe bei *MissKlang Arnsberg",* Franziska reichte mir jetzt ein gelbes Exemplar, ebenfalls benutzt, ebenfalls ohne Inhalt. „Warum hat er die Sachen entsorgt?"

Ich dachte darüber nach. „Er wird in den Chören einen Nachfolger gehabt haben, dem er das Material übergeben hat."

„Meinst du?"

„Finde ich naheliegend."

„Aber ich habe die Chöre gegoogelt, mein Eindruck ist, die gibt's gar nicht mehr."

„Bist du sicher?" Ich dachte an Petras Schwiegervater.

Franziska zuckte die Achseln, als plötzlich Geräusche aus dem Treppenhaus drangen. Im nächsten Moment ging die Tür auf und Kerstin stand da. „Darf ich fragen, was ihr hier macht?"

Ich brauchte eine Sekunde, so ertappt fühlte ich mich. Franziska ging es offenbar ähnlich.

„Es geht um die Lieder für den Gottesdienst", schwaderte ich los. „Ich hätte gern gewusst, was Manus Lieblingsstück war."

Kerstin sah mich ärgerlich an. „Und?", fragte sie, wie um mich zu testen.

„*Nehmt Abschied, Brüder*", kam es diesmal von Franzi, „ist in fast allen Chormappen drin."

31

Er war der letzte Patient und hatte Glück, dass er überhaupt noch hineingerutscht war. Der Doc hatte ihn gründlich untersucht, jetzt kam die Befragung, eigentlich genau wie in Max' eigenem Beruf.

„Seit wann haben Sie die Kopfschmerzen?"

„Seit einem Monat, davor eher selten."

„Und die Sehstörungen?"

„Ganz neu, habe ich diese Woche zum ersten Mal bemerkt. Ich könnte mir vorstellen –"

„Konzentrationsstörungen?"

Max überlegte – und merkte, wie schwer ihm das fiel. „Gelegentlich. Folge der Kopfschmerzen, nehme ich an."

„Das Gefühl, sich etwas nicht merken zu können? Verminderung der Auffassungsgabe?"

Robin und seine Theorie … die Täterroute … die Blockiertheit, die er die ganze Zeit gespürt hatte … „Vielleicht. Ein bisschen. Ja."

„Übelkeit? Appetitlosigkeit?"

„Ja, schon."

„Müdigkeit? Persönlichkeitsveränderungen? Gereiztheit?"

Max nickte nur noch.

„Sind Sie mal gestürzt? Ist Ihnen etwas auf den Kopf gefallen?"

Max schüttelte den Kopf. „Naja, einmal mit dem Fahrrad

gestürzt, nichts Dramatisches, ist eine Weile her."

„Auf den Kopf gefallen?"

„Nicht so richtig. Eher die Schulter geprellt. Das merke ich manchmal noch."

„Okay." Der Arzt sah ihn an. „Ihre Symptome können verschiedenste Ursachen haben. Wir sollten alle diagnostischen Möglichkeiten ausschöpfen, zunächst MRT."

„Das ist diese Röhre?"

„Ein Kernspin, genau. Ich besorge Ihnen da gleich einen Termin."

Max' Klumpen im Bauch wurde schwerer. Ein Kumpel von ihm hatte nach einer Sportverletzung wochenlang auf einen MRT-Termin gewartet. Wenn der Arzt sich so damit beeilte –

Er knöpfte sich sein Hemd zu. „Was vermuten Sie denn?"

„Da will ich nicht spekulieren. Warten wir das Ergebnis vom Kernspin ab."

„Was könnte sich da zeigen?"

„Nichts oder alles. Ein Hämatom, eine Blutung, eine Raumforderung –"

Da war das Wort. Max kannte es von seinem Vater. Er wusste, was jetzt auf ihn zukam.

32

Wir hatten uns auf drei Lieder geeinigt, die unser Chor beisteuern sollte. Ansonsten würde die Trauergemeinde selbst singen, das war sicher ganz in Manus Sinne. Nebenbei würde Sebastians Beitrag der Höhepunkt der Veranstaltung sein.

Als wir durch waren, schob Kerstin ihren Notizblock beiseite und sah mich herausfordernd an. „Warum wart ihr wirklich in Manus Zimmer?"

Ich versuchte meine Verlegenheit abzulegen, es war schließlich nicht meine Idee gewesen, in seinen Sachen zu stöbern.

„Franziska wollte mir etwas zeigen."

„Hat sie Liebesbriefe gefunden? Oder Lippenstift auf einem Tempo?"

„Das hätte sie sich wahrscheinlich gewünscht", versuchte ich gelassen zu bleiben. „Tatsächlich möchte sie wissen, ob und mit wem dein Mann vor Franzis Weggang ein Verhältnis hatte."

„Ist das so wichtig?" Kerstins Gesicht spiegelte Trotz. „Und ist das nicht meine Entscheidung, ob ich es dabei bewenden lassen will?"

„Ich sehe das ähnlich, aber Franzi ist wie besessen davon."

Kerstin schnaubte verächtlich.

„Immerhin hat sie eine interessante Entdeckung gemacht", versuchte ich das Thema zu verlagern. „Die Unterlagen der letzten Chöre sind weg."

„Ich weiß", sagte Kerstin lapidar und überraschte mich damit. „Manu wird sie weggeschmissen haben, weil er mit der Arbeit abschließen wollte."

„Aber die anderen Mappen sind vollständig. Warum hat er dort die Unterlagen nicht entsorgt?"

Kerstin lehnte sich genervt nach hinten. „Weil der Weggang dort harmonischer war."

„Es hat Ärger gegeben?"

„Ja, beide Chöre hätten gern mit Manuel weitergemacht."

„Und warum hat er's nicht getan?"

„Habe ich doch letztens erzählt: Manu und ich wollten einen Neuanfang machen: nicht mehr so weit fahren, überhaupt die Chorarbeit reduzieren. Er hat deshalb Arnsberg und Attendorn beendet und stattdessen später den

gemischten Chor übernommen, in den ich dich hineinge-
quatscht habe."

Mir schoss ein befremdlicher Gedanke durch den Kopf.
Hatte Kerstin mich in den Chor manövriert, damit ich
Manu im Blick behielt?

„Wie hat sich denn der Ärger geäußert?", ließ ich das außen vor. „Haben die Vorsitzenden böse Briefe geschrieben?"

„In Attendorn hat man sich an den Chorverband gewandt, um sich über Manu zu beschweren. In Arnsberg hat
man es übers schlechte Gewissen versucht."

„Was war dort Manus Problem?"

„Ein reiner Frauenchor, sehr ehrgeizig, viel Zickerei. Das
ist ihm irgendwann zu anstrengend geworden. In Attendorn dagegen nur Männer, die vor vielen Jahren eine Blüte-
zeit hatten und nicht einsehen wollen, dass die nun vorbei
ist."

„Zu wenig Potential?", zitierte ich Petra Werms.

„Genau, und kein Nachwuchs. Manu hat den Herren
vorgeschlagen, als reiner Hobby-Chor weiterzumachen, der
einmal im Monat aus purer Freude miteinander singt. Das
hat man ihm ziemlich übelgenommen."

„Und sich deshalb über ihn beschwert?"

„Naja, es kam dann eins zum anderen. Plötzlich hieß
es, Manu sei unzuverlässig gewesen und habe dort nur das
Geld abgeschöpft."

Ich dachte darüber nach. „Möglicherweise werden all
diese Dinge noch wichtig", sagte ich dann, „falls sich heraus-
stellt, dass das mit dem Anschlag auf Biker nicht stimmt."

„Wie bitte?", Kerstin schoss vor. „Wie meinst du denn
das?"

„Ganz ehrlich, Kerstin, euer Zuweg ist nicht gerade als
klassische Bikerstrecke bekannt."

„Vielleicht sind klassische Bikerstrecken zu stark befahren, um dort unauffällig eine Falle spannen zu können. Ich

glaube ohnehin, dass die Täter nur ein Zeichen setzen wollten, ohne tatsächlich jemanden töten zu wollen. Und dann ist Manuel tragischerweise in die Falle gefahren."

„So könnte man denken."

„So stand es im Netz. Wieso denkst du das nicht?" Kerstins Ton war ziemlich aggressiv.

„Im Netz stand auch, dass die ersten beiden Fallen nachlässig gespannt waren, die dritte aber nicht. Da sollte man sich fragen, warum."

Kerstin starrte mich an. Ich ging fast ein unter ihrem Blick.

„Du sagst das einfach so daher", brachte sie schließlich heraus. „Hast du eine Vorstellung, was das mit mir macht?"

Ich wusste nicht, was ich antworten sollte.

„Wenn jemand Manuel gezielt umbringen wollte, ist das viel schlimmer für mich."

Ich nickte. Sie hatte recht. Natürlich hatte sie recht.

33

Er war am Morgen zur Arbeit gegangen, weil er es zu Hause nicht ausgehalten hatte. Noch mehr grübeln, noch mehr Recherche im Internet, das hielt er nicht aus. Karla hatte er nicht informiert, sie hatte in dieser Woche Handwerker da und rotierte sowieso wie verrückt. Er hatte es nicht geschafft, sie mit seinem Kram zusätzlich zu belasten.

Jetzt saß er hier und hatte das Gefühl, keinen einzigen Gedanken fassen zu können. Sein Kollege war immer noch im Urlaub, er hatte das Büro für sich allein, das war ein Geschenk.

Eine Weile sah er aus dem Fenster, auf die Wipfel des Waldfriedhofs, den er von hier aus sah. Dann kam ihm in den Sinn, dass er unbedingt noch etwas erledigen musste.

Silke saß vorm PC und blickte unwillig hoch, als er hereinkam. „Morgen", sagte sie finster. Auch sie war allein im Büro.

„Morgen", entgegnete er und schloss die Tür hinter sich. „Ich möchte mich entschuldigen."

Ein erstaunter Blick. Sie fuhr ihren Schreibtischstuhl einen halben Meter zurück.

„Ich habe mich im Auto unmöglich benommen."

„Stimmt", sagte sie, „was war denn los?"

„Kopfschmerzen, mir dröhnte der Schädel. Aber das ist keine Entschuldigung. Ich hätte dich nicht anmachen sollen."

„Ich habe mich auch unmöglich benommen", sagte sie zu seiner Überraschung. „Dieses Gerede über Rebecca SL, total überflüssig, echt."

Er ließ das so stehen. „Mir ist wichtig, dass zwischen uns alles okay ist."

„Ist es", sie lächelte breit, „und demnächst überzeuge ich dich, dass ungedrosselter Motorradlärm nicht auszuhalten ist."

„In Ordnung", er hob unschuldig die Hände. „Wahrscheinlich trete ich dann auch eurem Aktionsbündnis bei."

Silke grinste amüsiert.

„Hast du gelesen?" Sie zeigte auf ihren Bildschirm. „Nachricht von Gerd. Eine Joggerin aus Bestwig sagt, dass sie am Freitagmorgen nach Heinrichsdorf gejoggt ist. Sie schwört, dass zu dieser Zeit kein Draht an der Krüppelbuche hing. Sie hat dort Pause gemacht und den Weitblick genossen."

„Bedeutet?"

„Dass dort am Freitagmorgen kein Draht hing."

„Der Täter hat ihn also erst später angebracht."

„Ich schätze, in der Nacht von Freitag auf Samstag, er hat

also nach seiner Tour am Donnerstag weitergemacht."

„Obwohl er wusste, dass in der Nacht zuvor jemand ums Leben gekommen ist?"

Silke hob die Schultern. „Vielleicht gerade deshalb."

„Hm", Max dachte darüber nach. Die Tabletten vom Doc wirkten besser als sein eigenes Zeug.

„Hat sich bezüglich Willecke etwas ergeben? Stammen die Spuren am Auto vom Draht?"

„Der Bericht ist noch nicht da. Wird wohl gleich kommen." Silke sah ihn aufmerksam an. „Sag mal, ist bei dir eigentlich alles okay?"

Max zögerte. „Warum?"

„Weil du schon seit einer Weile ziemlich fertig aussiehst."

„Diese Kopfschmerzen, sagte ich ja schon."

„Kopfschmerzen", sagte Silke gewichtig, „so lange." Sie deutete auf den Stuhl ihr gegenüber. „Komm, setz dich, ich hol uns einen Kaffee."

34

„Jaaa?" Die Stimme klang, als würden ihr Telefonate nicht mehr ganz leicht fallen.

„Vincent Jakobs mein Name. Ich habe Ihre Nummer von Petra Werms."

„Jaa, Werms ist mein Name."

„Ääh, genau. Ich kenne Ihre Schwiegertochter, Petra. Petra Werms", ich hatte die Lautstärke inzwischen deutlich erhöht. Leider war mein Eindruck, dass trotzdem sehr wenig ankam. „Ich interessiere mich für Ihren Chor. Petra sagte –"

„Ja, den gibt's noch, den Chor", mein Partner brüllte auch. Wahrscheinlich, weil er sich dann besser hörte. „Ich bin seit sechsundfünfzig Jahren im Chor. Wir proben immer dienstags um sechs."

„Verstehe, für mich wäre interessant, wie Sie damals mit –"

„Kommen Sie einfach vorbei. Dienstags um sechs. Wir freuen uns immer über neue Sänger."

„Das glaube ich, das ist ja überall so, aber ich möchte nur wissen –"

„Im Pfarrheim, einfach ins Pfarrheim kommen, dienstags um sechs. Heute ist Probe, kommen Sie einfach vorbei."

„Ehrlich gesagt geht es mir nicht um eine Probe. Ich möchte nur wissen –"

„Wie war noch der Name?"

„Jakobs, und ich möchte über Ihren Chorleiter –"

„Ja, dem Chorleiter sag ich Bescheid, dass Sie heut kommen. Wir freuen uns über neue Sänger. Nachwuchs ist ja in Chören immer ein Problem."

„Wie wahr", sagte ich resigniert

„Um sechs im Pfarrheim am Kirchplatz. Wir freuen uns, Jakob."

„Ich freue mich – auch."

Es tutete schon. Herr Werms hatte mich wohl nicht mehr gehört.

35

Silke hatte gefragt, ob er sich die Dienstbesprechung wirklich antun wolle.

„Warum nicht?", hatte er gesagt. „Soll ich stattdessen lieber grübeln?"

„Nee, dann grüble besser mit uns!"

„Das Wichtigste zuerst", begann Schröder die Sitzung. „Die KTU hat bestätigt, dass eine Schramme an Willeckes Škoda durchaus von dem Draht stammen kann. Die Höhe passt. Hinzu kommt, dass Willecke kein Alibi hat. Der Typ, der über ihm wohnt, behauptet zwar, dass sein Auto auf dem Hof gestanden hat, aber sicher sagen kann er es nur für sechs Uhr, als er selbst von der Arbeit kam. Er meinte, er habe später kein Auto wegfahren hören und von unten seien Fernsehgeräusche nach oben gedrungen, aber das heißt nichts. Vielleicht hat Willecke den Fernseher bewusst angelassen. Außerdem hat der Nachbar selbst ferngesehen. Unwahrscheinlich, dass er alles mitgekriegt hat."

„Es gibt aber keine Zeugen, die Willecke haben durchs Dorf fahren sehen?" Es war Arnold, der da nachbohrte.

„Bisher nicht, aber vielleicht kommt ja noch etwas. Außerdem soll sich dieser knutschende Kfz-Bursche Willeckes Motor zu Gemüte führen. Es wäre gut, wenn er bestätigen könnte, dass er dieses Auto gehört hat."

„Hat das Beweiskraft?"

„Da fragst du den Falschen", Schröder blickte muffig auf Sterner-Leiss' leeren Stuhl. „Die Staatsanwaltschaft hat ja ihre hehren Ziele der engen Zusammenarbeit schon wieder gekippt. Aber egal, wir sammeln. Wenn eins zum anderen kommt, gesteht er vielleicht."

„Passen denn die Reifen?", fragte Arnold nach.

„Aufgezogen waren Sommerreifen", gab Schröder zu. „Aber Willecke konnte keine Winterreifen vorweisen. Angeblich hat er die alten nach dem letzten Wechsel entsorgt und will sich für diesen Winter neue kaufen. Und sowieso ist ja unklar, ob die Reifenspuren dem Täter wirklich zuzuordnen sind."

„Was ist mit der Aussage, dass der Draht in Heinrichsdorf am Freitagmorgen noch nicht hing?" Es war Silke, die sich da vorwagte.

„Müssen wir prüfen, aber selbst wenn es stimmt, was die Joggerin sagt: Der Täter hat eine Mission. Vielleicht hatte er mit dem Mord endlich die Aufmerksamkeit, die er sich wünschte – und hat deshalb weitergemacht. Willecke würde ich das zutrauen."

„Er wäre dann aber ein großes Risiko eingegangen", warf Max ein. „Die Leute sind sensibilisiert. Wenn da jemand nachts an einem Baum herummacht, fällt er schnell auf."

„Bist du schon mal nachts auf der Straße nach Heinrichsdorf gefahren?", fragte Schröder grätzig.

„Nein."

„Ich auch nicht. Aber die Strecke wirkt, als führe dort über Stunden kein Auto. Insofern war das Risiko mehr als begrenzt."

Schröder blickte wieder in die Runde. „Willecke ist unser Mann – zumindest solange wir nichts Besseres haben. Arbeitet bitte daran, ich selbst knöpfe ihn mir heute noch einmal vor."

„Was hat eigentlich die Telefonauswertung bei Manuel Kreuzer ergeben?", traute sich Max trotzdem zu fragen. Ein Punkt, der bei anderen Ermittlungen immer vornean stand.

Schröder sah zu Gerd hinüber. Der brauchte eine Weile, um sich zu sortieren. „Insgesamt wenig", sagte er dann schwerfällig. „Kreuzer war kein großer Kommunikator." Offenbar hatte Kreuzer in diesem Punkt Ähnlichkeiten mit Gerd. „Am Tatabend wurde er auf seinem Handy zweimal von seiner Frau angerufen, einmal gegen halb zehn, dann dreißig Minuten später nochmal."

„Von der Festnetznummer aus?", erkundigte sich Max.

„Nee, von ihrem Handy."

Schröder wandte sich demonstrativ in Max' Richtung, als brauche der eine Nachhilfestunde. „Frau Kreuzer hat die Telefonate uns gegenüber erwähnt. Sie sind nicht ungewöhnlich, wenn man bedenkt, dass sie auf ihn gewartet hat, oder?"

„Aber warum hat sie mit dem Handy angerufen?"

„Weil das mittlerweile üblich ist – sogar zu Hause. Nebenbei hat sie herumgewerkelt und Sachen durch die Gegend geschleppt. Vermutlich hat sie die Anrufe zwischendurch gemacht und sich dazu nicht extra ins Wohnzimmer gesetzt."

„Vielleicht", Max atmete tief durch. Und vielleicht war es gar nicht so schlecht, wenn er sich doch krankmeldete.

#

Warum sie immer „man" sage, hat vor Monaten ein Kollege gefragt. Warum sie nicht einfach „ich" sagen könne.

„Man ärgert sich über", „wo soll man anfangen", „es wird einem alles zu viel" *hat er als Beispiel zitiert.*

Sie hat ihn wütend angestarrt, aber er hat einfach weitergemacht. Es sei wichtig, in ihrem Beruf eine Haltung zu haben, Gefühle zuzulassen, Aggressionen zu benennen.

„Ist es das?", *hat sie sarkastisch gefragt.*

„Wenn man nicht aufgefressen werden will", *hat der Kollege gemeint und ist dann gegangen.*

Der Kollege ist klug. Sie muss ihn im Auge behalten. Neben allem anderen muss sie auch ihn im Auge behalten.

36

Entgegen jedem Trend gab es in Attendorn drei Männerchöre: den *MGV Sauerlandia* („die mit der Fliege"), den *MGV Cäcilia* (die ohne Fliege, auch wenn das nicht da stand) und den *MGV Eintracht 1928* (die ohne Website). Immerhin fand ich im Netz einen alten Zeitungsartikel anlässlich eines Chorjubiläums, in dem in einem Info-Kasten Probenzeit und -ort erwähnt waren, *„um Nachwuchs hinzuzugewinnen".* Chorbruder Werms hatte mich korrekt informiert. Wenn alles gutging, war ich jetzt im richtigen Pfarrheim, in der richtigen Straße, beim richtigen Chor *„MGV Eintracht 1928".* Mein erster Gedanke, als ich den Probenraum betrat: Wie viele Gründungsmitglieder waren dabei?

Ein zweiter Gedanke war nicht möglich, denn ein alter Herr stürmte euphorisch auf mich zu. „Jakob – hab ich nicht recht?"

„Vincent Jakobs", verbesserte ich.

„Wie?" Mein Gegenüber hielt sich die Hand ans Ohr.

„Vincent Jakobs", brüllte ich ihn an – nicht ohne mir vorzustellen, ob sich ausgeprägte Taubheit nicht vielleicht aufs Singen auswirken musste.

Ein Lächeln des Verstehens. „Ich habe auch zwei Vornamen – Gustav und Heinrich."

„Und Werms?", vervollständigte ich.

„Das ist der Nachname, den brauchen wir hier nicht." Dann wandte er sich unvermittelt zu jemandem um. „Wilfried, er ist wirklich gekommen."

Wilfried, um die siebzig und mit Haarkranz, trat mit aufgeräumter Miene heran.

„Herzlich willkommen", begrüßte er mich. „Wir freuen uns über jede neue Stimme."

„Ich sage es ganz ehrlich", machte ich sofort reinen Tisch,

„ich bin nur hier, um mich umzuhören und –"

„Das ist doch ganz normal", unterbrach mich Wilfried, „erstmal ausprobieren, ob das überhaupt etwas ist. Du singst Tenor, nehme ich an. Such dir einfach ein Plätzchen."

Gustav Heinrich nickte mir aufmunternd zu, vielleicht gab es eine Fangprämie, wenn man jemanden mitgebracht hatte. Ich steckte auf und versuchte mich erstmal zu orientieren. Etwa zwanzig Stühle waren in zwei Reihen zu einem Halbkreis aufgestellt, die meisten davon schon besetzt.

In meinem eigenen Chor kannte ich mich aus, die einzelnen Stimmgruppen waren von Hoch nach Tief geordnet. Bei einem reinen Männerchor wusste ich nicht mal, ob es mehr als zwei Stimmen gab, war der Tenor nochmal unterteilt?

Auf gut Glück steuerte ich einen freien Stuhl in der Mitte an. „Gibt es feste Plätze?", fragte ich den Sänger zur Rechten, der mich so unverhohlen musterte, dass ich mich fragte, ob mein Hosenstall auf war.

„Keine festen Plätze, aber der ist besetzt."

Ich wanderte drei weiter nach rechts.

„Ist der hier noch frei?"

„Nee, da sitzt Hubbert."

Ich konzentrierte mich auf die zweite Reihe schräg links. „Ist der noch frei?", rief ich über zwei Sänger hinweg.

Die Kollegen rechts und links schauten sich an. „Kommt Schorsch noch?", fragte der eine, Toupetträger ganz offensichtlich.

„Glaub nicht."

„Ist frei", meinte das Toupet, „aber nur diese Woche."

„Alles klar", murmelte ich, „keine festen Plätze."

Mein Toupetnachbar reichte mir dann doch noch die Hand, der andere, in gewagt gemusterter Weste, nickte mir immerhin zu.

„Zum ersten Mal hier?", fragte das Toupet überflüssigerweise.

Ich nickte beflissen. ‚Und zum letzten Mal‘, hätte ich gern hinzugefügt, ‚Schorsch kann nächste Woche wieder hier sitzen.‘

„Wir starten mit unserem Gassenhauer", zog nun Wilfried vorn die Aufmerksamkeit auf sich. Eingesungen wurde sich hier offenbar nicht, und aufgestanden auch nicht.

„Ach ja, wir haben Besuch. Gebt euch etwas Mühe, damit er einen guten Eindruck bekommt." Wilfried lächelte mir hoffnungsfroh zu, es brach mir das Herz. Als mir Gewagte Weste dann auch noch ein Notenblatt organisierte, kamen mir vor Freude die Tränen.

„Kommst du klar?", fragte mein Nachbar.

„Ich höre erstmal zu."

Gewagte Weste sah mich erstaunt an. „Das ist übertrieben."

Als es losging, wusste ich, warum. Der Einsatz vom Chorleiter wurde bestenfalls als Vorschlag verstanden. Rechts setzte man einen ganzen Schlag später ein als links – und nicht etwa, weil die Noten das besagten. Das Lied selbst war tatsächlich ein Gassenhauer. Ein gepflegtes Trinklied, und zumindest dieser Eindruck kam einwandfrei rüber. Die Einsätze kamen nicht stimmig, die hohen Tenöre jodelten, dass es eine Tragik war, und das sauerländische R, gegen das Manuel immer einen Krieg geführt hatte, schlug hier volles Rohr durch.

Bislang hatte ich meinen eigenen Chor immer für grenzwertig gehalten, das änderte sich mit jedem Takt, den man hier im Männerchor sang. Als bei der Zeile „*dass die Wirtin die Gläser uns füllt*" der Gesang in ein Grölen kippte, brach Wilfried vorne ab. „Hilfe, was macht ihr denn da?"

Gemurmel setzte ein. Ich konnte es nicht einordnen. Verteidigte man sich? Fand man es gar nicht so schlimm?

„Ich muss doch sehr um Disziplin bitten!" Entschuldigender Blick zu mir. „Nochmal von vorn. Und übrigens: Wenn ihr schon bei diesem Lied den Text nicht auswendig könnt, habe ich insgesamt wenig Hoffnung. Nicht hinter den Noten verstecken, sondern nach vorne schauen, ich stehe hier nicht zum Spaß!"

Der nächste Versuch wurde besser. Die Einsätze passten, die hohen Stimmen waren allerdings noch immer ein Problem, vor allem Gewagte Weste neben mir war jemand, an den man sich besser nicht anlehnen sollte.

Ich linste zu Gustav Heinrich in der ersten Reihe hinüber. Er wirkte sehr konzentriert und sehr glücklich.

Als die Freude am Wein ein Ende hatte, sparte sich Wilfried vorne jeden Kommentar. „Wir machen *Die Zeit*", sagte er leicht resigniert.

Diesmal begleitete der Chorleiter am Klavier, so wie Manu es immer gemacht hatte. Die ersten Takte klangen dadurch sehr rein. Ich fürchtete allerdings das Schlimmste, wenn gleich der Chor einsetzen würde.

Zu meiner Überraschung setzte aber gar nicht der ganze Chor ein. Vielmehr stand Gustav Heinrich plötzlich auf und sang einen Solopart: *„Jahre kommen und Jahre gehen …"*

Petras Schwiegervater hatte eine tiefe, klare Stimme, ich war richtig baff. Nach der kurzen Strophe setzte der Chor ein – und war plötzlich ein ganz anderer Chor, die Stimmen kraftvoll und fest – sogar Gewagte Weste völlig im Reinen.

Ich konnte den Wandel nicht einordnen. Sang der Chor dieses Lied schon seit fünfzig Jahren – was ja durchaus möglich war? Oder hatte man zu diesem Song einen anderen Bezug?

Nun war Gustav wieder dran. *„Die Liebe schenkt –"* setzte er ein und war dabei so überzeugend, dass es mich rührte. Dann wieder der Chor mit aller Stimmgewalt und spätestens da begriff ich, was hier passierte. Der Text war eigentlich ganz schlicht, bewegte diese Herren aber zutiefst. Hier, wo das Durchschnittsalter weit über siebzig lag, konnte man die Vergänglichkeit der Zeit mit ganzer Kraft besingen – die Männer sangen von Herzen. Jetzt legten sie noch ein Pfund drauf und rissen mich mit, dem Schlussakkord entgegen. Wilfried gab am Klavier nochmal alles, bevor er quasi mit den Augenbrauen den Abschlag dirigierte – *„Zeit ist Ewigkeit."*

Stille setzte ein, die Sänger schienen selbst überwältigt von diesem Stück, dann suchte der Chorleiter fragend meinen Blick.

„Das war richtig gut", sagte ich. Und sagte es wirklich von Herzen.

37

„Beim MRT wird's ziemlich laut." Die Arzthelferin reichte ihm die Kopfhörer. „Möchten Sie eine bestimmte Musik hören?"

Max überlegte. Was war passend in seiner Situation? *Highway to hell?*

„Ich weiß nicht." Sein Kopf dröhnte schon wieder, die Augen tränten, er konnte keine Entscheidungen treffen.

„Darf ich Ihnen etwas empfehlen?"

„Dürfen Sie. Sie haben Erfahrung."

Die Arzthelferin lächelte sanft. „*Wintergatan,* eine schwedische Band. Eigentlich keine richtige Band. Die machen Musik mit allem Möglichem. Mit Schreibmaschinen und Murmelmaschinen, ein bisschen verrückt, aber irgendwie bezaubernd."

Max sah sie an. Verrückt. Bezaubernd. Das klang doch ganz gut.

„Gern", sagte er. Und setzte den Kopfhörer auf.

38

Als Wilfried und ich nach der Probe bei einem Bier zusammensaßen, war er so fertig, als sei er zehntausend Meter gelaufen. „Ich kann das nicht mehr lange", erklärte er mir.

„Aber du machst das gut", lobte ich ihn. „Ich bin ehrlich beeindruckt."

„Danke", Wilfried nahm einen Schluck. „Eigentlich war ich nur als Übergangslösung gedacht. Ich bin auch nur einer aus dem Chor."

„Aber du kannst dirigieren, du spielst Klavier, du hast die Mannschaft im Griff."

Wilfried winkte ab. „Das sieht besser aus, als es ist. Und die sogenannte Mannschaft fällt auseinander. Beerdigungen sind mittlerweile unser Hauptbeschäftigungsfeld."

Okay, dazu konnte man nicht viel sagen.

„Euer früherer Chorleiter", sah ich eine Brücke, „du wirst wissen, dass er ebenfalls tot ist."

„Manuel Kreuzer, oh ja. Gustav hat mich deswegen angerufen. Es ist nicht zu fassen."

„Seine Frau ist meine Kollegin", erklärte ich, „genau wie Gustavs Schwiegertochter meine Kollegin ist." Wilfried versuchte mir zu folgen.

„Wilfried, ich bin nicht hier, weil ich in euren Chor will. Ich bin hier, um nach Manuel Kreuzer zu fragen. Ich habe das Gustav schon am Telefon gesagt und vor der Probe habe ich es auch dir sagen wollen, aber ich bin einfach nicht durchgedrungen zu euch."

Der Chorleiter blickte mich an, zum Glück nicht sauer, eher irritiert.

„Gustav hört ja nicht gut", versuchte ich weiter mein Glück.

„Und ich habe dich unterbrochen", Wilfried musste jetzt lachen. „Oh mein Gott, was sind wir für eine Truppe."

„Ihr braucht halt dringend Nachwuchs", lenkte ich ein, „geht ja jedem Männergesangverein so."

Wilfried lachte noch immer. „Ich fasse es nicht. Irgendwann holen wir neue Mitglieder in Handschellen ab." Ungläubig schüttelte er den Kopf. „Tut mir leid", sagte er schließlich, „dass wir dich dermaßen überfahren haben."

„Mir tut es leid. Wobei – eigentlich tut es mir nicht leid. Ich bin froh, dass ich hier bin. Dass ich euch gehört habe. Das hat mir einen guten Eindruck verschafft."

„Von Manuel Kreuzer?" Wilfried sah mich ungläubig an. „Kreuzer war ein guter Dirigent. Er hat uns *Die Zeit* beigebracht. Das können wir jetzt zu jeder Beerdigung singen."

„Gut ausgewählt", sagte ich. „Ich glaube, dass es die Sänger bewegt."

„Stimmt, beim Singen geht jedesmal ein Ruck durch den Chor. Und mit jeder Beerdigung eines Mitglieds gewinnt es noch mehr – an Erinnerungen und gemeinsamer Zeit."

Das war ein trauriger Gedanke, aber eigentlich auch ein schöner.

„Wie kam es zur Trennung zwischen Manuel und euch?"

Wilfried kratzte sich an seinem Haarkranz, er wirkte danach ein wenig zerzaust. „Es gab schon länger Probleme."

„Welcher Art?"

„Er wurde unzuverlässig, kam zu spät, zweimal kam er gar nicht, musste eher gehen."

Ich war überrascht. „Gab es eine Erklärung dafür?"

„Wir haben ihn angesprochen. Er sagte, er hätte viel um die Ohren. Die Stimmung verschlechterte sich."

„Und dann hat er gekündigt?"

„Nein, anders. Wir haben zweimal das Gespräch mit ihm gesucht. Dabei war er gereizt und nicht einsichtig. Unser Vorsitzender hat sich daraufhin beim Chorverband über ihn beschwert."

„Ist das der übliche Weg?"

„Hm, meiner wäre es nicht gewesen. Wenn man nicht mehr klarkommt, sollte man sich trennen. Ist meine Meinung. Sich beschweren bringt nichts. Die Stimmung war an einem Punkt angelangt, wo sowieso nichts mehr zu retten war."

„So schlimm?"

„Diverse Nickeligkeiten. Selbst beim Konzert kam er zu spät. Bei der Probe klingelte sein Handy. Sowieso war er andauernd mit seinem Handy beschäftigt. Das kannst du mit unseren Leuten nicht machen."

Ich war völlig perplex. Manuel dauernd am Handy? Wo Franziska mir gestern noch gesagt hatte, dass Manuel medientechnisch völlig unbedarft war?

„Wisst ihr, mit wem er da dauernd in Kontakt war?"

Wilfried schwieg und drehte sein Glas in der Hand. „Tatsächlich hat mal jemand drauf geguckt, als er in der Pause auf der Toilette war und sein Handy nicht mitgenommen hatte."

„Und?"

Wilfried schien verlegen, das konnte ich verstehen.

„Das Handy lag auf dem Klavier. Keiner hat es in die Hand genommen. Harald hat nur drauf geguckt, als es schellte, das zeigt ja dann den Anrufer an."

„Ja klar", sagte ich. Aufmunternd.

„*Stella* stand da."

„Stella? Wer ist das?"

Wilfried hob ahnungslos die Schultern. „Das wussten wir nicht. Wir wussten nur, dass seine Frau nicht so hieß."

Ich nickte.

„Unser Vorsitzender hat ihm bei der nächsten Krisensitzung gesagt, dass er seine privaten Sachen anderswo austragen soll, nicht bei uns in der Probe."

„Und wie hat er reagiert?"

„Gar nicht so sauer, wie zu vermuten war nach den ersten Gesprächen. Er war eher peinlich berührt, obwohl wir nichts von dem Anruf erwähnt haben. Auf jeden Fall hat er vorgeschlagen, die Zusammenarbeit zu beenden."

„Und darauf seid ihr eingegangen?"

„Sind wir. Obwohl wir keine Alternative zu ihm hatten."

Ich dachte darüber nach. „Ehrlich gesagt habe ich gehört, Manuel hätte etwas zu eurer Leistung gesagt."

Wilfried schnaubte. „So haben das einige Chormitglieder verstanden. Bestimmt hast du das von Gustav gehört?"

„Indirekt, ja."

„Unser Vorsitzender hat ihn nach anderen Chorleitern gefragt, Kollegen, die vielleicht gerade einen Chor suchen. Daraufhin hat Kreuzer gemeint, möglicherweise wäre die intensive Probenarbeit gar nicht mehr sinnvoll, weil ja nun mal der Nachwuchs wegbleibt. Ab und zu zusammen singen, rein hobbymäßig, vielleicht sei das der richtige Weg."

„Und das haben ihm Leute übelgenommen?"

„Oh ja, Leute wie Gustav. Weißt du, unser Chor hat eine große Geschichte. Wir waren mal richtig gut. Manch einer kann nicht verstehen, dass die Zeiten vorbei sind."

„Du siehst das realistisch", folgerte ich.

„Ich sehe das realistisch", bestätigte Wilfried, „und schlage mich trotzdem jede Woche mit diesen Typen herum."

Ich musste lachen. Gustav. Gewagte Weste. Toupet. Ja, das waren Typen. „Ich wünsche euch viel Glück", sagte ich.

„Das wird schon!" Wilfried hob sein Glas. *„Zeit ist Ewigkeit."*

39

Silke schaffte es bis halb neun, sich zurückzuhalten, dann stand sie bei ihm im Büro. „Und? Jetzt sag schon!"

„Alles paletti!"

„Waaas?" Silke presste ungläubig die Hände auf den Mund. Max hatte fast den Eindruck, ihr kamen vor Erleichterung die Tränen. „Das gibt's nicht. Das ist ja –" Sie stürmte auf ihn zu. Da er saß, kriegte er bei der Umarmung ihren festen, muskulösen Körper ins Gesicht.

„Ich bin so froh! Ich habe echt mit dem Schlimmsten gerechnet."

„Frag mich mal!" Max versuchte ein Grinsen.

Silke rückte ein Stück weg und sah ihm in die Augen. „Aber was ist es dann? Haben sie etwas gesagt?"

„Wahrscheinlich eine fiese Form von Migräne."

Silke lachte auf, als sei das etwas, das sich jeder heimlich wünschte. „Das ist großartig. Natürlich ist das schrecklich, aber es ist großartig."

„Finde ich auch."

„Hast du sie jetzt im Moment? Du siehst nämlich immer noch scheußlich aus."

„Mein Kopf platzt, wenn du das meinst. Aber hey, selbst schuld. Ich habe die gute Nachricht gestern ziemlich heftig begossen."

Silke lachte wieder völlig überdreht. „Warum hast du dir nicht einen Tag frei genommen? Was machst du überhaupt?"

„Ich schaue die Telefonlisten durch. Ich finde, Schröder geht über diese Sachen ziemlich lässig hinweg."

„Die heiße Spur läuft woanders."

„Von mir aus. Aber stört ja niemanden, wenn ich hier ein bisschen vor mich hin stöbere."

„Gibt's denn was Interessantes?" Silke beugte sich vor, als

könnte ihr dann ein Kontakt entgegenspringen, den sie immer schon in Verdacht gehabt hatte.

„Das Festnetz gibt nicht viel her. Und das Smartphone hat er erst seit einem Jahr."

„Naja, das dürfte wohl reichen."

„Gerd hatte schon recht. Kreuzer war nicht der große Kommunikator."

„Warum sitzt du dann hier rum? Geh nach Hause und kurier deine Migräne aus. Du siehst aus wie ein Gespenst."

Max ging nicht darauf ein. „Gibt es sonst etwas Neues?"

„Schröder ist in heller Aufruhr. Willecke hat ein Alibi für die Folgenacht, in der in Heinrichsdorf die dritte Drahtfalle gespannt worden ist."

Max horchte auf. „Wo war er?"

„In Winterberg in der Disko. Hat sich nachts um drei von einem Taxi nach Hause bringen lassen. Der Taxifahrer sagt aus, dass er hackevoll war und ihm ein viel zu hohes Trinkgeld gegeben hat."

„Interessant", Max lehnte sich zurück.

„Schröder meint, gerade weil Willecke sich so abgeschossen hat, war er euphorisch genug, nochmal loszufahren und eine Falle zu spannen. Er sagt auch, die Falle sei besonders liederlich geworden, weil Willecke so dicht war."

„Hm."

„Die Argumentation ist nicht doof", Silke ging sich durch ihren Zopf. Wusste sie eigentlich, wie gut sie aussah? „Trotzdem lässt der Chef Arnold das Netz nach Komplizen durchforsten. Leute, die Willeckes Job weitergemacht haben und sich viral damit brüsten."

„Da bin ich gespannt", sagte Max.

„Aber du bleibst bei deinen Telefonlisten? Vielleicht solltest du dir lieber die Telefonlisten von Meinolf Willecke ansehen."

„Die wollte ich dir überlassen", Max beugte sich wieder

über die Arbeit.

„Aye, aye, Sir!" Silke hatte verstanden und machte sich auf.

Als endlich die Tür hinter ihr ins Schloss fiel, sank Max mit dem Kopf auf den Schreibtisch.

40

Wir waren zu Fuß unterwegs, Kerstin und ich. Ein schöner Herbstspaziergang – und Gelegenheit, wieder miteinander ins Reine zu kommen, so hoffte ich jedenfalls. Tatsächlich genoss ich den Spaziergang, die Luft war noch feucht, es roch nach nassem Laub und nach Dunst in den Bäumen. Walter lief voran, störte bestenfalls die Mäuse mit seinen Blähungen und matschte sich gutgelaunt ein.

Wandern hatte ich erst in den letzten Jahren für mich entdeckt, Folge von Knieproblemen, die mir zu häufiges Joggen versagten. Wahrscheinlich wurde Wandern in meiner Generation genau deshalb hip: Alles andere tat einfach zu weh.

„Gehst du denn noch joggen?", fragte ich Kerstin, als wir das Wohnhaus ein Stück hinter uns gelassen hatten.

„Mindestens einmal pro Woche."

Okay, so viel zu meiner Theorie.

„Was ist mit Badminton?" Auch Kerstin hatte sich früher mit Leo und Petra Werms auf dem Platz gebalgt.

„Badminton nicht mehr."

Meine Gedanken wanderten zu Petra Werms, viel mehr noch zu ihrem Schwiegervater und meinem gestrigen Besuch in dessen Chor. Kerstin hätte mich in die Wüste geschickt, wenn sie gewusst hätte, dass ich Manuel hinterherspionierte.

„Hat Manuel Sport gemacht?", fragte ich daher ganz unbedarft.

Kerstin schnaubte liebevoll. „War nicht so richtig sein Ding. In seiner Familie zählte immer nur Musik. Bewegung war da kein Thema."

„Wenn man sich das leisten kann –"

„So lange er noch auf dem Motorrad sitzen konnte, war alles gut."

Ich sparte mir Witze über Senior-Biker mit orthopädischem Sattel und Sitzheizung – vor allem, weil es keine Witze waren, sondern die blanke Realität.

„Wie war seine Familie?", frage ich nach. „Sie ist so gar nicht präsent jetzt nach seinem Tod."

„Es gibt sie kaum noch", sagte Kerstin lapidar. „Meine Schwiegereltern sind früh gestorben und Tobi, Manus Bruder, leider auch. Ist noch nicht allzu lange her."

Irgendeine Erinnerung flackerte in meinem Kopf auf. Kerstin hatte mal für eine Beerdigung Sonderurlaub bekommen und in dem Zusammenhang vom Tod ihres Schwagers erzählt. Offenbar hatte ich nicht allzu gut zugehört.

„Woran?", fragte ich.

„Bauchspeicheldrüse, es ging rasend schnell."

„Himmel, er muss noch ziemlich jung gewesen sein."

„Oh ja, sechsundvierzig. Außerdem war die ganze Situation reichlich vertrackt. Er hatte sich drei Jahre vorher wegen einer Jüngeren von seiner Frau getrennt. Die Kinder sprachen nicht mehr mit ihm und waren auch nicht zur Beerdigung da."

„Klingt schrecklich."

„War schrecklich. So etwas will man nicht erleben. Manuel hat noch versucht zu vermitteln, aber da war nichts zu machen. Ich habe darüber nachgedacht, möglicherweise hat diese Geschichte Manuel in Bezug auf sein eigenes

Leben beeinflusst."

Ich blieb stehen. „Wie meinst du das?"

„Naja, er hat begriffen, was auf dem Spiel steht. Und hat sich dann offenbar für seine Familie entschieden."

Ich ließ mir das durch den Kopf gehen. Franziska zumindest hatte es ihrem Vater nicht gedankt.

„Tut mir übrigens leid, dass ich gestern so bratzig war", Kerstin sah mich schuldbewusst an, „du weißt schon, die Sache mit Franzi und eurer Suche. Ich weiß nicht, ob du das verstehen kannst, aber ich möchte mir meine Ehe nicht durch diese Affärengeschichte kaputtreden lassen."

Stella schoss es mir durch den Kopf. *Stella-Geschichte.*

„Ja, kann ich verstehen", gab ich zu, „aber für Franzi scheint diese Geschichte enorm wichtig zu sein – als Teil ihres Vaters."

„Was will sie denn machen?", spulte Kerstin sich jetzt doch wieder auf. „Will sie hinfahren, wenn sie den Namen hat, und sich anhören, wie Manu so war?"

Ich schwieg, Kerstin hatte ja recht.

„Es ist vorbei. Seit über einem Jahr ist es vorbei. Diese Frau weiß womöglich gar nicht, dass Manuel tot ist."

„Falls sie im Sauerland lebt, dürfte es schwer sein, die Nachricht nicht mitbekommen zu haben."

„Okay, dann ist sie jetzt traurig. Vielleicht auch nicht, weil sie ihn hasst, seitdem er sie verlassen hat. Ist mir egal. Auf jeden Fall ist es vorbei. Manus Tod hat mit dieser Frau nichts zu tun."

Ich nickte beruhigend, aber Kerstin war noch nicht fertig. „Weißt du, ich will ihn nicht hergeben, auch nicht nach seinem Tod. Sie hat damals ein Stückchen von ihm gekriegt, weil es bei uns nicht besonders gut lief. Das ist schlimm genug, aber mehr gebe ich von Manu nicht her."

Kerstins Energie war mitreißend und überzeugend.

„Aber du weißt, wer es ist?"

„Nicht wirklich", Kerstin wandte den Blick von mir ab und schaute in die Ferne, über die Felder, zurück auf ihr Haus. „Ich weiß, wie sie heißt. Ich habe damals auf Manus Handy ein paar Nachrichten von ihr gelesen."

Ich wartete ab. Leider vergeblich.

„Vincent, es gibt sie nicht mehr in unserem Leben. Ich will nicht, dass es sie gibt."

„Aber ermittlungstechnisch könnte es eine Rolle spielen", wandte ich ein.

„Könnte es nicht!" Kerstin funkelte mich an, mehr verzweifelt als zornig. „Hast du's nicht gehört? Dieser Irre wurde gefasst, er sitzt jetzt in U-Haft. Im Internet steht, dass man irgendetwas an seinem Auto nachweisen konnte."

Ich war ehrlich perplex. „Das wusste ich nicht."

„Mir leuchtet nicht ein, warum man dann noch in meiner Ehe herumwühlen muss."

„Mir auch nicht", sagte ich zerknirscht. „Komm, lass uns noch ein bisschen gehen."

41

Max hatte sich gerade die Nummer von dieser Lisa Brenner herausgesucht, als der Krach draußen losging. Er stand auf der Stelle auf, um das Fenster zu schließen, musste aber feststellen, dass es gar nicht geöffnet war. Wer machte diesen ohrenbetäubenden Lärm?

Unten auf dem Hof, direkt vor seinem Fenster, stand ein Motorradfahrer und spielte mit dem Gas. Max fragte sich, ob die Akustik im Innenhof besonders extrem war. Er jedenfalls hatte das Gefühl, der Auspuff münde direkt in seinen Kopf. Er presste sich die Hände auf die Ohren, erwog das Fenster zu öffnen und nach unten zu brüllen, aber ein letzter Rest von Vernunft signalisierte ihm, dass das keinen Sinn haben würde. Dass der Typ da unten nichts anderes hörte als seinen eigenen Lärm.

Er hatte in den letzten Wochen einiges an Schmerz ausgehalten, er war, was seine Zukunft anging, auf alles gefasst, aber das hier war einfach zu viel. Er wusste, dass das da unten einfach nur aufhören musste. Dass er lieber sterben wollte, als es noch länger zu ertragen. Plötzlich spürte er eine Bewegung hinter sich, drehte sich wie in Zeitlupe um. Silke, die ihn anlachte. Deren Lachen aber einfror, als sie ihn sah.

„Max, was ist los?"

„Was ist das?", hörte er sich krächzen.

„Das ist –", Silke stammelte, wurde vor Verlegenheit rot. Dann drehte sie sich um und rannte davon.

Max schreckte erst hoch, als er wieder ihre Stimme hörte. Minuten später. Stunden später? Er hatte mit dem Oberkörper auf dem Schreibtisch gelegen und sah sich jetzt orientierungslos um. Das schreckliche Geräusch war weg. Dafür stand Silke vor ihm und plapperte wild. „Max, was ist los? Du bist kalkbleich. Sag doch endlich was!"

„Ich –", er musste schlucken, „– bin schon okay."

„Das war keine gute Idee, tut mir leid."

„Was genau – war keine gute Idee?"

Silke wirkte maximal verlegen: „Das war ein ungedrosselter Viertakter. Ich wollte – also, weil du's nicht geglaubt hast – Max, es tut mir echt leid. Ich wusste nicht, dass das so schlimm sein kann mit deiner Migräne. Weil Migräne haben ja echt viele. Aber klar, tut wohl höllisch weh und Übelkeit und alles. Mann, Max, tut mir echt leid."

„Super Show –", das Sprechen ging zum Glück langsam besser. „Woher hast du das Teil?"

„Von einem Projekt."

„Von einem Projekt?"

„Ralf arbeitet da in einem Netzwerk, um Aufklärung zu leisten."

Max war nicht sicher, ob er immer noch total benebelt war oder ob Silke einfach unverständlich sprach.

„Wer ist Ralf? Welches Netzwerk?"

„Ralf ist mein Mann, kennst du vielleicht von unserem Betriebsfest."

Kannte er Ralf? Von einem Betriebsfest? Max hatte das Gefühl, er drehte langsam durch.

„Ich habe dir erzählt, dass wir uns gegen Motorradlärm engagieren. Wir machen Aktionen und Aufklärungsarbeit."

„Von der Polizei jetzt?" War Ralf Polizist?

„Nein, privat. Als betroffene Anwohner. Das, was du gerade erlebt hast, erleben wir jeden Tag", Silkes Mitgefühl schrumpfte, spürte Max. „Du hast jetzt eine Vorstellung, wie man darunter leidet."

„Danke."

„Übrigens betrifft das nicht nur uns Menschen, sondern auch Tiere."

Max wollte nicht mehr. Jetzt nicht noch anhören, dass auch Silkes Meerschweinchen litt.

„Ralf und ich haben mit Nutztierhaltung zu tun. Unsere frühere Weide ist nicht mehr verwendbar. Da fahren zu viele Motorräder lang."

„Okay", versuchte es Max entnervt. „Motorradlärm ist scheiße, für Menschen und Tiere, das hast du eindrucksvoll bewiesen. Ich würde dann jetzt trotzdem gerne weiterarbeiten. Ist das okay?"

„Ja klar", Silke wurde wieder kleinlaut. „Ich geh dann jetzt auch."

Sie hatte schon die Klinke in der Hand, als es klopfte. Nein, kein Klopfen. Jemand ballerte gegen die Tür und riss sie dann auf, direkt vor Silkes Nase. Robin.

„Dienstbesprechung", sagte er wichtig, „Treffen um drei."

„Was ist los?", fragte Silke.

„Willecke. Sein Anwalt hat ihn rausgehauen. Er kann's nicht gewesen sein. Wird gleich erklärt."

„Oha!", Max fühlte einen Hauch von Energie. „Das heißt, wir brauchen einen neuen Verdächtigen, vorzugsweise wieder jemanden aus der Anti-Motorradlärm-Liga." Er sah zu Silke hinüber. „Wie wäre es mit deinem Ralf?"

42

Die Chorprobe für die Beerdigung begann um halb acht, naja, zumindest begann da das Stühlegeschiebe und das Geschnatter – *„habt ihr noch was wegen Manu gehört?"* – *„ich muss immer dran denken, wenn ich abends mit dem Auto unterwegs bin"* – *„weiß jemand, wie's seiner Frau geht?"* – doch noch bevor wir uns komplett in Position gebracht hatten, stürmte Heiko Sauer herein, der Wirt vom *Sauerbier*, und kriegte sich vor Aufregung kaum ein. „Drüben", meinte er und zeigte Richtung Wirtsraum, „im WDR-Lokalfenster – ein Bericht über euren Chef."

„Über Manu?", kreischte Annika und rannte schon los. Und dann liefen alle hinterher, ich auch. Als ich zurückblickte, sah ich nur noch Gerlinde da stehen, sie schaute uns entgeistert hinterher.

Wir scharten uns um den Bildschirm, an dem am Wochenende Bundesliga lief, und tatsächlich, der Bericht war noch nicht vorbei.

Eine Frau wurde interviewt, Hosenanzug, mittellanges Haar, hager. Untertitelt war sie mit *Rebecca Sterner-Leiss, Staatsanwaltschaft Arnsberg*.

„Es entspricht dem normalen Vorgehen in einem Ermittlungsverfahren, Spuren auszuwerten, Verdächtige festzunehmen und möglicherweise wieder zu entlassen." Sie hatte eine klare Stimme, wie ihr ganzes Auftreten klar und bestimmt war, dennoch ließ der Interviewer nicht locker. „Aber man muss ja schon von einer Ermittlungspanne sprechen, wenn der Hauptverdächtige plötzlich wieder auf freiem Fuß ist. Wie konnte es dazu kommen?"

„Von einer Ermittlungspanne kann keine Rede sein. Nach dem vorliegenden Erkenntnisstand waren wir gezwungen, den Verdächtigen in Untersuchungshaft zu nehmen, um Spuren zu sichern und einer Fluchtgefahr vorzubeugen, das ist unsere Pflicht. Danke für Ihr Interesse." Sie wollte sich aus dem Bild drängen, aber der Interviewer rief ihr noch hinterher: „Gibt es eine neue heiße Spur?" Die Staatsanwältin drehte sich nicht noch einmal um.

Stattdessen wurden nun Bilder vom Tatort gezeigt. „Der Fall hatte bundesweit Aufsehen erregt", waren sie mit einer Sprecherstimme unterlegt, „da in der Region zeitnah mehrere Drahtfallen über die Straße gespannt worden waren. Die Ermittler gehen von einem Anschlag auf Motorradfahrer aus, das Thema Lärmbelästigung durch Zweiräder ist in Südwestfalen hochgradig emotionalisiert."

Kurz darauf war der Bericht zu Ende, ein junger Moderator versicherte, dass man bei der Sache am Ball bleiben würde, und leitete zum nächsten Thema über, dem Ärztemangel in der Region.

„Keine heiße Spur?", fragte Ruth betreten. „Ich hatte gehofft, das wäre jetzt abgeschlossen, allein schon, damit nicht noch etwas Schlimmes passiert."

Wir trotteten zurück in den Saal, ich nickte unserem Wirt zu, der schon wieder hinter dem Tresen stand. „Danke fürs Bescheidsagen."

Als wir zurückkamen, wartete Gerlinde auf uns. „Wolltest du das nicht sehen?", fragte Christian erstaunt.

„Kann man auch in der Mediathek schauen", erwiderte

Gerlinde knapp. „Jetzt bringt uns das nur aus der Konzentration."

„Ich fand's nett, dass Heiko Bescheid gesagt hat." Das kam von Annika, ihre Bemerkung klang ein bisschen provokant.

Gerlinde schob auf dem Notenständer ihre Sachen zurecht. „Ich fand es nicht unbedingt nötig."

„Du kannst Heiko ja sowieso nicht leiden", Annika war offenbar gereizt. „Sag es doch ruhig!"

„Ich glaube, das hat hier keinen Platz."

Annika fuhr weiter die Krallen aus. „Manuel hat mir erzählt, dass du ihn deswegen angegrätzt hast. Von wegen der Raum wäre nicht geeignet für unsere Proben und warum wir nicht wechseln."

Es war totenstill im Saal.

Gerlinde hantierte eisig an ihren Notenblättern herum. Dann hob sie mit einem gezwungenen Lächeln den Kopf. „Ich finde, wir sollten den Raum unbedingt weiter nutzen – am liebsten jetzt sofort. Starten wir doch mit dem Einsingen."

Man atmete wieder. Und dann irgendwann begannen wir tatsächlich mit s – sch.

„Was, bitte schön, war das eben?", fragte ich Frauke, als wir uns eine Stunde später im *Sauerbier* eingefunden hatten, diesmal nur zu zweit.

„Gute Frage", Frauke schüttelte unmerklich den Kopf. „Eigentlich mag ich das Wort Zickenkrieg nicht, weil es Frauen diskreditiert, aber in diesem Fall trifft es irgendwie zu."

„Ich hatte nicht den Eindruck, dass es Annika um die Sache ging", machte ich meine Beobachtungen fest, „vielmehr wollte sie betonen, wie gut sie sich mit Manuel verstand."

„Stimmt!", Frauke nickte. „So nach dem Motto: Ihr habt ja keine Ahnung, wie eng ich mit Manuel war! Ehrlich gesagt, ziemlich kindisch."

„Ich habe viel über Manu nachgedacht", gab ich zu. „Was du über ihn gesagt hast: dass er ein versteckter Womanizer war."

Frauke nahm einen Schluck Bier. Sie schien heute ihr Auto stehen zu lassen.

„Und? Stimmst du mir zu?"

„Auf ganzer Linie", gab ich zu. „Ich hab's nicht gesehen. Keine Ahnung, warum ich manchmal so blind bin."

Frauke lächelte in sich hinein.

„Ehrlich gesagt frage ich mich manchmal, ob Manuels Tod überhaupt mit diesem Motorradthema in Zusammenhang steht."

„Was?" Frauke verschluckte sich fast.

„Na, wenn so viele Frauen hinter ihm her waren, hatte vielleicht auch eine von ihnen Gründe, sich an ihm zu rächen."

„Weil er immer noch brav mit seiner Frau zusammenlebte, anstatt sich zu trennen?"

„Sowas in der Art."

Frauke guckte schief. „Und die anderen Drahtfallen?"

„Wurden nur zur Tarnung gespannt."

„Interessante Theorie", Frauke sann in sich hinein. „Und eine intelligente Rächerin, muss ich schon sagen."

„Bei uns an der Schule gibt es eine Nonne, die gern Zusammenhänge zwischen Todesart und Mordmotiv sucht. Sie meinte, wenn man jemanden quasi köpfe, dann wolle man ihn entmachten und zerstören."

Frauke lachte nicht, wie von mir erwartet.

„Solange man an einen Biker-Hasser denkt, ist es ziemlich abwegig", setzte ich hinzu. „Eine Drahtfalle ist halt eine grausame, aber praktische Möglichkeit, jemanden vom

Motorrad zu holen. Wenn aber tatsächlich jemand gezielt Manuel umbringen wollte, dann finde ich den Begriff der Zerstörung gar nicht so dumm."

„Stimmt", Frauke leerte ihr Glas. „Rache hat immer etwas Zerstörerisches. Sie ist eine Variante von Krieg und ihr Antrieb in der Regel ungezügelter Hass."

„Der Gott sei Dank nicht zwangsläufig einsetzt, wenn zwei Leute sich trennen."

„So selten ist es nicht, aber in der Regel verebbt das Gefühl nach einiger Zeit. Liebe und Hass hängen nun mal sehr eng zusammen. Eine Trennung ist dann einfach, wenn auf beiden Seiten die Emotionen abgekühlt sind. Wenn aber einer noch Liebe empfindet, fühlt er sich betrogen und wandelt schlimmstenfalls die Liebe in Hass."

„Hast du sowas schon erlebt?", fragte ich. „So richtig kranke Beziehungen, die irgendwann in Gewalt münden? Also, nicht häusliche Gewalt, sondern Gewalt aus der Distanz?"

Heiko trat an den Tisch und stellte uns ungefragt zwei frische Gläser hin. Frauke nickte ihm zu, dann kam sie auf meine Frage zurück. „Ich habe eher mit Frauen zu tun, die einfach nicht über ihre Liebe hinwegkommen. Die an einem gebrochenen Herzen leiden, im wahrsten Sinne des Wortes. Die über Jahre gedanklich besetzt sind."

„Wie darf ich mir das vorstellen?"

„Eine Studentin, die sechs Jahre lang für ihren Prof schwärmt und deshalb nie einen Kommilitonen kennenlernt. Eine Verkäuferin, die von ihrem Mann verlassen wird, aber die Trennung nicht wahrhaben will. Über Jahre nicht wahrhaben will. Eine Übersetzerin, die so sehr von ihrem Traummann besetzt ist, dass sie praktisch nicht mehr arbeiten kann. Obwohl der sie nur als gute Freundin betrachtet! Es nützt nichts, solchen Patientinnen zu sagen: Der will nichts von dir, deshalb vergeude nicht deine Zeit und such dir einen anderen! Man muss dann schon etwas Neues aufbauen. Ich nenne das für mich immer Neubesetzung."

„Neubesetzung?"

„Na, diese Patienten sind von dem geliebten Menschen vollständig belegt, eine Obsession im wörtlichen Sinne. In ihrem Kopf ist praktisch nichts anderes als Gedanken über ihre Liebe. Bilder vom gemeinsamen Leben, Tagträume, sexuelle Phantasien."

„Kann ein Problem sein, wenn man zwischendurch mal einkaufen muss", sagte ich nüchtern.

„Du lachst, aber diese Menschen denken auch beim Einkaufen an ihren vermeintlichen Partner. Was würde er jetzt sagen? Was würde er jetzt kaufen? Wie wäre es, wenn ich jetzt zusammen mit ihm hier wäre? Wie wäre es, zusammen mit ihm zu kochen, zu essen, nachher miteinander zu schlafen? Hunderttausend Bilder zwischen Kühltheke und Obststand."

„Ah", sagte ich matt. „Möglicherweise sehe ich ab jetzt Supermarktkunden mit ganz anderen Augen."

Frauke lachte und nahm wieder einen Schluck. „Keine Sorge. Rein statistisch denken die meisten wirklich nur: Was soll ich heute kochen?"

„Da bin ich beruhigt", ich zog eine Grimasse, wurde aber schnell wieder ernst. „Und mit Neubesetzung meinst du, dass man mit dem Patienten andere Themen einübt, andere Gedanken?"

„So ist es. Das braucht seine Zeit und bestimmte Methoden."

Ich atmete geräuschvoll aus. „Gott bewahre, dass uns mal so etwas passiert."

„Nun ja", Frauke drehte nachdenklich ihr Bierglas, „all das kann wirklich jedem passieren – auch dir und mir!"

43

Alexa lag auf dem Boden und rührte sich nicht.

„Turnst du?", fragte ich und ließ mich neben sie auf unseren Gabbeh-Teppich sinken.

„Nein, ich mache Gymnastik. Just im Moment spanne ich meinen Beckenboden an."

„Darf ich dir zuschauen?"

„Tust du ja schon. Du kannst aber auch mitmachen."

„Ach, danke. Zuschauen reicht. Es sieht hübsch aus, wenn du deinen Beckenboden anspannst."

„Ich hoffe, man sieht es nicht. Wenn man etwas sieht, mache ich's falsch."

„Alles in Ordnung. Ich sitze einfach hier und mache passiven Sport."

Entspannt lehnte ich mich an den warmen Heizkörper und streckte die Beine aus. Eine interessante Perspektive. Plötzlich sah ich die blaue Wanduhr, die wir mal geschenkt bekommen hatten, die Gardine, die ich nie wahrnahm, wenn ich auf dem Sofa saß. Man sollte öfter mal die Sitzgelegenheit wechseln.

„Wie war's beim Chor?"

„Weiß nicht. Die Atmosphäre ist seltsam, nicht mehr so locker wie früher."

„Wie sollte sie? Euer Chorleiter wurde ermordet."

„Ja klar, aber das könnte auch zu Eintracht und Gemeinschaft führen, leider ist genau das Gegenteil der Fall."

Ich erzählte von Annika und Gerlinde. Alexa hob derweil ihre Beine in die Luft, eine Übung aus ihrem Wirbelsäulenprogramm.

„Diese Gerlinde, was ist das für eine Person?"

„Sehr taff, sehr strukturiert."

„Verheiratet?"

„Glaube ja."

„Und beruflich?"

„Weiß nicht genau", ich überlegte krampfhaft. Es war gemein, warum wusste man so etwas bei Leuten wie Gerlinde nicht? „Irgendwo im Büro."

„Und diese Annika?"

„Die studiert in Siegen, Grundschullehramt."

„Und fährt jeden Tag?"

„Nee, sie hat da ein Zimmer. Fährt aber immer schon donnerstags zurück, damit sie zur Probe kommen kann."

„Der Chor scheint ihr also wichtig zu sein. Was ist sie für ein Typ?"

Ich legte den Kopf in den Nacken und rief sie mir ins Gedächtnis. „Lange blonde Haare. Ein bisschen versponnen, als wäre sie gerade vom Himmel gefallen. Vor einer Grundschulklasse in Dortmund-Nord sehe ich sie nicht."

„Meinst du, Manuel hatte ein Verhältnis mit ihr?"

Ich hüstelte. „Wie kommst du darauf?"

„Naja, laut Frauke schwärmte sie ja offenbar für ihn, und er war anfällig für sowas, ich sage nur Stella. Gelegenheit zumindest hatte er genug, Kerstin war ja brav in der Schule. Ganz nebenbei schmeichelt es jedem Mann über vierzig, wenn eine Frau unter dreißig sich für ihn interessiert."

Ich dachte darüber nach. Konnte ich das beurteilen? Ich war über fünfzig und damit nach Alexas Ansicht offenbar in einem Alter, in dem einen Mann nur noch Seniorenteller interessierten. „Ich hätte immer gesagt, nein, aber was kriege ich schon mit?"

„Eben", meinte Alexa, während sie sich auf die Seite wälzte – äh – drehte. „Was sagt denn Frauke dazu? Hast du mit ihr gesprochen?"

„Ja, wir haben nach der Probe noch etwas getrunken."

„Nur ihr beide?" Alexa lag jetzt mir zugewandt, ich sah, dass ihre Augenbraue tanzte.

„Ja, nur wir beide. Bist du eifersüchtig?"

„Weiß ich noch nicht. Worüber habt ihr denn gesprochen?"

„Über verkorkste Beziehungen."

„Frauke hatte verkorkste Beziehungen?" Alexa machte etwas mit ihrem Bein, das ganz bestimmt gesund war. Um ein bisschen mitzuarbeiten, bewegte ich meine Zehen.

„Hm, weiß nicht, eigentlich ging es um ihre Arbeit. Um Menschen, die von einer Beziehung nicht loskommen. Und ja – im Grunde genommen ging es um Hass."

„Reizendes Thema." Alexa drehte sich jetzt auf die andere Seite, so dass ich nur noch ihr Hinterteil sah.

„Meine Schüler sagen andauernd, dass sie etwas hassen. Hausaufgaben. Handyverbot. Tafeldienst. Ich hasse es, dass sie das Wort ständig benutzen."

Alexa schmunzelte nicht mal über mein Wortspiel. Zugegeben, ein 23-Uhr-Gag, kein bisschen lustig.

„Hast du schon mal jemanden gehasst?"

„Wenzel." Alexas Antwort kam verdammt prompt.

„Den hast du gehasst?"

„Nein, ich hasse ihn noch immer." Meine Frau drehte sich wieder auf den Rücken. Ich glaube, das war keine Übung. Ich glaube, sie konnte so besser sprechen.

„Aber Wenzel ist einfach nur peinlich."

„Nein, Wenzel ist hinterhältig und deshalb hasse ich ihn." Ich betrachtete Alexas verbissenen Gesichtsausdruck. Herr Ludwig Wenzel war im Dackelverein aktiv gewesen, über vierzig Jahre. Nein, anders, **„ÜBER VIERZIG JAHRE!"**, wie Alexa den Choleriker immer zitierte. Herr Ludwig Wenzel hatte sich irgendwann mit dem Dackelverein, der eigentlich „Teckelclub" hieß, überworfen – und mit vielen anderen auch, zum Beispiel Alexa.

Er und seine Frau, die tatsächlich immer wie ein Wackeldackel nickte, wenn er etwas sagte, waren eine Lachnummer, aber Alexa hatte den Humor in der Sache verloren.

Wenzel sah nicht nur aus wie ein dunkelhaariger Trump, er praktizierte auch Trumpismus im Kleinen: intrigierte, wo er nur konnte, forderte kostenfreie Präsenz der Tierärzte bei den von ihm organisierten Ausstellungen und betonte in enervierender Beharrlichkeit seine Verdienste um das Sauerländer Teckelwohl.

„Jetzt hast du mich an den Blödmann erinnert", murmelte sie.

„So schlimm?"

„Es hat Zeiten gegeben, da ich nicht einschlafen konnte, nur um mir in Gedanken endlose Wortgefechte mit ihm zu liefern. Und noch heute kriege ich körperliche Reaktionen, wenn ich ihn sehe."

Hups, das hatte ich nicht gewusst. Alexa drehte sich zu mir um. „Kennst du sowas nicht?"

Ich musste ernsthaft überlegen.

„Dieser Kollege, der immer mit irgendwelchen Listen hinter dir herrennt, in die du deinen Medieneinsatz eintragen sollst?"

„Akte, meinst du?"

„Genau, Ackermann. Der regt dich doch auf, wenn du ihn nur siehst."

„Ja klar, aber ich *hasse* ihn nicht."

„Dann hast du Glück."

Ich ließ mir das durch den Kopf gehen. Akte … dann der Typ aus der Verwaltung, dem in der Schule viel zu viel Macht eingeräumt wurde … und natürlich die neue Kollegin, die niemanden grüßte und in ihrer Karrieregeilheit über Leichen ging … ja, all das waren Leute, die mir das Leben schwer machten, aber sie hassen? Das waren sie mir nicht wert.

„Ich möchte Leuten wie Akte keinen Raum geben in meinem Leben und wenn ich sie hassen würde, täte ich das."

„Sehr weise", Alexa wälzte sich zurück auf den Rücken.

„Ich würde es gern ähnlich handhaben. Möglicherweise bin ich in zwanzig Jahren bei Wenzel so weit."

Ich beugte mich vor und berührte sanft Alexas Arm. Konnten Frauen besser hassen als Männer? Oder hatte es mit dem Unterschied zwischen Sauerland und Rheinland zu tun? Alexa war tatsächlich viel nachtragender als ich.

„Meinst du, du hast genug geturnt?"

„Wann hat man das schon?", sie seufzte.

„Ich finde es sehr tapfer, dass du spätabends noch deine Übungen machst. Ich glaube, es gibt nicht viele Frauen, die sich das antun."

„Allemal besser, als im Bett zu liegen und an Leute wie Wenzel zu denken."

„Aber sowas von", ich küsste meine Frau auf die Stirn.

„Was macht ihr denn da?" Paul stand plötzlich im Türrahmen und starrte uns an.

„Mama turnt", sagte ich und zeigte wie zum Beweis auf die Isomatte, auf der Alexa lag.

Paul taxierte uns noch einen Moment. „Ach so", sagte er. Offenbar hatte er das Schlimmste ausgeschlossen, er kam jetzt mit einer Zeitschrift auf uns zu.

„Ich wollte euch was zeigen", er hielt uns das Bild einer Vespa hin. Cremeweiß mit braunem Ledersitz, der Junge hatte wenigstens Geschmack. „Die gibt's im Internet für 1.400 Euro."

Alexa warf mir einen warnenden Blick zu.

„Sieht nicht schlecht aus", ich quälte mich hoch.

„Vielleicht solltest du auch mal turnen", murmelte meine Frau mir hinterher.

„Unbedingt", bestätigte ich. „Wenn ich demnächst mit meinem Sohn an seiner Vespa rumschraube, muss ich ja eine gewisse Beweglichkeit mitbringen."

Paul warf mir einen Blick zu, anschließend Alexa, schließlich fiel mir der große Kerl um den Hals.

# #

Ma-nu-el-ich-ha-sse-dich! Ma-nu-el-ich-ha-sse-dich!
Schwer. Leicht Schwer. Leicht Schwer. Leicht Schwer.
Das ist ihr innerer Rhythmus geworden, immer wenn sie Sport treibt.

Lange hat sie gehofft, dass sie ihren Hass damit wegarbeiten kann. Abgeben. Rausstoßen. Leider ist ihr das kein bisschen gelungen. Der Satz ist immer geblieben, nicht nur beim Sport. Er hat sich festgesetzt in ihrem Kopf. Er kommt immer wieder hoch, mehrfach am Tag. Ma-nu-el-ich-ha-sse-dich!

Ein Irrglaube, dass es eine Sache der Zeit ist. Dass es irgendwann aufhört, ganz von allein, dass andere Dinge die Stelle einnehmen, an der Ma-nu-el stand. Da ist nichts gekommen. Nichts, das ihn hat wegdrängen können.

Als sie das verstanden hat, wusste sie, dass sie selbst aktiv werden musste. Dass sie sich befreien und ihn ausradieren musste aus ihrem Leben. Erst wenn er nicht mehr da wäre, würde sie neu anfangen können. Ihr Leben wieder in den Griff bekommen.

Nun ist er tot. Der Satz in ihrem Kopf ist immer noch da, allerdings stellt sie eine Veränderung fest. Etwas lockert sich. Es klemmt nicht mehr so fest.

Bald wird sie ihren Rhythmus wiederfinden, ihren natürlichen Puls. Dafür hat sich der ganze Aufwand gelohnt.

44

Verflixt, wie hieß Gerlinde mit Nachnamen, das wusste ich genauso wenig wie ihren Beruf. Gerling? Gerdes? Germann? Ich hatte schon einiges versucht.

„Ich bin dann jetzt weg", Alexa steckte den Kopf zum

Arbeitszimmer herein, die Arztpraxis rief.

„Alles klar", ich klebte weiter am Bildschirm.

„Nicht vergessen: Ich treffe mich nachher noch mit Hendrik. – Was machst du heute?" Alexa war offenbar neugierig geworden, da ich so gar nicht reagierte, sie trat hinter mich. „Suchst du schöne Frauen?"

„Nö, nur Gerlinde", antwortete ich. Blöderweise war gerade ein Bild von Annika auf dem Schirm, die ich ersatzhalber eingegeben hatte. Ein Engel in Blond.

„Hatte ich mir anders vorgestellt."

Ich murmelte irgendetwas von umfassender Recherche. Dann fiel mir ein, was ich Alexa schon lange hatte fragen wollen. „Kennst du zufällig eine Lisa? Aus der Praxis, meine ich jetzt? Eine Tierschützerin, die ein bisschen verquer ist? Sie wohnt auf Beckers Hof."

„Lisa?" Meine Frau dachte angestrengt nach. „Eine Frau Dr. Elisabeth Brenner kenne ich. Die wohnt dort, wenn ich nicht irre."

Ich fuhr auf meinem Bürostuhl herum. „Und das sagst du erst jetzt?"

„Wieso, hast du mich schon mal danach gefragt?"

„Nein, das nicht, habe ich vergessen. Aber sag, wer ist das – Frau Dr. Brenner?"

„Eine Biologin. Hat früher am Fraunhofer Institut in Schmallenberg gearbeitet, eine Kapazität."

Ich fiel fast vom Stuhl. „Sie wirkt völlig verrückt."

„Sie ist ein wenig skurril, aber absolut nicht verrückt."

„Sie wollte mich mit dem Auto nicht vorbeifahren lassen!"

„Dann hatte sie vielleicht einen schlechten Tag."

„Ich stelle mich auch nicht auf die Straße, wenn ich einen schlechten Tag habe."

„Stimmt, du machst andere Sachen. Und jetzt muss ich los." Sie drückte mir einen Kuss aufs Haar, im nächsten Moment war sie weg. Ich hörte sie noch auf der Treppe, dann an der Haustür, anschließend konnte ich weiter durchs Chorgeschehen surfen. Ich rief unsere Chorwebsite auf. Als Vorsitzende müsste Gerlinde doch eigentlich aufgeführt sein. Bingo! Die Homepage war nicht sehr gepflegt, nur das Nötigste: unsere Probenzeiten, zwei, drei Bilder von Auftritten, im Impressum aber war unsere Vorsitzende mit Namen aufgeführt – Gerlinde Gerheim!

Als ich den Namen bei Google eingab, tauchte sie als Ansprechpartnerin beim metallverarbeitenden Betrieb Beringhaus in Altena auf. Ich klickte das Suchergebnis an, als ich Paul durchs Haus brüllen hörte. Offenbar machte er sich zu seinem Job im Getränkemarkt auf.

Ich hastete zur Tür und brüllte zurück. „Wann bist du zurück?"

„So gegen sechs."

„Okay, bis später!"

Irgendein Gebrummel, dann fiel unten ein zweites Mal die Haustür ins Schloss.

Als ich mich wieder meinem Bildschirm zuwandte, kippte ich fast aus den Latschen. Die Homepage von Gerlindes Firma hatte sich aufgebaut und das Eingangsbild hatte es in sich: Eine hochwertig fotografierte Drahtrolle blinkte mich an.

45

Bei der Dienstbesprechung war die Atmosphäre angespannt, wie zu erwarten. Schröder mit Gerd im hektischen Gespräch, die anderen saßen da, als ginge es gleich in die Prüfung. Max nahm gerade seinen Platz ein, als Rebecca Sterner-Leiss in den Raum trat. Kaum war sie da, ergriff sie schon das Wort. „Was gestern passiert ist, war der Super-GAU, so etwas bitte nicht noch einmal!"

Schröder schien sich nur mit Mühe unter Kontrolle zu halten. „Aber wenn ich richtig sehe, haben Sie doch selbst –"

„– den Kilometerstand überprüft?", schnitt die Staatsanwältin ihm das Wort ab. „Sorry, ich bin zwar interessehalber mit nach Wiemeringhausen gefahren, aber es ist ganz allein Ihr Job, ein Alibi zu überprüfen. Und der Kilometerstand von Willeckes Auto wäre da eine gute Gelegenheit gewesen."

„Es ist verdammt selten, dass unmittelbar vor einem Verbrechen der Kilometerstand offiziell abgenommen wird."

„Aber wenn es passiert, sind Sie derjenige, der das in Erfahrung bringen muss."

Stille setzte ein, in der Schröder offensichtlich vor sich hin köchelte. Max versuchte, sich ein Bild zu machen. Hätten sie das wissen können? Dass Willeckes Kfz-Mechaniker am Donnerstagnachmittag den Kilometerstand aufgeschrieben hatte, weil er den Zahnriemen ausgetauscht hatte? Dass seitdem nur vierzig Kilometer gefahren worden waren, die Fallentour also nicht mit Willeckes Auto getätigt worden sein konnte, trotz der passenden Macke an seinem Auto?

Unglückliche Umstände, konnte man wohl sagen. Max nahm das alles, den Druck, die Atmosphäre, durch eine Wattschicht wahr. Mit der neuen Medizin konnte er quasi schmerzfrei hier sitzen, aber die Nebenwirkungen waren immens. Er fühlte sich high.

„Okay, alles auf Null", sagte Rebecca SL und wirkte tatsächlich etwas ruhiger. „Was gedenken Sie als Nächstes zu tun?"

Schröder wandte sich seinen Leuten zu, als wollte er unbedingt den Eindruck von Selbstbestimmtheit vermitteln.

„Wir müssen diese Motorradlärm – Szene genauer aufs Korn nehmen. Ich schlage vor, dass du, Arnold, das Netz systematisch nach einschlägigen Posts absuchst."

„Aber das habe ich doch schon."

„Warum liegt mir dann kein vollständiger Bericht vor mit Recherchen zu jedem interessanten User?"

„Bislang ging es ja vor allem darum –"

„Bis fünfzehn Uhr habe ich den auf dem Tisch." Halbdrehung zu Silke. „Du untersuchst die Gruppierungen, die sich in der Region um das Thema Motorradlärm drehen. Du sprichst mit allen Verantwortlichen in den Bürgerinitiativen, mit allen Ortsvorstehern betroffener Orte. Gibt es irgendwelche Spinner, denen sie das zutrauen? Irgendwelche normalen Leute, denen sie das zutrauen? Ich möchte lieber zehn Leute zu viel überprüfen als einen zu wenig." Wieder eine Drehung, diesmal in die andere Richtung. „Max, was haben die Recherchen im Fachhandel ergeben? Gab es überraschende Verkäufe bei Schrauben oder Draht?"

Max war völlig überrumpelt. „Oh!"

Schröder stierte ihn an. „Hast du das etwa nicht gemacht?"

Max wurde schwummrig, wie kam er hier heil wieder raus?

„Das verwendete Material übersteigt nicht die handelsübliche Menge", stammelte er, „daher fand ich es überflüssig, das zu recherchieren."

„Du fandest es überflüssig?" Der Chef nahm seine Brille ab. Jetzt wurde es ernst. Schröder nahm nie die Brille ab, sie war mit ihm verwachsen. So wie auch sein Nachname mit ihm verwachsen war. Keiner redete ihn mit Vornamen an.

„Ich erledige das jetzt gleich", faselte Max. „Eine Stunde, dann ist die Sache durch."

Schröder starrte ihn immer noch an.

„Die Altfälle", mischte sich plötzlich die Staatsanwältin ein. „Was ist mit den Altfällen?"

„Es gibt keine Hinweise, dass sie mit den aktuellen Fällen in Zusammenhang stehen", war Max froh, endlich etwas Solides beitragen zu können. „Die KTU sagt, der Draht, das Befestigungsmaterial, die Vorgehensweise waren vollständig anders."

„Aha", die Staatsanwältin sah ihn ernst an. „Wir sollten allerdings nicht ausschließen, dass auch Kriminelle sich weiterentwickeln. Soll heißen: Wenn sie es damals mit Gurten und Knoten gemacht haben, machen sie es heutzutage vielleicht mit geeigneterem Material. Ich telefoniere auch nicht mehr mit Wählscheibe, nur weil das vor Jahren so gut geklappt hat."

Ein dünnes Lachen ging durch den Raum, verebbte aber schnell.

„Natürlich, kann sein", haspelte Max. „Ich wollte nur sagen: Rein spurentechnisch gibt es da keine Verbindung."

„Verstanden", sagte die Staatsanwältin.

„Die Altfälle müssen nochmal durchgesehen werden", sagte Schröder jetzt. „Ich erledige das selbst und spreche mit den Kollegen von damals."

Ein Hieb gegen Max, ganz klar. Er räusperte sich. Wenn er seinen Punkt klarmachen wollte, dann jetzt. „Vielleicht darf ich trotzdem noch etwas sagen", seine Stimme war etwas dünn, die scheiß Medikamente. Er räusperte sich gleich noch einmal.

„Wir haben vor ein paar Tagen hier gesessen und die Täterroute besprochen." Er warf einen Blick zu Robin hinüber. „Robin, du hast damals die Idee gehabt, dass der Täter gestört worden ist. Von Frau Kreuzer vermutlich, die das Auto für den Urlaub gepackt und Licht gemacht hat. Das war eine gute Idee, aber eben nur eine Hypothese. Die grundlegende Frage ist doch nach wie vor: Warum baut der Täter drei Drahtfallen auf, aber nur eine, die wirklich funktioniert? Und letztere genau an der Stelle, die tatsächlich von einem Biker befahren wird – und zwar zu einer Zeit, die vorher absehbar war."

Im Raum herrschte absolute Stille. Man hörte ihm sehr genau zu, möglicherweise in banger Erwartung, dass gleich seitens Schröder ein Donnerwetter losbrechen würde.

„Was ich sagen will: Manuel Kreuzer fuhr, wenn es irgendwie ging, mit dem Motorrad zur Probe. Seine Probe endete immer zur gleichen Zeit. Wenn man Kreuzer umbringen wollte, war die Drahtfalle auf dem Weg zu seinem Haus eine verdammt gute Idee!"

„Und die anderen Fallen waren reine Tarnung?", meinte Arnold in einem Ton, der deutlich machte, wie er es fände, wenn seine gesamte bisherige Arbeit umsonst gewesen war.

„Genau – und diese Tarnung hat bestens funktioniert! Seit letztem Donnerstag tun wir nichts anderes, als einen Biker-Hasser zu jagen. Stattdessen sollten wir nach jemandem suchen, der allein Manuel Kreuzer umbringen wollte."

Wieder keine stehenden Ovationen, sondern betretene Stille. Die Situation war offenbar zu angespannt, um voreilig Stellung zu beziehen.

„Ich finde das – nachvollziehbar", sagte irgendwann Silke, zugegebenermaßen ziemlich leise. Aber immer noch laut genug, um Schröder reagieren zu lassen.

„Nette Theorie", meinte er in einer Freundlichkeit, die ihm einiges abzuverlangen schien, „aber wir verzetteln uns, wenn wir das parallel weiterermitteln. Wir können nicht in tausend Richtungen ausschwärmen – zumindest mit den paar Leuten, die wir hier sind." Er warf der Staatsanwältin einen vorwurfsvollen Blick zu, als hätte die persönlich dem Personal freigegeben, um ins Schwimmbad zu gehen.

„Wir werden nicht mehr Leute kriegen", sagte die knapp. „Es sind Schulferien. Gucken Sie sich um, wie viele Kollegen bei Ihnen fehlen."

„Dann machen wir es, wie von mir vorgeschlagen", beendete Schröder die Diskussion. „Wenn wir allerdings in drei

Tagen keine Ergebnisse haben, ziehen wir das private Motiv noch einmal in Betracht."

In drei Tagen, Max schluckte trocken.

„Und es wäre reizend, wenn du bis dahin deine Aufgaben ernstnehmen würdest."

„Aber die Ehefrau", sagte Max mit dem letzten Rest von Energie, „wir haben sie total außen vor gelassen. Angeblich hat es Konflikte zu Hause gegeben."

„Ich habe mich klar geäußert", meinte Schröder und drehte sich weg.

Max sah hilflos zur Staatsanwältin hinüber. Tatsächlich blickte sie zurück und hob sogar unmerklich die Brauen. Die Botschaft war eindeutig: *Da kann man nichts machen.*

„Wir sind dann jetzt durch", schloss Schröder ab. „Bitte gebt Gas! Wir müssen Ergebnisse liefern."

Rebecca SL sah deutlich verschnupft aus. „Aber bitte nicht irgendwelche Ergebnisse", stellte sie klar, „sondern welche mit Hand und Fuß."

46

Der Draht ging mir nicht mehr aus dem Kopf. Zumal eine andere Information in meinem Gedächtnis aufgeflackert war. Gerlinde war am Abend von Manus Tod zu spät zur Probe gekommen! Dabei kam Gerlinde nie zu spät, ganz im Gegenteil, sie beschwerte sich regelmäßig, wenn die Pünktlichkeit bei uns anderen zu wünschen übrig ließ. „Dann können wir uns das Einsingen sparen", hatte sie einmal gemotzt, und nur eine flapsige Bemerkung von Franse hatte einen Grundsatzstreit verhindert.

Letzten Donnerstag allerdings war Gerlinde deutlich nach Manuel hereingerauscht und hatte hektisch gewirkt.

Bloßer Zufall?

Dreimal schon hatte ich mein Smartphone zur Hand genommen und wieder weggelegt. Diesmal hatte ich nun tatsächlich aus unserer Chorgruppe Gerlindes Nummer herausgefischt und auf den grünen Hörer gedrückt. Ich kaute auf meiner Lippe herum, während es tutete.

Und dann ging sie tatsächlich dran. „Vincent? Hallo!"

„Hallo Gerlinde!" Sie hatte mich tatsächlich mit Namen eingespeichert, sie war gut strukturiert. „Ich hoffe, ich störe dich nicht bei der Arbeit."

„Überhaupt nicht, ich bin nur dreimal in der Woche in der Firma, heute habe ich frei."

„Ah, okay, wunderbar", irgendwie hatte ich den Faden verloren. „Ich rufe nochmal wegen der Liedauswahl an. Just an dem Abend von Manuels Tod habe ich mit ihm ein bisschen geplaudert, vor der Probe, ich weiß nicht, ob du das mitbekommen hast."

„Weiß ich auch nicht. Worüber habt ihr denn gesprochen?"

„Über *Nehmt Abschied Brüder,* wo das herkommt und so."

„Habe ich nicht mitbekommen, ich war an dem Abend zu spät. Meine Tochter musste zum Hautarzt, das hat ewig gedauert."

„Echt? Ja, hört man immer wieder", faselte ich, „stundenlanges Warten und so."

„Aber was hast du denn jetzt mit Manuel besprochen?"

„Also, über die Herkunft. Dass es auf eine schottische Ballade zurückgeht und im englischsprachigen Raum zum Jahreswechsel gesungen wird."

„Und jetzt meinst du, es passt nicht zur Beerdigung?"

„Und dass es zum Liedgut der Pfadfinder gehört, die es gern als Abschiedslied singen."

„Vincent, ich verstehe nicht ganz deinen Punkt."

„Sorry, Gerlinde, ich auch nicht. Ich war kurz verunsichert, ob die Liedauswahl Manu gerecht wird. Aber jetzt, wo wir darüber sprechen, hab ich's total klar. Tut mir leid, dass ich dich damit belämmert habe. Du hast genau die richtigen Lieder ausgesucht. Und überhaupt, die ganze Chorleitung, du machst das verdammt gut."

„Findest du wirklich?" Gerlinde klang gerührt. Ich schämte mich für meinen Anruf.

„Ja, finde ich. Die Situation ist schwierig, aber du lavierst uns da exzellent durch."

„Danke, das freut mich. Echt", Gerlinde hatte eine Portion Glück in der Stimme. „Ich weiß nicht, wie du das siehst, aber ich könnte mir glatt vorstellen – also, wenn ihr alle einverstanden wärt –"

Uahh, das ging etwas schnell, wie legte ich jetzt den Rückwärtsgang ein?

„Du solltest auf jeden Fall bei der Beerdigung dirigieren", haspelte ich los. „Und alles danach besprechen wir, wenn sich die Emotionen gelegt haben."

Kurze Stille. „Ja klar", sagte Gerlinde. Und dann noch einmal. „Ja klar."

47

„Hallo? Ist das Ihr Hund?"

Ich hatte mich zu Kerstin aufgemacht. Oder besser: Walter und ich hatten uns zu Kerstin aufgemacht. Dass mir dabei Frau Dr. Brenner vor die Flinte laufen würde, hatte ich zwar insgeheim gehofft, deshalb war ich extra die größere Runde an Beckers Hof vorbeigelaufen. Dass sie mich aber selbstständig ansprach, war ein unerwarteter Knaller.

„Ja, ist er." Ich rief Walter, er folgte sofort, wahrscheinlich aus Angst, dass er altersbedingt nicht mehr mitkam, wenn er einmal den Anschluss verpasst hatte.

„Der gehorcht ja", sagte Frau Dr. Brenner überrascht. Sie trug heute einen dunkelgrünen Kapuzenpullover, eine Jeans und hölzerne Clogs. Sie sah ziemlich normal aus.

„Ja klar", gab ich an.

„Da ist er der Einzige hier weit und breit", die Biologin klang eher ernüchtert als verbittert.

„Auf ihn ist Verlass", sagte ich und tätschelte Walters Kopf. Hoffentlich kam bei meiner Gesprächspartnerin an, dass auch auf mich Verlass war.

„Ich nehme an, durch den Mordfall ist hier im Moment besonders viel Verkehr", mein Tonfall klang, als sei das das Bedauerlichste an dem abscheulichen Verbrechen, „Polizei, Presse, dieses ganze Zeug."

„Das haben Sie richtig erkannt." Frau Dr. Brenner hielt Walter eine Hand hin, eine dezente Kennenlerngeste.

„Ich bin heute extra zu Fuß", schleimte ich weiter.

„Sie müssen mir keinen Honig ums Maul schmieren!"

Ich war einen Moment konsterniert. „Ja klar", stammelte ich dann, „es ist nur – unsere letzte Begegnung –"

„Ich war etwas ruppig, das gebe ich zu. Aber diese Gaffer, die da sinnlos die Strecke abfuhren, haben mich aus der Ruhe gebracht."

„Kann ich verstehen", ich war froh, dass das geklärt war. „Ich bin Vincent Jakobs."

Frau Dr. Brenner dachte nicht daran, sich ebenfalls vorzustellen. „Und wer bist du?", fragte sie stattdessen den Hund. Er antwortete nicht.

„Walter", nahm ich es ihm ab. Gern hätte ich hinzugefügt, dass Frau Dr. Brenner wohl auch Alexa kannte, meine Frau, die schließlich Tierärztin war! Aber ich wollte nicht ein weiteres Mal in Schleimverdacht geraten.

Die Biologin hatte sich inzwischen hingehockt, um mit Walter auf Augenhöhe zu sein. Trotzdem sprach sie offenbar mit mir, als sie zu reden begann. „Sie sind hier, um zu fragen, ob ich etwas beobachtet habe, stimmt's?"

Ich fühlte mich ertappt. „Sagen wir mal so: *Wenn* Sie etwas beobachtet haben, sollten Sie es unbedingt der Polizei sagen."

„Danke für den Hinweis."

„Haben Sie denn?", konnte ich mich nun nicht mehr zurückhalten.

Die Biologin sah mich von unten scheel an. „Mir ist sehr wohl bewusst, dass man mich für verrückt hält."

Ich wollte etwas einwenden, aber mir fiel nichts Passendes ein.

„Weil ich mich um die Natur sorge, um Artenvielfalt und die Balance. Aber die Menschheit wird irgendwann einsehen, dass keine Zeit für Kompromisslösungen bleibt."

Sie sagte das so unumstößlich, dass ich nicht widersprach. Darauf wartete sie auch nicht, sie hatte sich wieder dem Hund zugewandt. „Auf Wiedersehen, Walter!" Sie tätschelte ihm zum Abschied den Kopf. „Du magst auch keine Motorradfahrer, stimmt's? Sind dir zu laut!"

Ich stutzte, hatte die Brenner das gerade wirklich gesagt? Inzwischen war sie aufgestanden und ging, ohne mich eines Blickes zu würdigen, zum Haus.

„Bitte sprechen Sie mit der Polizei!", rief ich ihr hinterher. „Sie wollen doch auch nicht, dass da ein Bekloppter herumfährt und Drahtfallen spannt!"

„Ein Bekloppter", ich hörte Frau Dr. Brenner trocken lachen. „Eher doch wohl eine Bekloppte."

Benommen stand ich da und sah zu, wie die Tür ins Schloss fiel.

„Wie meint sie das?", fragte ich Walter. „Meint sie sich selbst?", aber unser Mischling wedelte nur mit dem Schwanz.

48

Max konnte sich nicht erinnern, jemals so unkonzentriert gearbeitet zu haben. Die Kopfschmerzen hielten sich dank Tabletten in Grenzen, aber die Nebenwirkungen waren beträchtlich. Darüber hinaus war sein Unwille so groß, dass er praktisch nichts zustande brachte. Drei Baumärkte hatte er bislang angerufen und darum gebeten, anhand des Kassensystems Drahtverkäufe zurückzuverfolgen. Dreimal hatten ihm die Baumarktleiter deutlich zu verstehen gegeben, was für einen Aufwand das bedeutete. Dreimal hatte Max trotzdem darauf bestanden und zusätzlich um Auskunft gebeten, falls sich der jeweilige Verkäufer an den Kunden erinnern konnte. Max hatte praktisch vor Augen gehabt, wie man ihm am anderen Ende der Leitung einen Vogel zeigte. Sich einen Kunden merken, der eine Rolle Draht gekauft hatte? Nur dann, wenn er beim Bezahlen versehentlich drei Regale umgeschmissen hätte.

Es gab nur eine einzige Möglichkeit, dieser sinnlosen Recherche ein Ende zu bereiten, Max zog die Schublade auf und nahm den gelben Schein heraus, den er heute schon zwanzigmal in der Hand gehabt hatte. Dann griff er seine Jacke und ging den Flur hinunter zu Veras Büro.

Auf dem Flur kam ihm Silke entgegen. „Bist du auf dem Sprung?"

„Kann man so sagen."

„Darf ich dich kurz sprechen?"

Er zögerte, befingerte den gelben Schein in seiner Hand. „Von mir aus", sagte er dann.

In seinem Büro schloss Silke bedeutungsvoll die Tür. Er ignorierte das und setzte sich, Gelassenheit demonstrierend, an seinen Schreibtisch.

„Warum hast du es mir nicht gesagt?"

„Was?" Max ärgerte sich, sobald er es ausgesprochen

hatte. Silke wusste Bescheid.

Die Kollegin deutete auf den gelben Schein, den er immer noch in der Hand hielt. „Auf dem Weg zur Migränebehandlung?"

Er schwieg trotzig.

„Max, warum hast du mir nichts gesagt, wo wir doch vorher darüber gesprochen hatten?"

„Weil –" Er legte den Schein ab und nahm frustriert sein Gesicht in die Hände. „Ich kann's nicht, bei niemandem. Ich habe Karla nichts gesagt. Ich habe meinen Freunden nichts gesagt. Ich behalte es lieber für mich."

„Und arbeitest weiter, bis du tot umfällst? Ist dir dein Leben so wenig wert?"

„Nein, das nicht. Nächste Woche gehe ich zur OP in die Klinik, nur bis dahin –"

„– kannst du ruhig weiterarbeiten?", Silke klang fassungslos. „Max, was hat man festgestellt? Ich will das jetzt ganz genau wissen." Sie setzte sich auf den Stuhl am Schreibtisch gegenüber und sah ihn eindringlich an.

„In meinem Kopf –", plötzlich waren alle Wörter weg, er schloss die Augen.

„Lass dir Zeit!", hörte er Silke mit ruhiger Stimme sagen. „Nimm dir die Zeit, die du brauchst!"

49

Es hätte eine Idylle sein können: Sebastian, der vorm Schuppen an Papas Motorrad herumwerkelte, Franzi, die an einem Kastanienbaum lehnte und telefonierte, Kerstin, die auf der Bank vorm Fachwerkhaus saß und mit einer Tasse Kaffee in der Hand die späte Herbstsonne genoss.

Als ich bei Sebastian vorbeikam, beschnüffelte Walter

zunächst das Motorrad und dann ihn; der Junge kraulte ihn freudig.

„Machst du die Maschine wieder flott?", fragte ich nach.

„Ja – ich habe lange überlegt, aber – ja, ich möchte sie haben."

Die Yamaha stand aufgebockt da, immer noch schön anzusehen, trotz der erkennbaren Blessuren vom Sturz. Ein stilvolles Retromodell, von Manu mit Bedacht ausgewählt, wie Frauke vielleicht festgestellt hätte.

Sebastian schien sich über mein Interesse zu freuen. Er legte den Schraubenschlüssel weg und schwang sich auf den Sattel, man saß sehr aufrecht darauf.

„Sieht gut aus!", sagte ich zu Sebastian. Und dann plötzlich kam mir ein wichtiges Detail in den Sinn: Der Draht hatte Manuel laut Presseberichten direkt am Hals erwischt. Er war also in der richtigen Höhe angebracht worden, bei 1,50 Meter, wenn ich es richtig im Kopf hatte. Bei einem anderen Modell saß man vermutlich ganz anders, höher, tiefer, vornübergebeugt. Wer auch immer diesen Draht gespannt hatte, musste gewusst haben, wie es sich mit dem Motorrad und Manus Körpergröße verhielt.

„Hast du einen Spaziergang gemacht?", riss mich Kerstin aus meinen Gedanken. Ich warf einen letzten Blick auf Sebastians Motorrad und ging dann hinüber zu ihr.

„Sozusagen. Aber bei euch sieht's auch entspannt aus." Ich ließ mich neben ihr nieder.

„Tut es das? Ich war gerade mit den Kindern beim Bestatter, sie wollten Manuel noch einmal sehen."

„Oh", sagte ich. „Wie haben sie's verkraftet?"

„Ganz gut. Manuel sieht sehr friedlich aus. Keine Ahnung, wie die das nach der Obduktion hingekriegt haben."

Ich ging nicht darauf ein, fand Kerstins Bemerkung furchtbar nüchtern. Warum musste sie alles so technisch sehen?

„Ich habe gerade mit eurer Nachbarin gesprochen", wechselte ich das Thema, „Frau Dr. Brenner."

Kerstin zog die Brauen zusammen. „Und?"

„Sie war diesmal etwas zugänglicher. Und hat mit Walter gesprochen."

Kerstin lehnte sich zurück. „Das sieht ihr ähnlich."

„Sie hat etwas von Motorradlärm gesagt. Weißt du, ob sie sich da engagiert?"

Kerstin stutzte. „Glaubst du, sie hat etwas mit der Sache zu tun?"

„Mein Bauchgefühl sagt Nein. Ich frage mich nur, ob sie etwas weiß, das sie zurückhält."

Kerstin ließ sich das durch den Kopf gehen. „Ich habe dir ja von dem Zusammenstoß mit Manu erzählt. Letztlich ging es da ja auch um Lärmbelästigung. Sie ist halt sehr naturverbunden, läuft viel draußen herum, sammelt, zählt, lauscht Vögeln, was weiß ich."

Ich betrachtete meine Kollegin von der Seite. Kerstin schien wenig über Elisabeth Brenner zu wissen. Klar, die Nachbarin war sehr speziell, aber wenn man hier so in der Einsamkeit wohnte, schweißte einen das doch irgendwie zusammen, hätte ich gedacht.

Gesprächsfetzen von Franziska drangen zu uns herüber. Sie telefonierte noch immer, auf Spanisch. Als ich zu Sebastian hinüberschaute, stand der gerade unschlüssig vor dem Motorrad. Walter hatte sich neben ihn gesetzt und schaute in voller Solidarität ebenfalls ratlos auf das Gefährt.

„Kennst du Gerlinde Gerheim?", wandte ich mich wieder Kerstin zu.

„Gerlinde ... die aus eurem Chor?"

Ich nickte.

„Manu hat sie mal erwähnt. Sie ist eure Vorsitzende, oder?"

„Und Notenwartin", fügte ich hinzu. „Ehrlich gesagt ist

sie die Einzige im Chor, die sich bezüglich der Organisation richtig ins Zeug legt."

„Ja, passt", meinte Kerstin. „Manu hat erzählt, dass sie ihn mehrfach angehauen hat wegen neuer Titel und so. Er war ein bisschen genervt. Andererseits – Frauke hat zwar damals den Kontakt vermittelt, aber Gerlinde war eine von denen, die ihn tatsächlich in den Chor geholt haben."

Ich war überrascht. „Wie das?"

Kerstin ging nicht darauf ein. „Willst du eigentlich einen Kaffee?"

Ich schüttelte unwillig den Kopf. Viel dringender wollte ich hören, was Kerstin zu erzählten hatte.

„Euer Chor war früher mal ein Frauenchor."

„Klar, weiß ich."

„Der Frauenchor war überaltert. Als dann auch noch die Chorleiterin aufhörte, hat man in einer Krisensitzung neu überlegt. Es gab vier, fünf jüngere Frauen, die etwas Neues aufbauen wollten."

„Gerlinde", schlussfolgerte ich, „und Frauke."

Kerstin nickte. „Ich glaube, eine Ruth war noch dabei, die anderen Namen weiß ich nicht mehr. Auf jeden Fall wollte man einen gemischten Chor gründen und hat dafür einen neuen Dirigenten gesucht."

„Und den hat Frauke vermittelt?", fragte ich nach. Warum hatte ich davon nie gehört?

„So habe ich's im Kopf. Meines Wissens hat ihre Kollegin in Arnsberg bei Manuel gesungen und ihn empfohlen."

„*MissKlang*", murmelte ich, „der Arnsberger Frauenchor."

Kerstin nickte dumpf. „Ich glaube, die Kollegin hieß Steffi. Nicht zu verwechseln mit Stella, der Frau, mit der Manuel eine Affäre hatte." Kerstin sagte das völlig beiläufig und unvermittelt. Offenbar war jetzt der richtige Zeitpunkt für sie, den Namen zu nennen.

„Ich hab's ja schon erwähnt, ich habe ein paar Nachrichten gesehen, eindeutige Nachrichten, wenn du verstehst, was ich meine."

„Ja klar."

„Nachrichten von Stella. Den Namen vergesse ich nie."

In mir fuhren die Gedanken Achterbahn. „Und du hast es geschafft, Manuel das nie vorzuwerfen? Die Affäre mit Stella?"

„Ich wollte, dass es endet, der Rest war mir egal."

„Und es hat geendet?", fragte ich nach. „Du bist sicher, dass die beiden keinen Kontakt mehr hatten?"

„Ich habe es nicht überprüft, wenn du das meinst. Aber wie ich schon gesagt habe: Unsere Beziehung war vollständig geklärt."

Unter *geklärt* verstand ich etwas anderes. Außerdem kam mir Alexas Bemerkung in den Sinn, dass Manuel während Kerstins Unterricht ja viel Zeit gehabt hatte. Selbst wenn er Stellas Chor abgegeben hatte, gab es andere Möglichkeiten.

Franzis Stimme riss mich aus meinen Gedanken. Sie beendete am Kastanienbaum ihr Gespräch, „Hasta luego."

„Ich finde es beachtlich, dass du das so weggesteckt hast", wandte ich mich an Kerstin.

Sie zog die Nase hoch, zögerte. „Nun ja, ich hatte allen Grund, Manu zu verzeihen."

Der Satz schwebte zwischen uns wie ein dicker Ballon. Franzi steckte indes ihr Handy weg und kam langsam heran.

„Wahrscheinlich sind wir uns deshalb so aus dem Blick geraten", stieß Kerstin flüsternd hervor, „weil jeder auf jemand anderen fixiert war."

Franziska war nur noch fünf Meter entfernt. Kerstin schien trotzdem noch etwas loswerden zu wollen. „Ich war eine Weile mit Leo Brussner zusammen."

Ich fuhr zusammen. Leo, ihr Kollege – unser Kollege – das konnte doch nicht sein!

„Schon lange aus und vorbei", wisperte Kerstin, wie um mich zu beruhigen.

Dann stand Franziska vor unserer Bank. Und mit einem Mal verstand ich, warum Kerstin Franziskas Erkundigungen unterbinden wollte – es hatte auch mit ihrem eigenen Geheimnis zu tun.

„Buen dia", sagte ich matt zu Franziska.

50

Um zwei kam ein Anruf von Vera. „Ich habe da diese Nachbarin in der Leitung", erklärte sie Max. „Hat über die Info-Nummer angerufen, aber Gerd ist nicht da. Sie ist etwas kompliziert, kannst du das übernehmen?"

„Ja klar", Max setzte sich aufrechter hin.

„Okay, dann verbinde ich jetzt. Hoffentlich ist sie noch dran."

„Max Schneidt", er versuchte, Sympathie in seine Stimme zu legen.

„Ich heiße Brenner", sagte eine weibliche Stimme, „ich rufe an, weil ich neben dem Mordopfer wohne, auf Beckers Hof."

„Ah gut", sagte Max. „Wir haben mehrfach versucht, Sie zu erreichen, und Ihnen auch schon eine Mitteilung in den Briefkasten gelegt."

„Deswegen rufe ich jetzt an. Ich bin immer viel unterwegs."

Max wartete ab. Sollte das eine Entschuldigung sein, dass sie für ihre Meldung eine Woche gebraucht hatte?

„Ich bin auch abends viel unterwegs. Um Tiere zu beobachten, mit einem Nachtsichtgerät."

„Tatsächlich?" Max fühlte Aufregung aufsteigen. „Auch

in der Tatnacht?"

„Nein."

Mit einem Schlag war jede Aufregung weg.

„Sie haben in der Tatnacht also nichts Besonderes bemerkt?"

„Ich habe mir eine Dokumentation angeguckt und war früh im Bett. Das ist hoffentlich nicht verboten."

„Nicht dass ich wüsste", ging Max über den aggressiven Unterton hinweg. „Haben Sie denn vorher irgendetwas bemerkt? Etwas, das uns weiterhelfen könnte?"

„Deswegen rufe ich an. Aber wahrscheinlich ist es nicht wichtig."

„Das wird sich zeigen. Wir sind für jeden Hinweis dankbar."

„Es ist so: Drei Tage vorher war ich abends unterwegs."

Max zog sich einen Notizblock heran. „Der Mordanschlag ist am vergangenen Donnerstag passiert. Sie sprechen also von Montagabend?"

„Ja, sage ich doch. Ich war oben am Waldrand. Dort gibt es in einer Baumhöhle ein Fledermausquartier."

„Verstehe, und von dort aus haben Sie etwas gesehen?"

„Ja, gegen zehn. Ich kam aus dem Wald, weil ich zuvor noch einen Fledermauskasten aufgesucht hatte. Ich registriere in regelmäßigen Abständen, wie viele Fledermäuse in der Dämmerung die Wochenstube verlassen."

„Interessant", bemühte sich Max, „und dabei haben Sie unten auf der Straße etwas gesehen?"

„Eine Person. Sie hat sich an den Bäumen aufgehalten. Da, wo Kreuzer später in den Draht gerast ist."

Max hielt mit Mühe seine Aufregung in Schach. „Konnten Sie etwas erkennen? Was die Person gemacht hat?"

„Es schien, als würde sie den Baum – untersuchen. Zumal sie eine Stirnlampe trug."

„Echt?", rutschte es Max heraus.

„Das ist nichts Ungewöhnliches. Tierbeobachter tragen auch oft Stirnlampen, ich habe eigentlich immer eine dabei."

„Verstehe", Max zwang sich zur Ruhe. „Haben Sie vielleicht auch ein Auto gesehen?"

„Ja, das stand hinter den Büschen."

Max jubilierte. Dort hatte man den halben Reifenabdruck genommen. Die Wahrscheinlichkeit, dass er vom Täterauto stammte, wuchs gerade enorm!

„Was war das für ein Auto? Haben Sie's erkannt?"

„Ich habe ja nur die Lichter gesehen."

„Waren die besonders? Autoscheinwerfer unterscheiden sich sehr."

„Kann sein, da kenne ich mich nicht aus."

„Was ist mit dem Motorengeräusch? Haben Sie das Auto am Motor erkannt?"

Max hörte nur ein unwilliges Schnauben am anderen Ende der Leitung, Frau Brenner verlor offenbar die Geduld.

„Okay, kommen wir auf die Person selber zurück. Ist Ihnen da etwas aufgefallen? War sie dick oder dünn? Groß oder klein?"

„Es war eine Frau."

„Was?" Max schoss nach vorn. „Das können Sie ganz sicher sagen?"

„So etwas sehe ich an der Bewegung. Mein Auge ist geschult."

Max ließ das auf sich wirken. „Haben Sie nicht Verdacht geschöpft? Sich Gedanken gemacht?"

„Ich habe ja nicht gesehen, wie jemand einen Draht gespannt hat", Frau Brenner wirkte jetzt regelrecht empört. „Ich habe gesehen, wie sich jemand im Bereich der Bäume bewegt hat und dann davongefahren ist. Ehrlich gesagt habe ich gedacht, da war jemand pinkeln. Nicht wenige Leute haben eine Stirnlampe im Auto und nutzen sie, wenn es darauf ankommt."

„Aber nach dem Mord an Herrn Kreuzer bekam Ihre Beobachtung ein ganz anderes Gewicht", bohrte Max weiter.
„Warum melden Sie sich erst heute, Frau Brenner?"

Am anderen Ende war nichts zu hören, bestenfalls Trotz,
so kam es Max vor. Er hielt die gespannte Stille noch einen
Moment aus, bevor er es anders versuchte.

„Noch einmal: Ist Ihnen an der Person etwas aufgefallen?
Hinsichtlich Größe und Figur?"

„Nein, ist es nicht." Frau Brenner wirkte jetzt abweisend.
Da ging nicht mehr viel.

„Vielleicht fällt Ihnen ja später noch etwas ein", Max bemühte sich um einen freundlichen Ton. „Frau Brenner, Ihre
Aussage ist überaus wichtig. Sie werden daher Verständnis
haben, dass Sie sie noch schriftlich zu Protokoll geben müssen. Vielleicht könnten Sie –"

„Ich habe meine Aussage gemacht. Mehr kann ich dazu
nicht sagen."

„Natürlich, dafür habe ich Verständnis. Es geht nur darum –"

Und dann war das Gespräch weg. „Hallo?", Max sah ungläubig auf seinen Hörer. „Hallo?"

Resigniert legte er auf. Er war sicher, dass man Elisabeth
Brenner in der nächsten Zeit zu Hause wieder nicht antref-
fen würde.

51

Obwohl ich auf sie wartete, erkannte ich Frauke nicht
sofort, als sie mir entgegenkam. Sie fuhr ein Seniorenauto,
das ich noch nie an ihr gesehen hatte. „Was ist denn das für
eine Karre?"

„Der Seat von meinem Vater. Wir behalten ihn, damit er das Gefühl hat, er könnte jederzeit los." Sie verdrehte die Augen, ihr Vater litt an einer schweren Demenz. „Ich find's ganz praktisch, ihn noch zu haben. Mit meinem Flitzer macht Getränkeholen nicht so richtig Spaß. Und Hundetransporte auch nicht."

Sie stieg aus und öffnete die hintere Klappe. Der Rücksitz war umgeklappt und eine Decke lag bereit. „Ich hab's ihm ein bisschen gemütlich gemacht."

Ich hob Walter ins Auto, er drehte sich einmal und suchte dann eine bequeme Lage. Der lange Gang hatte ihn völlig erschöpft.

„Du hast uns gerettet", erklärte ich, während wir ins Auto stiegen. „Ich dachte schon, ich müsste den alten Herrn tragen."

„Kein Problem, ich hatte schon frei. Und so können wir alles miteinander verbinden."

Ich schaute, ob meine Schuhe verdreckt waren. Nun ja, in diesem Auto spielte es eh keine Rolle, hier hatte seit Jahren keiner gesaugt.

„Okay, was genau hast du dieser Steffi aus Arnsberg gesagt?"

„Dass wir alle wegen Manuel unter Schock stehen und Gesprächsbedarf haben. Und dass wir einen neuen Chorleiter suchen, sie kennt sich in der Szene gut aus. Ich habe sie schon damals um Rat gefragt, als sich unser Frauenchor aufgelöst hat."

„Sie hat dir seinerzeit Manuel empfohlen", wiederholte ich, was Kerstin mir gesteckt hatte.

Frauke nickte. „Jemanden, der direkt vor unserer Haustür wohnte. Steffi hat hundertmal betont, welch großen Gefallen sie mir getan hat. Sie ist ein bisschen – hm."

„Hm?"

Frauke sah mich an. „Na, warte mal ab."

52

Steffi wohnte in Arnsberg direkt an der Ruhr mit Blick auf Sauerland-Theater und RWE. Ich kannte mich ein klein bisschen aus in der Stadt, Karla hatte hier gewohnt, als Max sie kennengelernt hatte. Aber auch ohne Vorwissen konnte man erkennen, dass Steffi hier an der Promenade eine traumhafte Wohnlage genoss.

Sie war Single, hatte mir Frauke erklärt, und Musiklehrerin. Frauke hatte im Rahmen ihrer Tätigkeit als Schulpsychologin mit ihr zu tun gehabt.

„Und was ist jetzt das Spezielle an ihr?", fragte ich erneut, während ich das Fenster hochkurbelte. Wegen drohender Erstickung nach Walters Furzattacken hatten wir das Fenster herunterdrehen müssen.

„Warte ab!", meinte Frauke zum zweiten Mal. Ich steckte auf.

Steffi wohnte im Erdgeschoss. Kaum hatte Frauke den untersten Klingelknopf gedrückt, hörten wir klassische Musik.

„Das ist ihr Klingelton", murmelte Frauke. Und dann summte die Tür auch schon auf.

„Hi!", sagte Steffi und funkelte uns an. Funkeln im wahrsten Sinne des Wortes, sie hatte hellblaue Augen, die eine Strahlkraft besaßen, die einem den Atem verschlug. „Superschön, dass ihr kommt!"

Frauke warf mir einen Blick zu, als wir in den Wohnungsflur traten. *Da siehst du's!*

„Ich habe schon mal Tee gekocht, du bist Vincent, nicht wahr?"

„Jep", sagte ich, in der Hoffnung, dass das irgendwie cool klang.

„Ich bin die Steffi. Wäre super, wenn ihr die Schuhe auszögt!"

Frauke und ich parierten, während Steffi weiter vor sich hinplapperte: „Ich find's total schlimm, das mit Manuel. Dass Leute keine anderen Möglichkeiten der Problemlösung sehen. Ich meine, okay, Motorradlärm ist schlimm, aber da kann man doch Foren schaffen, um miteinander zu sprechen, an Runden Tischen Kompromisse ausloten, miteinander ins Gespräch kommen."

Frauke schob mit Schwung ihre Schuhe zur Seite, dann meinte sie trocken: „Wäre auch schön, wenn die Sonne immer schiene."

Steffi war nur einen Moment irritiert, dann schien sie sicher, dass die Bemerkung nicht persönlich gemeint war, und ging in einem seltsam hüpfenden Gang vorweg in ein Wohnzimmer, in dem es unerträglich warm war. Das Zimmer war außerdem so auf gemütlich getrimmt, dass ich sofort Beklemmungen bekam. Nicht allzu groß, dafür viel Couch, Traumfänger-Bammel-Zeugs und Möbel der ersten Ikea-Generation in hellem Kiefernholz auf grau-blauem Teppich.

„Ich habe jetzt mal Rooibos gemacht. Ist ja so das Neutralste. Ich selbst trinke häufig Hibiskus, ist gut für den Herz-Kreislauf-Ausgleich."

Ich betrachtete unsere Gastgeberin, während sie weiter über den Tee plauderte. Ein zierliches Persönchen in einem Riesenpullover, blonde Haare, die sie möglicherweise gerade wachsen ließ, ein Steinchen auf dem rechten Nasenflügel, das aufgeklebt aussah.

Nachdem sie uns eingeschenkt hatte, setzte sie sich aufs Sofa und zog die Beine dicht an sich heran. Steffi war bestimmt über vierzig, hatte aber etwas sehr Mädchenhaftes an sich.

„Weißt du noch, Frauke? Hier haben wir schon mal gesessen und über einen neuen Chorleiter gesprochen."

„Stimmt", Frauke warf mir einen verstohlenen Blick zu.

„Damals habe ich euch Manu vermittelt", rekapitulierte Steffi nicht ohne Stolz, „aber ganz ehrlich: Wenn ich gewusst hätte, dass er dann bei uns aufhört, hätte ich es gelassen." Sie lachte, leichte Verbitterung schwang mit.

„Moment, Moment, du hast immer gesagt, dass Manuel bei euch aufgehört hat, weil es intern nicht mehr klappte", stellte Frauke klar. „Nicht, weil er mit uns etwas Besseres in Aussicht hatte."

„Das würde mich auch wundern", brummelte ich.

„Ja – nein – wahrscheinlich", beschwichtigte Steffi, „es war bei uns tatsächlich kompliziert." In einer Verlegenheitsgeste zog sie sich die Ärmel über die Hände. Offenbar war sie eine von den Frauen, die immer froren, auch bei dreißig Grad Raumtemperatur.

„Was heißt kompliziert?", bohrte Frauke nach.

Steffi legte den Kopf in den Nacken, als erfordere diese Frage haarscharfes Nachdenken. „Ich würde gerne anders anfangen. All das Positive über Manuel sagen, das er verdient hat. Er war ein ganz besonderer Mensch."

Ich bekam langsam eine Ahnung, was Frauke gemeint hatte mit *ich würde schon sehen.*

„Er hatte die Gabe, über die Musik Menschen zu öffnen."

Eine interessante Formulierung, fatalerweise musste ich an einen Dosenöffner denken.

„Er konnte Schwingungen auslösen, etwas zum Klingen bringen, in einem Menschen neue Töne hervorbringen."

Ich schmunzelte innerlich über Steffis bildhafte Sprache. Bestimmt hatte sie sich diese Formulierungen schon im Vorfeld überlegt.

„Kannst du uns ein Beispiel geben?", erkundigte sich Frauke in freundlichem Ton.

„Andrea zum Beispiel, sie war vom Naturell total schüchtern, aber Manuel hat sie quasi zum Leben erweckt. Am Ende hatte sie eine solche Klangfülle, sie war echt ein ganz anderer Mensch. Oder Becki, ein knallharter Typ, immer sachlich und schroff. Manuel hat in ihr die weichen Saiten zum Klingen gebracht."

„Klingt nach einer Chorstory *„wie im Himmel",* meinte Frauke nachdenklich. „Aber es blieb ja offenbar nicht dauerhaft harmonisch? Was genau ist später passiert?"

Steffi sah Frauke aufmerksam an und ihre Augen funkelten wieder wie Sterne. Ich fragte mich, ob sie Kontaktlinsen mit irgendeinem Effekt trug, das war schon speziell.

„Das ist eine Frage, die mich nach Manuels Weggang lange beschäftigt hat. *Was genau ist später passiert?"*

Gespannt nahm ich einen Schluck Tee – schmeckte nach Bildungshaus. Ich hielt die Tasse noch in der Hand, als Steffi zu sprechen begann. „Wir hatten vorher eine weibliche Leitung, genau wie ihr, Kristin, eine ganz junge Frau, mit der die Zusammenarbeit reibungslos klappte. Aber dann wurde sie schwanger und wir brauchten Ersatz. In dem Jahr kam Manuel zu uns, das ist jetzt ungefähr drei Jahre her."

„Okay, was passierte dann?" Frauke war hochkonzentriert. Sie kam mir wie eine professionelle Ermittlerin vor.

„Zunächst war alles super. Manuel hatte diese Gabe, die ich eben beschrieben habe. Er fand Zugang zu einzelnen Sängerinnen und er brachte neuen Schwung in den Chor, so ist das ja meist, wenn ein Neuer kommt. Man probiert neue Aufwärmübungen aus, erlebt einen anderen Dirigentenstil – alles ist gut. Kristin hatte mit uns vor allem klassisches Repertoire einstudiert. Damals hießen wir auch noch *Carmina Nova*, obwohl wir alles andere als „neue Lieder" gesungen haben. Manuel dagegen war offen für populäres Liedgut und brachte das nach und nach ein. Damit fingen die Zwistigkeiten irgendwann an. Zwei, drei von uns waren nicht damit einverstanden, plötzlich *Mr Sandman* zu singen und sagten das auch."

„Das war der Moment, da ihr euch *MissKlang* genannt

habt?", fragte Frauke spöttisch nach.

„Der neue Name war auch so ein Ding", sagte Steffi. Sie hatte Fraukes Gag offenbar gar nicht bemerkt. „Dabei ging das gar nicht von Manuel aus. Ein paar von uns wollten lieber einen originellen Namen als dieses lateinische Zeugs, das war ein weiterer Konflikt. Deswegen ist sogar jemand ausgetreten."

Steffi strich sich eine Haarsträhne aus dem Gesicht, die sofort zurückfiel. „Nach einem guten Jahr hatten wir zwei Lager: diejenigen, die Manus Stil mochten, und die, die ihn nicht unterstützten."

„Welche Gruppe war stärker?"

„Die Befürworter", sagte Steffi, ohne zu zögern. „Aber auch unter denen gab es irgendwann Probleme. *Andere* Probleme."

„Welcher Art?"

„Eifersüchteleien, und zwar auf ganz unterschiedlichen Ebenen. Wer darf ein Solo singen? Wem widmet Manu Extrazeit? Mit wem bespricht er sich bezüglich des Konzertablaufs? Sowas in der Art."

„Hatte Manuel explizit Lieblinge?", brachte ich mich ein. Ich fand, wir konnten langsam mal auf Stella zu sprechen kommen.

„Klar war er mit einigen enger, vor allem, wenn er ihnen richtig was beigebracht hatte – siehe Andrea und Becki. Außerdem sind ja nicht alle gleichermaßen an der Gemeinschaft interessiert. Auch in unserem kleinen Ensemble gab es Leute, die nach der Probe sofort nach Hause gingen."

„Wie viele wart ihr?", fragte Frauke nach.

„Als Manuel kam, waren wir achtzehn, ganz am Ende nur noch zwölf."

„Oha, das nenne ich Auslese", Frauke schmunzelte unfroh. „War auch eine Stella dabei?"

Steffi plinkerte mit den Augen. „Stella, ja klar. Ein Ur-

gestein in unserem Chor. Richtig gute Stimme, vom Musik-
geschmack eher konservativ."

„Das klingt nach der Carmina-Fraktion", mutmaßte
Frauke.

„Absolut! Sie hat sich oft mit Manuel gefetzt, ist aber
nicht wie einige andere ausgetreten, als er seinen neuen Stil
etabliert hat. Stattdessen hat sie ihren Unwillen immer mal
wieder zum Ausdruck gebracht: Bei unserem Konzert in
Olpe zum Beispiel hat sie nicht mitgesungen, weil Manuel
Biene Maja eingeplant hatte."

Frauke warf mir einen fragenden Blick zu. Lief das unter
Was sich neckt, das liebt sich?

„Hat ein solches Verhalten Manuel beeindruckt?", fragte
Frauke nach.

„Es hat halt auf die Stimmung gedrückt. Trotzdem hat
Manuel sich bei der Stückeauswahl nicht reinreden lassen.
Einmal hat Sandra unbedingt ein Stück durchsetzen wollen –
Wolke 4, glaube ich – da ist Manu richtig ausgerastet, dass er
das auf keinen Fall singt."

Ich dachte darüber nach. *Wolke 4,* war das nicht dieses
Realo-Beziehungslied? Lieber bei der unaufgeregten Beziehung bleiben, auch wenn sie nicht ständige Verliebtheit bedeutet? Hatte bei Manu ja ganz gut gepasst.

„Hast du zufällig ein Bild von eurem Chor?", fragte ich
nach.

„Ja, schon", Steffi stand auf und ging zum Kiefernschrank
hinüber. Eine Weile kramte sie in altmodischen Fotoalben
herum, schließlich kam sie mit einem zurück.

„Da sind wir!" Sie legte es vor uns auf den Couchtisch
und kniete sich daneben, um mitgucken zu können.

Ein gutes Dutzend Frauen in Schwarz, alle guckten ernst.

„Singen macht Freude!", rutschte es mir heraus.

„Das ist ein sehr altes Foto, noch aus Kristins Zeit."

„Und wer ist Stella?", Frauke hatte sich ebenfalls hingekniet und hockte nun wie ein voluminöser Käfer zu meiner Rechten.

„Stella …", Steffi ging mit ihrem Zeigefinger suchend über das Bild, als Frauke einen überraschten Kiekser ausstieß. Und jetzt sah ich es auch. Es ging nicht um das Bild, es ging um Steffis Finger. Unsere Gastgeberin hatte ein Mini-Tatoo auf dem rechten Zeigefinger, einen Notenschlüssel!

„Zeig mal!", Frauke griff fasziniert nach Steffis Hand.

„Habe ich seit letztem Jahr", Steffi in einer Mischung aus Stolz und Unsicherheit. „Wie findest du's?"

„Toll!", sagte Frauke ehrlich. „Ein klares Bekenntnis zur Musik."

„Ist tatsächlich das Wichtigste für mich", Steffi war nun eindeutig verlegen.

„Echt Wahnsinn", bestätigte ich brav, „und wer ist jetzt Stella?"

„Die da!", sie und ihr Notenschlüssel zeigten auf eine Frau und hauten mich damit ein weiteres Mal aus den Socken. Ich hatte einen Annika-Typ erwartet – oder eine Persönlichkeit wie seine Ehefrau Kerstin. Stella war ganz anders. Sie übertraf die anderen Frauen in jeder Hinsicht – sowohl was Größe als auch Breite anging. Gegen Stella war Frauke graziös.

„Hoppla!", entfuhr es meinem Mund.

„Sie hat eine Wahnsinnsstimme!", schwärmte Steffi, „eine echte Wuchtbrumme. Ich mag sie eigentlich sehr."

„Wie alt ist sie?", wollte Frauke wissen.

Steffi wiegte unsicher den Kopf. „Um die sechzig, schätze ich."

Also locker fünfzehn Jahre älter als Manuel. Ich sparte mir einen Kommentar. Frauen, die sich für ältere Männer interessierten, waren normal, andersherum nahm man das immer noch als Besonderheit wahr.

„Hast du auch eine Liste mit den Namen der Chormitglieder?", erkundigte sich Frauke.

Steffi schaute überrascht. „Wolltet ihr mich nicht nach möglichen Dirigenten für euren Chor fragen? Dafür reitet ihr aber ziemlich lange auf *MissKlang* herum."

„Da hast du vollkommen recht", gab Frauke zu, „aber wir sind in engem Kontakt mit Manuels Frau und den Kindern. Die ganze Familie muss noch viel aufarbeiten. Wir interessieren uns für alles!"

Steffi war noch immer irritiert. „Aber was nützt euch da unsere Liste?"

Frauke lächelte gewinnend. „Die Tochter hat festgestellt, dass bezüglich *MissKlang* alle Unterlagen fehlen, die möchte sie vervollständigen, um ein Bild von der Arbeit ihres Vaters zu haben."

„Sie war über Jahre im Ausland", fügte ich treuherzig hinzu.

„Hm", Steffi war nicht ganz überzeugt, stand aber auf. Als sie das Zimmer verließ, zückte ich mein Handy und machte ein Foto von den MissKlängen. Wer weiß, wofür man es noch brauchte.

„Ich habe tatsächlich Noten und andere Unterlagen gesammelt", Steffi kam mit einer Mappe zurück, die selbstgemacht aussah. Notenlinien verzierten den Deckel. Sie blätterte sich durch den Inhalt, der erstaunlich aufgeräumt wirkte. „Ja, hier ist eine Liste", meinte sie irgendwann. „Ich weiß allerdings nicht, aus welchem Jahr."

Wir warfen einen Blick darauf. Namen, Adressen, Telefon, E-Mail, ziemlich perfekt. Stella Markwart stand auf Position Acht.

„Würdest du mir mal deine Toilette zeigen?", Frauke warf mir einen Blick zu. „Dieser ganze Tee –"

„Ja klar", Steffi stand auf.

Als die beiden aus der Tür waren, machte ich ein Foto von der Liste, dann war Steffi auch schon alleine zurück.

„Ich habe Frauke echt lange nicht gesehen", plauderte sie. Bei ihr wusste man nie, ob sie mit sich selbst sprach oder mit jemand anderem, in diesem Fall mir.

„Ihr habt in der Schule zusammengearbeitet?"

„Ja, Frauke hatte eine halbe Stelle als Schulpsychologin bei uns. Das macht sie ja inzwischen nicht mehr, wurde alles zu viel, wegen ihres Vaters."

Ich nickte wissend, obwohl Frauke mich soo genau auch nicht aufgeklärt hatte. Sie arbeitete in einer Praxis, das wusste ich. Und nur bis Donnerstagmittag, dann begann ihr Wochenende, an dem sie sich verstärkt um ihren Vater kümmerte.

„Sie ist eine tolle Psychologin. In ihrer Zeit bei uns hat sie eine Selbsthilfegruppe gegründet für Mädchen mit besonderen Fragen in der Pubertät."

„Ah, interessant."

„Erzählst du aus dem Nähkästchen?", Frauke kam zurück.

„Nee, nur von deiner Sterntaler-Gruppe."

„Aber eigentlich sind wir ja wegen einer neuen Chorleitung hier", sagte Frauke brüsk.

„Stimmt", Steffi war einen Moment lang irritiert. Dann zog sie sich wieder die Ärmel über die Hände. „Will noch jemand Tee?"

53

Max wusste nicht, was er hier sollte. Er hatte im Präsidium über eine Stunde mit Silke geredet. Hatte ihr zu erklären versucht, warum er Karla nichts sagte. Ohne großen Erfolg.

„Das spricht gegen eure Beziehung", hatte Silke gemeint.

„Wenn ihr euch etwas so Grundlegendes nicht erzählt, kannst du es eigentlich vergessen."

Das hatte ihn getroffen, vor allem weil ihm im Innersten bewusst war, dass Silke recht hatte. Er versuchte trotzdem, das irgendwie zu rechtfertigen. „Karla hat Handwerker im Haus, alles geht drunter und drüber, und das, obwohl sie am kommenden Wochenende voll ausgebucht ist. Ich möchte Karla mit meiner Geschichte nicht belasten."

„Max, dein Tumor ist keine „Geschichte". Du musst Karla selbst entscheiden lassen, wie sie damit umgeht, aber sie sollte wenigstens die Chance dazu haben."

„Am Sonntag", hatte er gemeint, „am Sonntag ist der größte Stress vorbei. Dann sag ich es ihr."

„Und bis dahin arbeitest du weiter?"

„Ja – nein – eigentlich will ich gerade abhauen. Andererseits – zu Hause werde ich verrückt. Ich hab's ausprobiert, ich drehe regelrecht durch."

Sie hatte eine ganze Weile überlegt – und irgendwann wie eine Krankenschwester gemeint: „Von mir aus, wir arbeiten heute ganz regulär weiter, bis fünf oder so. Aber dann habe ich etwas mit dir vor. Lass dich darauf ein. Es ist richtig gut!"

Richtig gut. Deshalb war er jetzt hier, in Allendorf, auf einem Hof, oder besser: an der Schweinewiese dahinter. Er hatte keinen Schimmer, was hier richtig gut sein sollte.

Silke war vor ihm gefahren. Sie stieg aus und wirkte plötzlich extrem gut gelaunt. „Komm mit, es wird dir gefallen. Heute wird Abschied gefeiert."

An der Wiese standen sechs Leute, vier Männer und zwei Frauen, mit einem Bier in der Hand. „Das ist Max, ein Kollege", stellte Silke ihn vor, „er guckt sich das mal an."

Alle brummelten etwas zur Begrüßung, schließlich bückte sich einer, nahm zwei kleine Veltins aus einem Bierkasten und reichte sie ihnen.

„Acht Stück sind's", Silke nickte zur Schweinewiese hin-über. „Sie hatten eine schöne Zeit hier, jetzt sind sie dran."

„Dran?", fragte Max.

„Abschiedsfeier", sagte einer der Männer, er war in Hand-werkerkluft, „deshalb sind wir hier."

„Das heißt, die gehen morgen zum Schlachter?"

„Nicht selbst, wir bringen sie hin."

Max nahm einen Schluck.

„Wir wollten näher dran sein", sagte Silke. „Nicht im Supermarkt Schnitzel kaufen ohne einen Schimmer, wo sie herkommen."

„Verstehe, das ist so eine Art Selbstversorgerprojekt."

„Hm, auch", sagte ein anderer. Er war tatsächlich im Bürodress, hatte aber seine Stoffhose in grüne Gummistie-fel gesteckt. „Drüben stehen Kartoffeln, Hühner hatten wir auch, aber die holt dauernd der Fuchs. Anne macht außer-dem ein Kräuterbeet und wenn wir Lust haben, pflanzen wir auch noch Salat und weiteres Grünzeug. Aber vor allem ist das hier unser Treffpunkt."

„Treffpunkt?" Max schaute sich um. Sie standen hier an einer Schweinewiese, die mit einem zusammengeschuster-ten Zaun eingefasst war. Keine Bänke, kein Pavillon, nichts.

„Drüben haben wir ein paar Sachen", der Handwerker zeigte zu einem Gebäude, fünfzig Meter entfernt. Mögli-cherweise war das früher ein Hühnerstall gewesen, an den später ein Unterstand angebaut worden war. Ein paar aus-rangierte Gartenstühle aus Plastik waren zu erkennen und ein alter Grill.

„Am wichtigsten ist natürlich der Kühlschrank." Alle lachten.

„Nee, am wichtigsten ist das Klo."

„Gehört einem von euch dieser Hof?"

„Nee, Wiese und Stall sind gepachtet. Wir hatten vorher anderswo was, jetzt sind wir hier."

Max nickte, als würde er das hundertprozentig verstehen.

„Ich gehe mal rüber zu Erika", sagte Silke jetzt. „Kommst du mit?"

„Klar", Max war unschlüssig, wie er das alles finden sollte, und ohne einen Schimmer, wer Erika war.

Erika war ein Kaltblut mit zotteliger Mähne und zotteligen Füßen.

„Ein Pferde-Hippie", entfuhr es Max.

Silke lachte. „Ein Belgier. Ist sie nicht cool?"

„Cool, das trifft es. Und das ist dein Pferd?"

„Unser aller. Vor allem kümmert sich Moni", Silke machte eine Kopfbewegung zu der Runde, die noch drüben an der Schweinewiese stand, „aber ein bisschen gehört sie auch mir."

Erika ließ sich übers Gatter von ihnen streicheln, Silke schien es genauso zu genießen wie das Pferd.

„Ist das dein Ausgleich?", fragte Max.

Silke nickte beseelt. „Hier verbringen Ralf und ich jede Menge Zeit."

„Ehrlich gesagt habe ich gedacht, du besitzt ein Rassepferd, bist im Reiterverein und fährst mit deinen Snob-Freunden regelmäßig zu einem Turnier."

Silke lachte. „Ungefähr das Gegenteil davon. Hier ist alles unkompliziert. Du kannst aussehen wie Hulle, musst dich nicht verabreden, kommst einfach her und triffst jemanden an. Viel besser geht's nicht."

„Ja, das klingt gut."

„Kennst du Hygge?", Silke hatte ein Bein auf die unterste Sprosse des Gatters gestellt.

„Hygge? Nie gehört."

„Derzeit findet man Hygge in allen Magazinen. Kommt aus dem Dänischen und beschreibt eine Lebensart: Es sich zu Hause gemütlich machen, mal wieder selbst backen, Freunde einladen, ein gutes Buch lesen."

„Aha."

„Dazu braucht man natürlich die richtige Einrichtung: kuscheliges Sofa, warme Farben, dicke Kerzen."

Max fragte sich, worauf Silke hinauswollte. Das Gespräch entglitt ihm, vielleicht lag's an der Mischung aus Tabletten und Bier.

„Ich find's irgendwie traurig, dass Leute da angeleitet werden müssen. Ich meine, das sollte das ganz normale Leben sein oder sehe ich das falsch?"

„Hm, ja", brummte Max überfordert.

„Mein Vater war Schmied, einer der letzten Hufschmiede in der Region. Wenn er abends Feierabend hatte, kam oft jemand längs, Schneiders Pit oder Simons Karl, und dann saßen die beiden auf der Treppe und tranken zusammen ein Bier."

„Klingt gemütlich", sagte Max.

„Genau, finde ich auch. Hygge, um genau zu sein. Und dabei total schlicht. Ohne Lifestyle-Magazin. Ohne Anleitung zum Glücklichsein. Ohne Tamtam. Man hat gearbeitet, man quatscht noch ein bisschen, verschwitzt, wie man ist. Sauerländisch hygge."

„Und das bildet ihr hier nach?"

„Irgendwie schon."

Erika hatte genug vom Körperkontakt. Das massige Tier trottete davon. Silke lehnte sich ans Gatter. Mit einem Hut hätte sie wie ein Cowgirl ausgesehen.

„Aber dein Mann und du, ihr wohnt ja gar nicht hier in Allendorf."

„Nee, weißt du ja, wir leben in Amecke, direkt an der Sorpe, aber wir sind fast so weit, ganz hier ins Dorf zu ziehen."

„Echt jetzt?"

Silke nickte frustriert. „Wir überlegen, unser Haus zu verkaufen – wegen der Motorradfahrer. Wir beschäftigen uns viel zu viel mit dem Thema. Ralf ist schon total durch den Wind."

„Oh Gott", Max nahm einen Schluck aus der Flasche. Der Alkohol machte ihn duselig, tat aber irgendwie auch gut. „Eigentlich darf ich nichts trinken. Schon die Medikamente machen mich high."

Silke schmunzelte. „Das heißt, du hast alle Telefonate heute im angesäuselten Zustand absolviert?"

„So ungefähr, aber egal, war sowieso völlig umsonst."

„Bei mir war es schrecklich", Silke verzog das Gesicht. „Ich musste die Leute quasi zur Denunziation anstiften. *Kennen Sie einen Verrückten, dem Sie ein Attentat zutrauen?* Ich meine, ich hatte es mit total vernünftigen Leuten zu tun, Leuten, die sich in Sachen Motorradlärm engagieren."

„Also, Leute wie Ralf und du."

„Genau", Silke klang nur minimal patzig. „Und die drängt man jetzt, irgendwelche Aussagen zu machen bezüglich anderer Aktivisten, die ihnen verdächtig erscheinen. Sorry, das finde ich unmöglich."

„Hat jemand was gesagt?"

„Ja, ein paar Namen habe ich bekommen. Ich habe sie Schröder unkommentiert auf den Schreibtisch gelegt und bin einfach verschwunden. Ich fand es wichtiger, dass wir hierherfahren."

Max bekam auf der Stelle ein schlechtes Gewissen. Er hatte es genauso gemacht, aber das war nicht in Ordnung. Wenn man in eine Ermittlung einstieg, gab man zweihundert Prozent und verschwand nicht um fünf. „Ich hätte diese Ermittlung gerne zu Ende gebracht", gab er zu. „Das wäre eine runde Sache gewesen. Das abschließen und dann die Operation."

Silke schnaubte. „Interessante Prioritäten."

„Ich mache meinen Job gerne", sagte Max. „Du nicht?"

„Weiß ich nicht mehr", Silke griff in ihren Zopf. „Und

hey, speziell in dieser Ermittlung ist es ziemlich frustrierend. Wie der Chef dich heute abgebürstet hat!"

„Warum stellt er sich so quer?"

„Wegen dieser Staatsanwältin. Da läuft ein Machtkampf, merkst du das nicht?"

„Irgendwie schon – aber trotzdem –", Max fiel es immer schwerer sich zu konzentrieren. „Wollen wir zurückgehen?"

An der Schweinewiese hatte man die Stühle herangeholt und den Grill angemacht. Die Plastikstühle wurden nicht etwa in einen Kreis gestellt, sondern entlang des Zauns, um in der Dämmerung den Schweinen zuschauen zu können.

Eine Frau war dazugekommen, außerdem zwei Kinder, die neben dem Schuppen auf einem umgeknickten Baumstamm herumkletterten. Max entfernte sich ein bisschen und nahm sein Smartphone zur Hand. Er hatte es nach dem Dienst ausgestellt, um nicht noch einmal mit Karla sprechen zu müssen, die Gespräche waren Murks.

Die Liste war lang: Anruf von Karla ohne Nachricht. Anruf von Robin ohne Nachricht. Anruf von Vincent mit Nachricht, am frühen Abend, noch gar nicht lange her: *„Hi Max, ich habe erfahren, dass Manuel in einem Arnsberger Chor Ärger gehabt hat. Angeblich hatte er dort ein Verhältnis – mit einer Stella Marquart. Im Attendorner Chor hat man den Namen auf dem Handy gesehen und Kerstin, Manuels Frau, hat damals ganz eindeutige Sachen zwischen den beiden gelesen. Ist lange her, aber könnte trotzdem wichtig sein, oder?"* Er hatte auch ein Bild geschickt, Ausschnitt aus einem Foto. *„Die linke ist Stella"*, stand darunter. Max vergrößerte das Bild. Stella sah aus wie Hagrids Frau. War das Kreuzers Affäre gewesen? Dann hatte er definitiv eine Schulter zum Anlehnen gesucht.

Max hatte keine Ahnung, wie er mit der Info umgehen sollte. Vincent zurückschreiben? Ihn anrufen? Sich an Schröder wenden? Oder zumindest an Silke? Spätestens seitdem er noch die paar Schluck Bier getrunken hatte, schien sein Hirn endgültig unbrauchbar zu sein.

„Kümmere mich", schrieb er schließlich an Vincent. Und: *„Danke."*

Danach schaltete er das Handy aus und ging zur Gruppe zurück.

Sofort kam jemand auf ihn zu. „Hi, ich bin Ralf. Nett, dich kennenzulernen." Silkes Mann, ein Outdoor-Typ: Wanderhose, Fleece mit Weste, dicke Schuhe.

„Bin direkt von der Arbeit gekommen. Heute letzter Abend, da wollte ich keine Minute verpassen."

„Ja klar", meinte Max. Wo arbeitete Ralf? Im Wald? Oder in einem Outdoorgeschäft?

„Ralf? Reichst du mal an?"

Silkes Mann war zum Glück wieder beschäftigt. Max setzte sich auf einen der Stühle und starrte auf die Wiese, auf der man wegen aufkommender Dämmerung bald nichts mehr erkennen würde. Jemand stand am Grill, eine Frau schnitt Brötchen auf.

„Salat gibt's nicht", sagte sie, „nur Senf."

Max lehnte den Kopf zurück und ließ das alles auf sich wirken. Das Gebrummel zu seiner Rechten, die Stille zur Linken. Das wohlig-weiche Schwammgefühl in seinem Kopf. Silke hatte recht, Schweinen in der Dämmerung zuzusehen, war sehr entspannend. Die Tiere hatten längere Ohren, als Max im Sinn gehabt hatte, zwei kamen gerade aus ihrem Unterstand zurück auf die Weide. Weide, naja, der rechte Teil war eine einzige Suhle, die Tiere sahen aus, als hätten sie sie heute schon genutzt.

„Würstchen?", kam die Frage von rechts. Jemand reichte ihm ein Brötchen mit Fleischeinlage an.

Max bedankte sich, während Ralf mit einer Senftube herankam. „Hier, Senf geht immer."

Max nahm ein bisschen und probierte dann, das Würstchen war gut. „Schmeckt nach netten Schweinen", lobte er, „von der Vorgängergeneration?"

„Genau! So ziemlich die letzten." Ralf zog sich einen Stuhl heran. „Silke sagt, du arbeitest auch in der Biker-Kommission?"

Max nickte dumpf. Auf ein Gespräch dieser Art hatte er keine Lust.

„Die Presse macht ganz schön Druck, was? Von wegen böse Motorradhasser und so."

„Ich versuche, während einer Ermittlung keine Artikel zu lesen."

„Sehr klug. Wenn du es tätest, hättest du schnell den Kaffee auf. Abartig, wie wir da in eine kriminelle Ecke gedrängt werden. Als würden wir jede Nacht Bikern auflauern!"

Wir! Max nahm die Formulierung interessiert zur Kenntnis.

Das Würstchen war verputzt, Max wischte sich mit dem Handrücken den Mund ab.

„Silke meinte, du glaubst an ein privates Motiv?"

„Äh … ja, irgendwie schon." Sollte er jetzt mit Silkes Mann die Ermittlung durchsprechen? Ihm wurde schlecht.

„Finde ich interessant. Der Typ war ja Chorleiter, Künstler also. Sicher eine komplexe Persönlichkeit, die nicht mit jedermann klarkam."

„Sorry, wo war nochmal eure Toilette?"

„Drüben, am Stall. Findest du schon."

Der Würgereiz kam schon auf dem kurzen Stück zum Gebäude. Er konnte ihn zurückhalten, auch noch, während er durch den Stall auf die Toilettentür zuhastete. Als er den Klodeckel hochriss, kam mit Macht alles heraus. Ihm wurde noch übler, als er die Wurstbrocken in der Kloschüssel sah.

Danach saß er eine Viertelstunde auf einem Holzstuhl, der im Stall abgestellt war. Aus seinem Magen war alles heraus, dennoch ging es ihm schlecht. Kurzerhand griff er nach seinem Handy und verfasste eine Nachricht an Silke: *„Es war toll. Danke für alles. Entschuldige, dass ich mich nicht großartig verabschiedet habe. Gruß an Erika und die Schweine."* Dann stand er auf.

Der alte Stall bestand aus einem einzigen Raum, in dem die Selbstversorger ihr Zeugs abgestellt hatten. Drei große Boxen, in denen Max Viehfutter vermutete. Ein Sattel hing an einer Wand, auf zwei Werkbänken lag allerlei Kram, aufgeräumt war es hier nicht. Als er Richtung Ausgang strebte, fiel sein Blick auf einen Eimer, der fahrig abgestellt war. Darin eine Heckenschere, ein Hammer, eine Kneifzange und etwas, das er erst realisierte, als er schon vorbei war. Er ging den Schritt zurück, bückte sich, griff bei dem funzeligen Licht in den Eimer. Nachdenklich betrachtete er die drei Drahtspanner in seiner Hand.

54

Als ich nach Hause kam, saß Paul am Küchentisch und studierte wieder sein Motorrad-Magazin.

„Wunderbar", sagte ich, „ich brauche deine Hilfe."

„Ich bin gerade erst von der Arbeit zurück und will gleich zu Tim." In Pauls Augen war zu lesen, dass er gemeinsames Kochen, Rasenmähen oder Sonstiges befürchtete.

„Du bist Motorradexperte", ging ich darüber hinweg. „Ich muss wissen, wie bei verschiedenen Modellen die Sattelhöhe ist und wie die Sitzposition – kurzum: wie hoch man einen Draht spannen muss, um jemanden von den Rädern zu holen."

Paul sah mich mit großen Augen an. „Was hast du vor?"

„Ich will keine Drahtfalle spannen, falls dich das beruhigt. Ich möchte nur wissen, ob die Drahthöhe bei Manuel

Kreuzer individuell abgestimmt war. Mach schon, hol deinen Laptop."

55

Max wusste selbst nicht, was er sich erhofft hatte. Dass er die Straßen entlangfuhr und plötzlich auf ein riesiges Namensschild stieß? Es hatte ihn von Allendorf aus nach Hüsten getrieben, zum Wohnort von Frau Sterner-Leiss. Zumindest alibimäßig hatte er es bei Schröder versucht, hatte ihm auf den Festnetz-AB gesprochen, wohlwissend, dass er den heute wohl nicht mehr abhören würde. Jetzt versuchte er es bei Sterner-Leiss, mit ihr konnte er noch am ehesten sprechen.

Aber sprechen war hier wohl eh nicht vorgesehen, kein Mensch war um diese Zeit mehr auf der Straße. Und dann sah er doch jemanden im Schein der Straßenlaterne, einen Jungen mit Hund. An der Art, wie er den Vierbeiner mitschleifte, ließ sich ablesen, wie viel Bock er aufs Gassigehen hatte. Als er nah genug herangeschlenzt war, stieg Max aus. „Hallo! Guten Abend!"

Der Junge zuckte zusammen. Klar, zunehmende Dunkelheit, ein Mann spricht ihn an. Und der Hund sah nicht aus, als wäre er für irgendetwas in Sachen Verteidigung gut.

„Darf ich kurz etwas fragen? Ich muss zum Haus von Frau Sterner-Leiss. Weißt du vielleicht, wo sie wohnt?"

Der Junge war kurz davor, einfach weiterzugehen, aber dann flackerte in seinem Gesicht etwas auf.

„Kenne ich, den Namen. Ich trage den Anzeiger aus." Er deutete hinter sich. Das Gefühl, etwas zu wissen, war größer als Vorsicht und Angst. „Hier den Mühlenberg lang, nächste links, in die Mozartstraße, zweite rechts in die Kettelburgstraße, und dann ist es eins der letzten Häuser, ich glaube, das mit der Hecke."

„Perfekt, ich danke dir sehr."

Der Junge zog weiter, Hund hinterher.

Das Haus mit der Hecke stammte aus den 70er Jahren, eines der wenigen, die nicht zum Palast umgebaut waren. Eine lange Einfahrt führte zu einem Giebelhäuschen links und einer Giebelgarage rechts.

Auf dem Schild stand nur Sterner. Hm. Er klingelte trotzdem, klingelte nach einer Weile nochmal.

Dann irgendwann zog sich die Uralt-Haustür auf, allerdings nur einen Spalt breit, ein Sicherheitsriegel verhinderte mehr. Durch den Ritz wurde Max fixiert. Von einem Auge, das von einer Menge Fältchen eingefasst war. Sah Frau Sterner-Leiss so aus, wenn sie sich abends abgeschminkt hatte?

„Jaaa?" Die Stimme sprach dagegen. Eine alte, reife Frauenstimme.

„Entschuldigen Sie bitte die Störung. Mein Name ist Max Schneidt. Ich suche das Haus von Frau Rebecca Sterner-Leiss. Sie wohnt nicht zufällig hier? Also: auch hier?", fügte er hinzu.

„Rebecca?", sagte die Stimme. „Das ist meine Tochter."

Etwas hüpfte in Max' Innerem, Treffer versenkt!

„Sie wohnt in der Nähe. Was wollen Sie denn von ihr?"

„Ich bin ein Kollege", flunkerte Max, „eine kurze Nachfrage, ich werde sie nicht lange stören."

„Das ist gut. Ihr Mann ist ausnahmsweise zu Hause. Man braucht ja als Paar auch mal Zeit für sich."

„Unbedingt", bestätigte Max. Die alte Dame kannte Rebeccas Klagen offenbar aus dem Effeff. „Drei Minuten, dann bin ich wieder weg."

„Sind Sie zu Fuß?", fragte die Dame. „Dann ginge es schneller."

„Zu Fuß? Nee, mit dem Auto. Aber ich habe ein Navi. Wenn Sie mir einfach die Straße sagen –"

„Dompfaffenweg 32, das letzte Haus links."

„Herzlichen Dank!"

„Und übrigens: Sie haben eine sehr schöne Stimme."

Max stutzte, das hatte ihm noch keiner gesagt.

„Das ist sehr nett", stotterte er, „und noch einen schönen Abend!"

Als er zum Auto zurückging, fühlte er sich schlagartig besser.

56

Rebecca Sterner-Leiss wohnte in einem Schwimmbad. Zumindest sah ihr Haus von außen so aus. Nach vorne nur schießschartenartige Fenster und viel Beton, wahrscheinlich war hinten zum Wald hin alles geöffnet. In der Einfahrt zum Haus gingen per Bewegungsmelder vier Außenleuchten an. Wenn man in diesen Bunker einbrechen wollte, musste man keine Taschenlampe mitbringen.

Max blieb stehen und warf einen letzten Blick die beleuchtete Straße hinunter. Der Mühlenberg war allerbeste Lage. Da auch Mutter Sterner hier wohnte, war die Staatsanwältin wohl hierher zurückgekehrt, man konnte es ihr nicht verdenken.

Der Klingelton war irgendwie speziell. Ein melodischer Dreiton, an diesem neumodischen Würfelhaus war bestimmt alles sehr durchdacht. Über der Tür meinte Max eine Winz-Kamera zu erkennen, er stellte sich anständig hin. Vielleicht kam ja niemand zur Tür, weil er nicht vertrauenswürdig aussah.

Er hatte gerade noch einmal geklingelt, als plötzlich ein

Auto heranfuhr. Gleichzeitig öffnete sich wie von Geisterhand die Garage und offenbarte einen Autoaufenthaltsraum, dessen Quadratmeterzahl in der Stadt eine ganze Studenten-WG glücklich gemacht hätte. Darin stand das grüne Cabrio, das Max schon vorm Polizeipräsidium aufgefallen war. Rebecca Sterner-Leiss hatte Geschmack.

In der Einfahrt hielt jetzt ein dunkler SUV. Max trat näher heran, während die Staatsanwältin aus der Beifahrertür stieg. Der Fahrer, ein schnieker blonder Kerl, musterte Max steif und fuhr dann weiter in die Garage.

„Herr Schneidt!" Der Staatsanwältin war die Überraschung ins Gesicht geschrieben. „Das ist ja ein Ding!"

„Tut mir leid, dass ich Sie überfalle."

„Woher wissen Sie, wo ich wohne?"

„Sie haben selbst erwähnt, dass Sie auf dem Mühlenberg wohnen. Da habe ich mich durchgefragt."

„Aha." Die Staatsanwältin machte nicht den Eindruck, als wäre sie glücklich darüber.

„Bei der Gelegenheit habe ich auch Ihre Mutter kennengelernt."

Rebecca SL reagierte heftig. „Waaas?"

Max hob beschwichtigend die Hände. „Ich habe einen Passanten gefragt. Der hat mich irrtümlich zu Ihrer Mutter geschickt."

Die Staatsanwältin starrte ihn an, Max wurde es unwohl. Er hatte das falsch eingeschätzt. Klar, als Staatsanwältin hatte man wenig Interesse, dass die Privatadresse öffentlich wurde.

„Bitte entschuldigen Sie", haspelte er. „Ich wusste mir sonst keinen Rat."

Die Staatsanwältin atmete tief durch. „Meine Mutter ist sehr eingeschränkt. Es erschreckt mich, dass sie Ihnen überhaupt aufgemacht hat um diese Zeit. Eigentlich kann sie kaum mehr allein wohnen, sie sieht nicht mehr gut."

„Ah", Max nickte verständig. „Das erklärt, warum sie gemeint hat, ich hätte eine schöne Stimme."

„Hat sie das?" Die Staatsanwältin kramte in ihrer Tasche.

„Tut mir leid, wenn ich Ihnen zu nahegetreten bin. Ich habe es auf Ihrem Handy versucht, leider ohne Erfolg. Vielleicht steht auf dem Dienstplan eine falsche Nummer."

„Wahrscheinlich nicht", die Staatsanwältin wirkte minimal versöhnt. „Mein Mann und ich waren essen, dabei habe ich mein Handy zu Hause gelassen. Hat ja nicht lange gedauert."

Sie deutete auf ihr Würfelhaus. „Leider komme ich ohne Handy auch nicht ins Haus, in einem Smarthome ist man ziemlich aufgeschmissen ohne das Ding."

Ohne erkennbares Zutun ging plötzlich die Haustür auf und das Garagentor herunter. Die Staatsanwältin atmete tief durch und deutete auf den Eingang. „Mein Mann lässt uns rein. Herzlich willkommen – und keine Angst. Der Gatte hat alles im Griff."

„Beruhigend", Max lächelte matt. „Aber ich will wirklich nicht stören! Ich habe nur kurz eine Frage."

„Die Sie mir aber bestimmt nicht hier draußen stellen wollen!" Rebecca SL blickte sich verschwörerisch um. „Man muss ein bisschen aufpassen hier. Wenn wir zehn Minuten in der Dunkelheit quatschen, heißt es morgen, die Frau Staatsanwältin hat einen Lover."

Max ging sich verlegen durchs Haar. „Das wäre blöd."

„Eben. Deshalb kommen Sie herein! Zumindest über die Schwelle."

Über die Schwelle hieß, einen geräumigen Flur zu betreten, in dem alles Schwarz-Weiß war. „Mein Mann ist ziemlich puristisch", erklärte die Gastgeberin, „nur falls Sie sich wie eine Schachfigur fühlen."

Max lächelte dankbar. Nach dem Zusammenstoß gaben ihm diese flapsigen Bemerkungen ein besseres Gefühl.

„Es ist so: Wir haben einen Hinweis, dass Manuel Kreuzer vor geraumer Zeit eine Affäre hatte. Ich würde gern eine Befragung durchführen, allerdings wäre das eine private Spur, die unser Ermittlungsleiter ja bislang noch ablehnt. Darüber hinaus ist die Sache etwas delikat, weil – nun, die Dame entstammt dem Arnsberger Ensemble, in dem Sie mitgesungen haben."

„Was?" Sterner-Leiss machte große Augen. „Das ist nicht Ihr Ernst!"

„Angeblich hatte Kreuzer damals gehäuft Kontakt zu einer Sängerin aus Ihrem Chor. Ich will nichts in die Welt setzen, möchte dem aber unbedingt nachgehen."

„Über wen reden wir hier?", Rebecca SL wirkte völlig konsterniert. Max hoffte inständig, dass er jetzt nicht den Namen ihrer besten Freundin nannte.

„Stella Marquart."

„Stella Marquart?", die Staatsanwältin quiekte beinah. „Das kann nicht sein."

Doch die beste Freundin? Max wartete unsicher ab. Eine Weile starrte Rebecca ihn noch an, dann drehte sie sich betreten weg. „Ach du Scheiße."

Max musste schmunzeln. Es klang gut, wenn diese topangezogene, maximal kontrollierte Staatsanwältin fluchte.

„Das kommt mir absolut unwahrscheinlich vor."

„Unwahrscheinlich, weil Stella Marquart nicht der typische Männerschwarm ist?"

„Auch das. Nebenbei ist Stella verheiratet. Ich dachte immer: glücklich." Sterner-Leiss straffte sich. „Noch mal präzise: Wie kommen Sie darauf, dass Kreuzer eine Affäre mit Stella hatte?"

„Es kommen verschiedene Dinge zusammen. Bei einer Chorprobe hat in Kreuzers Abwesenheit das Handy geklingelt und jemand hat den Namen gesehen."

Die Staatsanwältin schnaubte. „Was sagt das schon aus?

Selbst wenn Stella Marquart damals angerufen hat, kann sie alles Mögliche gewollt haben. Vielleicht sich von der nächsten Probe abmelden."

„Stimmt", gab Max zu. „Aber Kreuzers Ehefrau hat ebenfalls Nachrichten von einer „Stella" gelesen. Darin ging es definitiv nicht um Chorproben, sondern um – naja, eindeutige Nachrichten halt."

„Wie bitte?", die Staatsanwältin wirkte ernsthaft geschockt. „Herr Schneidt, ich kann das alles beim besten Willen nicht glauben."

Max suchte nach Argumenten, aber es fiel ihm schwer, sich zu konzentrieren. „Ich möchte mit Stella Marquart sprechen, mehr nicht."

Sie wurden unterbrochen, als sich plötzlich eine der weißen Türen öffnete, die sonst wohin führten.

Der Ehemann, Broker-Typ, smart wie das Haus. Wie hatte Silke ihn noch genannt? BWL?

„Alles in Ordnung?"

„Ja klar", Rebecca SL warf ihm einen Blick zu. „Bin gleich wieder da. Es geht um den Fall."

Kurzer abschätzender Blick. Offenbar Einschätzung, dass Max seiner Frau nicht gefährlich werden konnte. „Wollt ihr nicht reinkommen?"

„Ich bin gleich wieder weg", versprach Max.

BWL zuckte mit den Achseln, dann war er verschwunden.

Die Staatsanwältin wandte sich wieder Max zu. „In der Dienstbesprechung meinten Sie, dass auch die Ehefrau suspekt sei, weil sie ihren Mann nicht vom Festnetz, sondern vom Handy aus angerufen hat. Was, wenn sie es war, die den Draht gespannt hat?"

„Angeblich trug sie das Handy in der Tasche und hat der Einfachheit halber damit telefoniert", gab Max die Aussage wieder. „Außerdem hat eine Nachbarin gesehen, wie jemand drei Tage vor der Tat mit einer Stirnlampe die Bäume abgesucht hat – die Ehefrau hätte wohl kaum die Gegend auskundschaften müssen."

„Moment!", rastete die Staatsanwältin fast aus. „Welche Nachbarin? Welche Stirnlampe?"

„Dr. Elisabeth Brenner", Max versuchte Ruhe auszustrahlen. „Sie wohnt auf Beckers Hof und hat am Montag vor dem Anschlag eine Beobachtung gemacht. Angeblich hat eine Frau mit Stirnlampe irgendetwas an den Bäumen erledigt, anschließend ist sie mit einem Auto verschwunden."

„Jemand hat *irgendetwas an den Bäumen erledigt?* Was soll das bedeuten?"

„Keine Ahnung, aber falls da jemand abends herumgewerkelt hat, ist das natürlich verdächtig. Kann sein, dass die Täterin am Baum die Höhe des Drahtes markiert hat."

Rebecca Sterner-Leiss schüttelte ungläubig den Kopf. „Was ist mit dem Auto?"

„Dazu kann die Zeugin nichts sagen."

„Das Ganze klingt für mich völlig abstrus", die Stimme der Staatsanwältin war schrill, „und überhaupt – das sind neue Ermittlungsergebnisse. Warum weiß ich davon nichts?"

„Ich habe die Aussage den Akten zugefügt", Max hob unschuldig die Hände, „so gegen halb drei."

Sterner-Leiss sah ihn kurz an und starrte dann an die Decke. Sie wirkte deutlich überfordert.

„Alles klar?", fragte Max.

Einen Moment verharrte die Staatsanwältin noch in ihrer Position, dann schüttelte sie entschuldigend den Kopf. „Sorry, aber ich habe Angst, der Fall fliegt mir um die Ohren. Die Presse macht Druck. In der Ermittlungsgruppe läuft es nicht rund. Und die Sache mit Willecke hat mir erheblich geschadet. Ich darf keinen Fehler mehr machen."

„Dann lassen Sie mich mit dieser Stella sprechen."

Sterner-Leiss seufzte unwillig. „Für mich ist die Ehefrau immer noch nicht raus. Vielleicht ist sie ja das Stück zum Tatort mit dem Auto gefahren. Sagten Sie nicht, es gab Probleme in der Ehe?"

„Ja, schon. Möglicherweise seit dieser Stella."

Die Staatsanwältin kaute auf ihrer Unterlippe. „Das Ganze ist ein riesiger Mist."

„Dennoch meine ich, wir sollten dem Mist auf den Grund gehen. Im schlimmsten Fall kriegen wir nur ein klareres Bild von unserem Opfer."

„Sie sind verdammt stur."

„Sauerländer halt", Max versuchte ein Grinsen. „Frau Staatsanwältin, ganz ehrlich: Wenn nachher herauskommt, dass Sie eine Chorschwester aus persönlichen Gründen geschont haben, ist der Ärger deutlich größer als bei Willecke."

„Was sagt denn Schröder dazu?"

„Ich habe ihn leider nicht erreicht", Max hoffte, dass er glaubwürdig klang. „Ich dachte, vielleicht könnten Sie mit ihm sprechen?"

Die Staatsanwältin fiel aus allen Wolken. „Das ist nicht Ihr Ernst! Sie erhoffen sich, dass ausgerechnet ich Schröder überrede, meine ehemalige Chorschwester in die Mangel zu nehmen?"

„Frau Sterner-Leiss, diese Befragung ist nicht meine private fixe Idee, sondern der nächste notwendige Schritt. Sie kennen die Regeln für eine Ermittlung. Auch das private Umfeld spielt eine Rolle, immer! Und wir haben Hinweise, dass Manuel Kreuzer eine Affäre hatte. Wenn wir dem nicht nachgehen, ist das mehr als fahrlässig."

Die Staatsanwältin fuhr sich angefressen durchs Haar. „Ich dachte heute schon einmal, ich stünde vor der größten Herausforderung meiner Karriere. Großartig, dass ich das gleich nochmal erlebe!"

Max stutzte. „Gab's was Besonderes?"

„Dass in der Ermittlungsgruppe Verdachtsmomente aufkommen, ist ja nicht gerade Standard."

„Wie meinen Sie das?"

„Wie, Sie haben noch gar nichts gehört?"

„Nein", Max schluckte trocken. „Vielleicht klären Sie mich auf?"

„Ich dachte, Schröder hätte es an alle weitergegeben." Die Staatsanwältin hob die Brauen. „Frau Brandner sollte die Motorradlärmszene abfragen, hat aber den Sunderaner Bereich vollständig ausgespart. Nicht ohne Grund, wie sich jetzt herausgestellt hat. Ihr eigener Ehemann ist dort aktiv."

„Nun ja", wandte Max ein, „vielleicht kann Frau Brandner die Szene dort einschätzen und hat deshalb auf eine Untersuchung verzichtet."

„Ohne Absprache?" Die Staatsanwältin schüttelte unwillig den Kopf. „Nebenbei hat sich jemand gemeldet, der Ralf Brandner als aggressiven Aktivisten bezeichnet."

Max wurde von Schwindel erfasst – die Drahtspanner im Schuppen! Aber es konnte doch nicht sein, dass Silke –

„Alles okay?", fragte die Staatsanwältin. „Sie sind kalkbleich. Setzen Sie sich einen Augenblick hin."

„Geht schon", Max lehnte sich an die Wand.

„Überhaupt wirken Sie sehr angeschlagen. Vielleicht schlafen Sie sich erst einmal aus?"

„Es ist nur –", Max atmete tief ein und fand wieder Halt, „– der Kreislauf macht mir ein bisschen zu schaffen."

„Dann lassen Sie uns diese Diskussion auf morgen verschieben. Bis dahin sieht man sicher auch bei Frau Brandner einiges klarer –"

„Auf keinen Fall", unterbrach Max sie rabiat. „Ich bin jetzt doppelt motiviert. Wir müssen allen Spuren nachgehen, die Silke entlasten. Gegebenenfalls werde ich es weiter bei Schröder versuchen, auch wenn seine Frau ihn aus der Sauna holen muss."

Die Staatsanwältin seufzte. Sie wirkte nicht überzeugt, aber geschlagen. „Aber Sie wissen schon, dass Stella Marquart weggezogen ist?"

Max war überrascht. „Ich hatte noch gar nicht nach ihrem Wohnsitz geguckt."

„Sie hat früher in Wennemen gewohnt, wo ihr Mann Tiefbauer war. Aber er hat irgendeine Nervenerkrankung, deshalb sind sie in ein barrierefreies Haus in der Nähe der Tochter gezogen."

„Aha", murmelte Max. Das konnte alles bedeuten: München, Leipzig, Buxtehude. Eine nicht erklärbare Verzweiflung stieg in ihm auf. Er war heute kreuz und quer durch die Gegend gefahren, sein nächstes und letztes Ziel sollte Stella Marquart sein, er wollte da unbedingt hin.

„Ich habe Stella mal beim Shoppen in Neheim getroffen, das ist schon eine ganze Weile her. Damals wirkte sie bedrückt, weil sie ihren Bekanntenkreis aufgeben musste."

„Und sie wohnt jetzt wo?"

„In Hemer, wenn ich nicht irre."

„In Hemer", wiederholte Max. Hemer war nicht München, das konnte man ganz sicher sagen.

„Wenn Sie tatsächlich hingehen – seien Sie bei der Befragung dezent und formal. Und ich möchte noch heute einen Bericht."

„Über Ihr Handy?"

„Genau, ich bin jetzt erreichbar."

„Alles klar." Max wandte sich zur Tür. „Kriegt man die Haustür hier ganz normal auf?"

„Ja, indem man die Klinke nach unten drückt. So versuchen wir Außenstehenden den Anschein von Normalität zu vermitteln. In Wirklichkeit öffne ich die Tür mit einem Augenaufschlag."

Max musste lachen. Und bildete sich ein, Rebecca SL lächelte auch. Zumindest ein ganz kleines bisschen.

57

Walter lag erschöpft in seinem Körbchen, ich auf dem Sofa daneben, zu faul, mich ums Essen zu kümmern, aber es war eh nur Marie da. Alexa war noch mit ihrem Jugendfreund Hendrik unterwegs, Paul hatte sich zu seinem Freund aufgemacht, nachdem wir verschiedene Motorräder durchgegangen waren. Unsere Recherche hatte mich bestätigt. Chopper, Tourenbike, Cruiser – BMW, Yamaha, Kawasaki – Paul und ich hatten uns diverse Maße aus dem Internet besorgt und Griffe und Sattel nachgestellt. Man saß auf jedem Motorrad anders, die „Halshöhe" schwankte enorm. Bei Manuel Kreuzer schien sie perfekt abgestimmt; die Anti-Biker-Theorie war für mich vom Tisch.

Gerade als ich nach meinem Handy Ausschau hielt, um Max deswegen eine Nachricht zu schreiben, kam Marie hereingeschlenzt. Sie sah mit ihren Locken wunderschön aus – und hielt mein Smartphone in der Hand.

„Hast du auf dem Klo liegenlassen", sie legte es auf den Wohnzimmertisch.

„Ah, danke. Soll ich uns ein paar Brote schmieren?"

„Weiß nicht, egal", Marie setzte sich steif in den Sessel, irgendwas war.

„Alles okay bei dir?"

Marie starrte verbissen auf mein Handy. „Du hast da eine Nachricht gekriegt."

Irritiert setzte ich mich auf. „Hast du mein Smartphone ausspioniert?"

„Du hast es auf dem Klo liegenlassen."

„Das erwähntest du schon. Darf ich dich daran erinnern, wie wichtig speziell dir deine Privatsphäre ist?"

„Deshalb liegt mein Handy auch nicht auf dem Klo."

Ich griff nach dem Smartphone. „Was meinst du überhaupt?"

„Eine Nachricht von dieser Frauke", Marie sah mich scheel an. „Ist das die aus dem Chor?"

„Ja, das ist die aus dem Chor", ärgerlich rief ich mein Handy auf. *War ein schöner Tag mit dir heute. Irgendwie aufregend. Bin gespannt, wie alles weitergeht.*"

„Ich finde es nicht in Ordnung, dass du meine Nachrichten liest."

„Die Nachricht erschien vorne auf dem Display. Ich musste sie gar nicht aufrufen."

„Ist mir schon klar, aber es ist eine Frage von Vertrauen, ob man sie dann liest."

Meine Tochter blitzte mich an. „Weiß Mama davon?"

„Wovon?"

„Von dieser Frauke."

„Sie weiß, dass wir befreundet sind, klar."

„Das hört sich nach mehr an."

„Wie bitte?" Langsam wurde ich sauer. „Was, bitte schön, hört sich nach mehr an?"

„*War ein schöner Tag mit dir heute. Irgendwie aufregend. Bin gespannt, wie alles weitergeht.*" Marie konnte die Nachricht tatsächlich auswendig.

„Was ist daran schlimm?"

„Stell dich nicht so doof. Du warst den ganzen Tag mit ihr zusammen."

„Ich war morgens bei Kerstin und anschließend mit Frauke bei einer Frau aus Manuels früherem Chor. Wir wollten herausfinden, unter welchen Umständen Manuel dort aufgehört hat. Ist das so schlimm?"

Marie sah mich aufmerksam an, ich bemühte mich weiter. „*Aufregend* mag irreführend klingen. Was Frauke meint, ist, dass wir Detektiv gespielt haben. Es hat ihr Spaß gemacht, mehr nicht."

„Echt?"

„Was meinst du denn? Dass Walter und ich bei Frauke

richtig einen draufgemacht haben?"

Sie sah zu unserem Hund hinüber, überlegte. „Er hätte euch wahrscheinlich vollgepupst."

„Er *hat* uns vollgepupst", verbesserte ich. „Fraukes Auto ist noch immer kontaminiert."

Marie lachte, sie wirkte erleichtert. „Tut mir leid, dass ich auf dein Handy geguckt habe." Nach kurzem Zögern stand sie auf und kam zu mir herüber. Etwas unbeholfen stand sie da, dann beugte sie sich herunter und nahm mich in den Arm.

„Ach, Marie", ich drückte meine große Tochter. „Wenn ich eine Affäre hätte, würde ich doch mein Handy nicht auf dem Klo liegenlassen."

Marie ließ sich neben mich aufs Sofa fallen. „Dir trau ich das zu."

Ich ließ das mal so stehen. War bestimmt positiv, dass ich so unbedarft war.

„Man kann doch als Mann und Frau befreundet sein, ohne dass da gleich etwas ist", versuchte ich Marie zu überzeugen.

„Bist du dir sicher?"

„Mama zum Beispiel ist heute Abend mit Hendrik unterwegs."

„Hendrik steht auf Männer, das ist etwas anderes."

„Stimmt", gab ich zu, „und trotzdem halte ich platonische Freundschaft für möglich."

Unvermittelt tauchte Frauke in meinem Kopf auf. Ich schätzte sie sehr und fand sie auf eine gewisse Art sogar attraktiv. Sie hatte tolles langes Haar und ihre Molligkeit strahlte Behaglichkeit aus. Sie war klug und witzig – und doch: Ich hätte ein Jahr mit ihr auf einer Insel verbringen können, es wäre nichts passiert.

„Wie war das eigentlich früher?", unterbrach meine Tochter meine Gedanken. Für einen kurzen Moment fand ich es romantisch, dass sie mir eine *Wie war das eigentlich früher* – Frage stellte.

„Da gab es ja noch keine Handys, da hat jeder im Haus mitgekriegt, wenn man telefoniert hat. Sind da die Leute auch schon fremdgegangen?"

Ich musste lachen. „Das sind sie", bestätigte ich, „vielleicht war es sogar leichter, weil man nicht immer wusste, wo der andere ist und was er gerade tut."

„Verstehe", Marie massierte ihren Hals, wahrscheinlich Handy-Nacken. „Übrigens: Bei mir in der Clique wird einem auch dauernd über die Schulter gespinxt. Wenn man da etwas geheim halten will, gibt man den Kontakt am besten unter einem falschen Namen ein."

Ich ließ mir das durch den Kopf gehen. „Das heißt, ich hätte FRAUKE als ROBERT eingeben sollen?"

„Zumindest hätte es mich dann weniger interessiert."

Ich sah meine Tochter nachdenklich an. „Das ist interessant."

„Ja, sehr interessant", Marie stand auf. „Und jetzt lass uns was essen."

58

„Oh je", sagte Julia Funke noch bevor sie ausgestiegen waren. Kein Wunder, das Haus sah verriegelt und verrammelt aus. Ein überschaubarer Bungalow in Senfgelb schräg gegenüber dem Friedenspark und in unmittelbarer Nähe eines Altenheims gelegen. Da hatte die Tochter offenbar mit viel Umsicht ausgewählt. Wenn die Marquarts allein nicht mehr klarkamen, ging der nächste Umzug nur noch über die Straße.

Die junge Kollegin aus Sundern hatte sich sofort bereit

erklärt, ihn zu begleiten. Genaugenommen war sie ganz aus dem Häuschen gewesen, nochmal bei der Ermittlung mitwirken zu dürfen, die lange Anfahrt hatte sie kein bisschen gestört. Sie hatten sich vor dem Jugend- und Kulturzentrum getroffen und waren dann in ihrem Wagen weitergefahren. Dass die Aktion nicht mit dem Ermittlungsleiter abgesprochen war, hatte Max wohlweislich verschwiegen.

„Versuchen wir unser Glück", gab er sich optimistisch, während er den Klingelknopf drückte. Julia nickte, sah aber längst nicht mehr so hoffnungsfroh aus wie in den Minuten davor.

Nichts tat sich, Max klingelte schon nach einer halben Minute erneut.

„Okay, gehen wir mal ums Haus."

Fast zeitgleich stellten sie ihr Handy-Licht an, Max ging voraus und drückte das Gartentörchen auf. Ein gepflasterter Weg führte in einem Schwung ums Haus zu einer Terrasse. Nirgendwo im Haus war Licht.

„Fehlanzeige", knurrte Max. Der ganze Aufwand umsonst.

„Sollen wir mal näher rangehen?", schlug Julia vor. Es klang, als könnten sie ja wenigstens mal die Duschen benutzen, wenn das Schwimmbad schon geschlossen war.

„Okay." Max ging voraus und betrat die steinerne Terrasse, die mit einem Mäuerchen eingefasst war. Die riesige Fensterfront war mit heruntergelassenen Rollläden geschützt, das ganze Haus wirkte tot.

„Wenig zu machen", brummte Max. „Näher möchte ich nicht ran, sonst geht hier womöglich gleich ein Alarm los."

Ein Alarm war nicht nötig, kaum hatten sie den Rückweg angetreten, leuchtete ihnen plötzlich eine Hochleistungstaschenlampe ins Gesicht.

„Geht's noch?", brüllte Max und hielt sich die Augen.

„Was machen Sie hier?" Eine Männerstimme, ziemlich

bedrohlich. Hoffentlich hatte der Typ nicht noch etwas anderes in der Hand.

„Nehmen Sie die Lampe runter!" Max klang offenbar auch bedrohlich, vielleicht auch nur mitleiderregend. Jedenfalls tat der Typ, was er sagte.

„Was machen Sie hier auf dem Grundstück?", fragte er trotzdem nochmal.

Max' Augen waren noch nicht wieder im Normalzustand. „Wir möchten mit Frau Marquart sprechen."

„Und deshalb schleichen Sie abends von hinten aufs Grundstück?"

Der Typ hatte allen Grund, das zu fragen, aber Max hatte keine Lust auf eine Diskussion. „Mordkommission Hagen, sind Sie Herr Marquart?"

„Was? Ich?" Die Erwähnung der Mordkommission tat ihre Wirkung. Max konnte außerdem endlich wieder sehen und nahm einen übergewichtigen Vollbart-Typen wahr, der plötzlich herumstotterte.

„Ich bin nur der Nachbar. Schottes. Bernward Schottes. Wieso Mordkommission?"

„Wir würden gern mit Frau Marquart sprechen", wiederholte Max ungerührt. „Wissen Sie, wo sie ist?"

„Mittelmeer, also Kreuzfahrt, also Mittelmeer-Kreuzfahrt. Die Marquarts sind im Urlaub, barrierefrei, wenn Sie so wollen, zusammen mit der Tochter. Ich passe derweil ein bisschen aufs Haus aus."

„Seit wann?"

„Also, gestern habe ich – wie meinen Sie das: seit wann?"

„Seit wann sind die Marquarts im Urlaub?"

„Zweite Woche jetzt. Am Samstag kommen sie zurück."

Max hörte Julia Funke neben sich atmen. Naja, eigentlich war es ein Seufzen.

„Na dann", sagte Max.

„Soll ich etwas ausrichten?", fragte der Nachbar. „Ich

habe ja die Nummer."

„Die geben Sie uns mal", meinte Max, „aber vielleicht gehen wir dazu auf die Straße zurück."

„Ja klar", sagte der Nachbar, „also, ja klar."

„Scheiße", sagte Max ungehemmt, als sie zehn Minuten später wieder vor dem Kulturzentrum standen.

„Ja, Scheiße", bestätigte seine junge Kollegin genauso ungehemmt.

Max fühlte sich plötzlich, als sei sämtliche Energie aus seinem Körper gewichen. Wann hatte er zuletzt etwas gegessen? Also etwas, das er nicht ausgespuckt hatte? Und dann diese ganze Fahrerei – Hagen, Allendorf, Hüsten, Hemer …

„Tut mir leid, dass ich Sie so weit hergelotst habe."

„Macht nichts, ich war sowieso wegen des Falls jeden Abend unterwegs."

Max fuhr herum. „Wie bitte? Gibt es denn Ermittlungen seitens Ihrer Behörde?"

„Das nicht", Julia wurde verlegen. „Ich habe einfach ein bisschen was untersucht."

„Haben Sie wieder Drähte gespannt? Diesmal in freier Natur?"

„Nee, anders", die junge Kollegin wand sich. „Ist auch nicht wichtig, hat sowieso nichts gebracht."

Max fühlte ein Minimum an Restenergie. „Interessieren würde es mich trotzdem."

„Naja, ich wollte wissen, wie stark die Straße befahren ist, auf der der Anschlag passiert ist. Es schien mir keine vielbefahrene Strecke zu sein. Das ist gut, wenn man einen Warnschuss an Biker abgeben will. Es ist aber auch gut, wenn man es speziell auf Manuel Kreuzer abgesehen hat."

„Ein persönliches Motiv, das glaube ich schon länger", Max ließ sich zurücksinken, „genau deshalb sind wir ja hier."

„An ein persönliches Motiv glaube ich auch", beteuerte Julia. „Aber der Täter musste auf einer öffentlichen Straße eigentlich damit rechnen, dass vor dem Opfer jemand anderes die Drahtfalle durchfährt."

„Richtig. Es gab keine hundertprozentige Sicherheit, dass Manuel als Erster die Stelle passiert."

Julia nickte eifrig. „Genau das wollte ich checken: Wie viele Fahrzeuge fahren abends diese Strecke?"

„Das heißt, Sie haben sich dort hingestellt und Autos gezählt?"

Julia nickte verlegen. „Allerdings musste man dazu nicht mal bis drei zählen können."

„Soll heißen?"

„Drei Abende lang habe ich's gecheckt. Jeweils zwischen 21 und 23 Uhr. Nur am zweiten Abend ist ein Auto durchgefahren. Drei Abende und nur ein einziges Auto."

Max war beeindruckt. „Wenn man wusste, dass Kreuzer mit dem Motorrad zur Probe fuhr, konnte man also fast sicher sein, dass er in die Falle geriet."

„Genau. Und das trifft auf eine ganze Reihe von Leuten zu, zum Beispiel den Chor."

Max musste schmunzeln. „Sie wollen es immer ganz genau wissen, was?"

„Ja, irgendwie schon."

Er sah die junge Kollegin von der Seite an. Bestimmt hatte sie es im Berufsalltag nicht leicht. Streber wurden nirgendwo gerne gesehen. Er kannte das, er hatte sich selbst schnell hochgearbeitet.

„Mir ist noch etwas eingefallen", sagte Julia jetzt, vielleicht auch, um die angespannte Situation aufzulösen. „Es hat im Sauerland schon früher Fallen gegeben."

„Das haben wir in unsere Überlegungen einbezogen." Max fühlte sich selbst schon in Rechtfertigungszwang.

„Klar", meinte die Inquisitorin. „Ich habe mich nur gefragt, was es über den Täter aussagt, wenn er zusätzlich zwei Tarnfallen spannt und sich damit auf die alten Fallen bezieht."

Max dachte darüber nach. „Es sagt aus, dass der Täter sehr intelligent ist. Er bringt zusätzliche Energie auf, um seine Tat in einen größeren Zusammenhang zu stellen. Er ist vorsichtig und tut alles, um die private Spur zu verwischen."

„Glaube ich auch. Aber vielleicht hat er auch einen besonderen Zugang zu den alten Fallen."

„Weil er sie selbst gestellt hat?"

„Weil er sie kennt."

Max war nicht überzeugt. „Die Fälle gingen damals durch die Presse. Die kennt praktisch jeder."

„Aber nicht jeder hat sie noch auf dem Schirm."

„Und wer hat sie auf dem Schirm?"

„Motorradgegner, klar. Aber auch Forstarbeiter und Leute wie wir."

„Polizisten?" Max fuhr ein Stich in den Magen. Die Drahtspanner in Silkes Schuppen! Vielleicht hatte die Staatsanwältin ja recht gehabt: Es war unnötig, Stella Marquart zu checken, weil die Täterin ganz woanders zu finden war – und zwar in ihrem Team! Max spürte, dass wieder Übelkeit in ihm aufstieg. Nicht dass er sich hier im Auto noch einmal übergab!

„Im Übrigen glaube ich, dass eine Frau den Draht gespannt hat", sagte Julia Funke unvermittelt.

„Warum?", brachte Max heraus.

„Frauen gehen ungern in den Nahkampf. Eine Drahtfalle, das ist wie ein Schuss aus der Distanz."

„Kann sein", Max kostete jedes Wort Kraft, „und deckt sich mit einer Zeugin, die vorher eine Frau am Tatort beobachtet hat."

Er konnte nicht mehr. Er musste hier raus. „Ich glaube, das war's dann für uns", fahrig öffnete er die Beifahrertür.

„Alles in Ordnung?", Julia Funke sah ihm besorgt hinterher. „Habe ich was Falsches gesagt?"

„Iwo!", Max quälte sich aus dem Auto, er sah noch die Fassade des Kulturzentrums, die bunten Streifen schwammen unruhig hin und her, und dann, plötzlich, fehlte der Boden unter seinen Füßen.

59

„Ich glaube, irgendetwas stimmt nicht mit Max."

Wir standen in unsere Winterjacken eingemummelt auf der Terrasse und genossen den klaren Himmel. Alexa hatte mir, als sie leicht beschwipst nach Haus gekommen war, unbedingt den Großen Bären zeigen wollen.

„Vielleicht nur die aufreibende Ermittlung", wandte ich ein, „ich werd's morgen nochmal bei ihm probieren."

„Hoffentlich klärt sich das Ganze bald auf!" Alexa stand vor mir und muckelte sich noch etwas mehr an meinen Bauch. „Das wäre gut für Kerstin – und auch für Max."

Ich nickte in Alexas Nacken hinein. „Marie hat mich heute auf einen interessanten Gedanken gebracht. Was, wenn Manuel seine Affäre unter einem falschen Namen abgespeichert hat?"

Alexa wandte sich zu mir um. „Du meinst, Stella heißt in Wirklichkeit Ute oder Anja oder Kim?"

„Exakt. Und damit Ute oder Anja oder Kim nie in Verdacht geraten konnte, lief sie unter Stella."

Alexa dachte darüber nach. „Aber ist schon komisch, da Manuel ja offenbar wirklich eine Stella kannte."

„Das macht es ja noch raffinierter. Man konnte immer

denken, dass das ein ganz normaler Chorkontakt war."

„Aber Kerstin hat Stellas Nachrichten geöffnet und deshalb gewusst, dass es kein ganz normaler Chorkontakt war."

„Stimmt, dennoch weiß sie nicht, wer tatsächlich hinter Stella steckt – das war Manuels Ziel, wenn es so ist, wie ich glaube."

Alexa drehte sich wieder den Sternen zu. „Vielleicht ist der Name Stella trotzdem nicht zufällig, sondern deutet auf irgendetwas hin."

„Dieselben Anfangsbuchstaben?", schlug ich vor. „Stella für Steffi?"

„Oder ein Ereignis. Stella heißt Stern. Vielleicht haben die beiden mal so wie wir in den Sternenhimmel geschaut."

„Oder die Frau hat gerne Sternchen-Unterwäsche getragen."

Ich spürte förmlich, wie Alexa vor mir die Augen verdrehte. „Unwahrscheinlich! Aber du hast von dieser Sterntaler-Selbsthilfegruppe erzählt. Vielleicht war das der Aufhänger."

„Du meinst, Manuel hat Steffi Stella genannt, weil sie sich in der Sterntaler-Gruppe engagierte?"

„Nee, das meine ich nicht", Alexa drehte sich erneut zu mir um. „Wenn ich es richtig verstanden habe, war es doch Frauke, die die Gruppe betreut hat."

„Wie jetzt? Aber Frauke ist doch – Frauke."

„Für uns ja. Aber für Manuel war Frauke vielleicht – Stella."

„Neineinein", widersprach ich. „Ich bin jede Woche mit Frauke zusammen, habe den Umgang zwischen ihr und Manu erlebt."

„Aber bei dieser Annika hast du auch nicht mitgekriegt, dass sie in Manuel verliebt war", streute Alexa Salz in meine Wunden. „Außerdem finde ich es seltsam, dass Frauke Annika so genau beobachtet hat. Das sieht mir nach Eifersucht aus."

Ich schüttelte unwillig den Kopf, aber Alexa ließ sich dadurch nicht beirren. „Hast du nicht auch erzählt, wie unglaublich wichtig Frauke die Proben sind? Dass sie sogar kommt, wenn sie eigentlich krank ist? Dass sie freitags frei hat, so dass ihr am Donnerstagabend immer lange zusammenhocken könnt?"

„Moment!", protestierte ich. „Das ist eher ein Gegenargument: Manuel ist nach der Probe immer sofort verschwunden. Wenn die beiden Kontakt zueinander gesucht hätten, wäre er bestimmt häufiger zum geselligen Teil geblieben."

Alexa ging nicht darauf ein. Plötzlich spürte ich, wie sehr ich ausgekühlt war. Ich warf einen letzten Blick in den Himmel. Eine Wolke hatte sich vor den Großen Bären geschoben.

„Lass uns reingehen", murmelte ich.

Alexa nickte, sagte aber nichts mehr. Wahrscheinlich reichte es ihr, dass sie bei mir etwas eingepflanzt hatte.

60

„Sie können nicht Auto fahren, auf gar keinen Fall!"

„Klar kann ich das!" Max hing über dem Auto seiner Kollegin und merkte selbst, wie lächerlich das klang. „Ein wenig frische Luft und ich bin wieder fit!"

„Wenn Sie sich hinters Steuer setzen, rufe ich die Polizei!" Der Satz hatte Slapstick-Qualitäten. Max hätte gerne gelacht, aber er fühlte sich einfach zu elend.

„Ich bringe Sie jetzt nach Hause. Um Ihr Auto kümmern Sie sich morgen!"

Sie meinte es ernst. Die Kollegin war klug und auf Zack.

Leider schien sie auch extrem durchsetzungsfähig – trotz ihres mädchenhaften Aussehens. Jetzt gerade funkelte sie ihn an, als wäre er der Teufel persönlich. Sie würde tatsächlich die Polizei rufen, da war er sich sicher.

Er hob den Kopf, sofort wurde ihm schwindlig. „Okay", lenkte er ein, „Sie können mich abtransportieren. Aber nicht nach Hause. Ich sage Ihnen die Adresse meines Kumpels."

61

Alexa war ruckzuck im Bett verschwunden, ich selbst wusste, dass ich nicht einschlafen würde, Alexas Andeutungen durchwirbelten zu sehr meinen Kopf. Was hatte Frauke letztens noch zu mir gesagt, als es um das „Besetztsein" ging …? *Das kann jedem passieren. Auch dir und mir!"*

Andererseits: Zwischen Frauke und mir war im letzten Jahr echte Freundschaft gewachsen. Ich hielt es für ausgeschlossen, dass sie zu spät zur Probe gekommen war, nur weil sie vorher noch eine Drahtfalle für Manuel gespannt hatte!

Oder etwa doch?

Naheliegender war, dass Manuel entgegen meinen Vorstellungen mit der echten Stella ein Verhältnis gehabt hatte. Vielleicht war sie ein mütterliches Gegenstück zu seiner Kerstin gewesen. Zumindest für eine kurze, klar umgrenzte Zeit, die der lieben Stella allerdings zu knapp gewesen war. Kurzerhand nahm ich mein Handy und rief das *Miss-Klang*-Foto aus Arnsberg noch einmal auf.

Stella Marquart hatte tatsächlich ein apartes Gesicht, darüber hinaus war sie einfach nur groß. Was hatte Steffi aus Arnsberg noch gesagt? Dass sie „ein Typ" war, dass sie sie gern gemocht hatte. Hatte Manuel vielleicht das Kumpelhafte an ihr geschätzt?

Unschlüssig ließ ich meinen Blick weiterwandern und blieb bei einem Gesicht hängen, das mir diffus bekannt vorkam. Eine schlanke Frau mit halblangem Haar und strenger Ausstrahlung.

Ich ging die üblichen Schubladen durch: Schüler-Mutter? Unwahrscheinlich, die Frau sang in Arnsberg. Überhaupt – wen kannte ich in Arnsberg? Eine Freundin von Karla vielleicht? Und dann kam's: Das war die Staatsanwältin aus der WDR-Reportage, die ich im *Sauerbier* gesehen hatte! Und noch etwas ploppte auf, das Max erwähnt hatte, als er zum Frühstück hier gewesen war: die zuständige Staatsanwältin hatte das Mordopfer persönlich gekannt!

Kurze Suchanfrage im Netz und ich hatte ihren Namen, Rebecca Sterner-Leiss.

Sterner-Leiss, Sterner-Leiss, Sterner-Leiss – und dann begann in meinem Kopf etwas zu glühen: STERNer-Leiss …

62

Es ging einigermaßen, als er wieder im Auto saß. Er fühlte sich nur unglaublich schlapp. Als sein Handy summte, griff er trotzdem danach. Es zeigte ihr jüngstes Teammitglied an.

„Robin, es ist zehn Uhr durch. Was gibt's?"

„Du hattest angerufen."

„Weil du angerufen hattest."

„Ach so, ja, ewig her, hat sich erledigt. Wollte dich fragen, ob du weißt, wo Silke ihr Pferd stehen hat, da wir sie zu Hause nicht angetroffen haben."

Max glaubte nicht recht zu hören. „Ihr habt euch zu Silke aufgemacht?"

„Ja, es gab Unstimmigkeiten. Der Chef wollte dem nachgehen."

„Wie darf ich mir das vorstellen?"

„Naja, er wollte mit ihr reden, nachdem ihr Mann ins Fadenkreuz geraten war."

„Und deswegen ist Schröder hingefahren?"

„Hätte er sie vorladen sollen?"

„Moment, Moment, ich möchte mir das jetzt bildlich vorstellen. Ihr wart bei Silke zu Hause, habt sie und ihren Mann nicht angetroffen und daraufhin den Hof aufgesucht, auf dem Silkes Pferd steht?"

„Ja", Robin klang jetzt zumindest ein wenig zerknirscht, „war nicht so toll. Wir sind da in eine Feierabendrunde geplatzt."

Max schnaubte. Wenn er das alles nur nicht so klar vor Augen gehabt hätte! Um wie viele Stunden hatten sie sich verpasst, Schröder und er?

„Silke hat sich ziemlich aufgeregt", gab Robin zu, „kann ich ein bisschen verstehen."

„Ach was!", Max hatte Mühe, seinen Unwillen zu bändigen. „Hat sich die Sache geklärt?"

„Die Hofleute haben Silke und ihrem Mann für vergangenen Donnerstag ein Alibi gegeben. Die Autos haben auch nicht gepasst, damit war die Sache vom Tisch."

Max fragte sich, ob Silke nach dieser Aktion wohl endgültig in den Sack hauen würde. „Ehrlich, Robin, ich bin froh, dass du mich nicht erreicht hast. Wäre mir peinlich gewesen, wenn ich zu diesem Auftritt etwas beigetragen hätte."

Robin schwieg. Natürlich kriegte da der Falsche den Lack ab. Max konnte sich trotzdem nicht zurückhalten.

„Schönen Feierabend!", ätzte er weiter. „Schröder hat bestimmt morgen einen ähnlich tollen Auftrag für dich."

„Ich dachte, dass ich vielleicht mal mit dir arbeiten könnte."

„Vergiss es, ich bin raus. In diesem Team arbeite ich nicht länger mit."

Ärgerlich drückte Max das Gespräch weg. Julia Funke warf ihm einen ängstlichen Blick zu.

63

Frauke war schnell am Apparat, hatte sie ihr Smartphone in den Händen gehalten? „Frauke", haspelte ich, „ich brauche Steffis Nummer. Steffi aus Arnsberg, du weißt."

„Weißt du, wie spät es ist? Was ist denn los?"

„Ich habe einen Verdacht, wer die Täterin ist, eine der Arnsberger Sängerinnen. Wenn das stimmt, dann – dann –"

„Ich schicke dir die Nummer", sagte Frauke bestimmt. „Kann ich sonst noch was tun?"

„Nichts", sagte ich, „und alles."

„Okay", hörte ich meine Chorfreundin sagen. „Ist es in Ordnung, wenn ich vorbeikomme?"

„Absolut. Aber klopf ans Küchenfenster. Alexa liegt schon im Bett."

Zehn Minuten später war Frauke da. Kurz darauf rief praktischerweise auch Steffi zurück. Ich hatte es schon zweimal vergeblich bei ihr versucht.

„Hallo", sagte ich atemlos und stellte auf laut.

„Hallo", Steffis Stimme klang fragend, verwirrt. „Du hast dich bei mir gemeldet?"

„Genau", ich zwang mich zur Ruhe, „Frauke hat mir deine Nummer gegeben. Es ist eigentlich zu spät für einen Anruf, aber mir sind ein paar dringende Fragen gekommen. Ihr hattet eine Sängerin namens Rebecca Sterner-Leiss in eurem Chor."

„Becki, ja klar."

Becki, den Namen hatte sie schon bei unserem Besuch erwähnt! Aber natürlich hatte ich Becki nicht mit Rebecca in Zusammenhang gebracht.

„Becki, die Unnahbare", versuchte ich meine Erinnerung abzurufen, „die, bei der Manuel die weichen Saiten zum Klingen gebracht hat?"

„Ja, so ähnlich hatte ich es formuliert."

„Kannst du uns noch mehr zu Becki sagen? Was sie für ein Typ ist? Wie sie lebt? Wie ihr Verhältnis zu Manuel war?"

Zögern am anderen Ende der Leitung. „Ich finde das komisch", sagte Steffi. „Es geht hier ja wieder nicht um die Neubesetzung eurer Chorleiterstelle, sondern um etwas Privates. Und da rufst du spätabends an und fragst mich über jemanden aus."

„Genau", brüllte Frauke, ich hatte sie selten so ungeduldig erlebt. „Es geht um den Mord, und es geht um die Mörderin, Steffi! Du musst jetzt einfach antworten. Vertrau uns, es ist wirklich wichtig."

Stille.

„Das war Frauke", sagte ich überflüssigerweise.

„Okay", sagte Steffi eingeschüchtert. „Also Becki. Becki und Manuel haben sich sehr gut verstanden. Ich hab's schon erzählt. Becki ist ein nüchterner, kühler Typ, sie ist Staatsanwältin, vielleicht muss man da so sein."

„Sie ist Staatsanwältin, ja. Sie leitet die Ermittlungen im Mordfall Manuel Kreuzer."

„Was?", hörten wir Steffi ausrufen. „Das wusste ich nicht."

Frauke verdrehte die Augen. Klar, dass Steffi so etwas nicht mitbekam, obwohl sie beide kannte.

„Nüchtern und kühl", holte ich Steffi zum Thema zurück. „Was könntest du sonst noch über sie sagen?"

„Sie singt Alt."

„Ah, interessant." Jetzt war ich es, der die Augen verdrehte.

„Unter Kristins Leitung wirkte Becki immer sehr konzentriert – und auch schon mal genervt, wenn bei den Proben rumgeflachst wurde."

„Klingt nach Spaßbremse", versuchte ich Steffi am Reden zu halten.

„Ich meine, ich find's auch gut, wenn das Singen im Vordergrund steht, aber Zeit für ein bisschen Lockerheit ist ebenso wichtig."

Aus den Augenwinkeln sah ich, dass Frauke in die Tischkante biss.

„Es änderte sich, als Manuel den Chor übernahm. Ich glaube, man kann sagen, unter Manus Einfluss wurde Becki richtig warm."

Fraukes Augenbraue wanderte nach oben, die Doppeldeutigkeit in Steffis Satz war uns beiden nicht entgangen, Steffi offenbar schon.

„Becki hat sich über die Zeit auch gesanglich verbessert. Wahrscheinlich, weil sie Privatunterricht bei Manuel nahm."

„Waaas?", riefen Frauke und ich wie aus einem Mund. „Wo fand dieser Privatunterricht statt?", schickte ich hinterher. „Bei Rebecca zu Hause?"

„Hm, das weiß ich leider nicht. Darüber habe ich mir nie Gedanken gemacht."

Nee klar, das wunderte uns nicht.

„Wie war denn der Umgang der beiden im Chor? Haben sie miteinander geflirtet? War das Verhältnis immer gleich gut?"

Steffi schien darüber nachdenken zu müssen. „Es haben viele mit Manu geflirtet", sagte sie. „Es war oft so eine Giggel-Atmosphäre, wenn du verstehst, was ich meine."

„Verstehe ich", versicherte ich, „und Rebecca – Becki – war dabei? War sie eins von den Giggel-Girls?"

„Wie gesagt, sie lockerte sich im Laufe der Zeit. Sie machte Späße mit, also vor allem in dieser Manuel-Hoch-Zeit, als die Atmosphäre noch gut war. Damals hat sie auch ihren Spitznamen gekriegt. Wir hatten mal nach dem Chor eine Runde, wo jeder gesagt hat, wie er als Kind genannt wurde, bei ihr war es Becki. Das war sehr vertraulich, fast wie eine Taufe. Von da an wurde die sachliche Staatsanwältin nur noch Becki genannt."

Ich sah zu Frauke hinüber. Ihre Haltung war maximale Konzentration.

„Als dann die Kritik an Manuel losging, war es ja nicht mehr so lustig", erläuterte Steffi. „Manuel wollte nichts falsch machen und hat sich voll und ganz auf die Proben konzentriert."

„Okay, aber das Verhältnis zwischen Rebecca und Manuel blieb gut?"

„Ja, schon, allerdings war Becki nicht ganz bis zum Ende dabei."

Frauke schlug lautlos auf den Tisch.

„Manuels Weggang kam ja für uns ziemlich plötzlich. Zu der Zeit war Becki, glaube ich, nicht bei den Proben. Sie war arbeitsmäßig sehr eingebunden, hat sie gesagt."

„Hast du nachher nochmal Kontakt zu ihr gehabt?"

„Wir haben sie angeschrieben, als es darum ging, ob wir unter neuer Chorleitung weitermachen wollten. Damals hat sie abgewunken und tatsächlich hat sich unser Ensemble ja dann aufgelöst. Leider."

„Du hast sie also nicht mehr getroffen?"

„Doch, aber erst viel später. Sie ist mir mal im Wald mit dem Fahrrad begegnet, in den letzten Sommerferien war das."

„Mit dem Fahrrad?", fragte Frauke nach.

„Ja, sie fährt richtig viel, das wusste ich noch aus dem Chor. Rennrad, aber auch Mountainbike. Sie ist ziemlich trainiert."

„Interessant. Und ihr habt miteinander geplaudert?"

„Ja, das ging erstaunlich gut. Becki war eigentlich nie meine Lieblingschorschwester, wir sind sehr verschieden", ich sah Frauke neben mir überschwänglich nicken. „Trotzdem haben wir alte Zeiten aufleben lassen, ein bisschen gejammert, dass es unseren alten Chor nicht mehr gibt, gemutmaßt, wie das alles zu Ende gehen konnte."

„Wie hat sich Rebecca da geäußert?", fragte Frauke nach.

„Hm", Steffi überlegte, „wenn ich darüber nachdenke: Sie hat wenig gesagt, hat eigentlich mehr mich sprechen lassen."

„Sie hat also nicht ihr Bedauern über das Ende des Chores zum Ausdruck gebracht?"

„Doch, doch, das haben wir beide, aber ich habe dann gleich auch meine Theorie dargelegt, so wie ich sie auch euch erzählt habe. Erst alle begeistert von Manu, dann trauten sich die ersten, ihn zu kritisieren, und dann diese Eifersüchteleien."

„Hat Becki etwas dazu gesagt?"

„Sie hat es auch bedauert. Und dann hat sie gemeint, Manu hätte nach dieser Erfahrung bestimmt nie wieder einen Chor angenommen."

„Das hat sie gesagt?"

„Ja, hat sie, ich habe sie dann korrigiert. Ich wusste ja von eurem Chor, davon habe ich Becki erzählt. Und ich habe auch erwähnt, dass Manu sich bei euch zurücknimmt. Dass er sich nicht mehr auf Geselligkeit einlässt und nach den Proben sofort verschwindet, das hattest du mal erwähnt, Frauke. Ich habe gemeint, dass Manu wohl nicht dieselben Fehler machen will wie bei uns. Distanz und Nähe sind ja für so einen Dirigenten ein Thema."

Frauke wirkte irritiert. „Das hast du so erzählt?", fragte sie nach.

„Ja, habe ich. Ist das ein Problem?"

„Nein, überhaupt nicht", Frauke wurde wieder locker. Sie gab mir ein Zeichen, dass ich weitermachen solle.

„Ist Becki verheiratet?", fiel es mir ein.

„Ja, der Mann ist auch Jurist, aber irgendwo weit weg."

„Also Fernbeziehung?", fragte ich nach.

„Muss wohl. Ich weiß nicht genau, wo er arbeitet. Ich weiß nur, dass er ein hohes Tier ist und eigentlich nie da."

Eine Weile blieb der Satz in unserer Küche hängen, irgendwo zwischen Familienkalender und Pinnwand steckte er fest.

„Becki war sachlich und kühl", stieg ich wieder ein. „Aber hast du sie auch mal unbeherrscht erlebt? Emotional?"

„Nein, überhaupt nicht", sagte Steffi schnell.

Ich sah zu Frauke hinüber. Die schien auch keine weiteren Fragen zu haben.

„Danke, Steffi, das hat uns sehr geholfen. Bitte lass dein Handy an, falls wir noch etwas haben."

„Das klingt wie Sondereinsatzkommando."

„Klingt nur so", antwortete ich, „einen schönen Abend für dich!"

„Was ist los?", fragte ich Frauke, nachdem Steffi aus der Leitung war. „Du warst so irritiert."

„Es kann einen ja auch irritieren. Diese Becki wurde von Steffi detailliert über Manuels Gepflogenheiten im Chor informiert." Sie sah mich eindringlich an. „Am Ende wusste sie genau, wann und wo man für Manuel eine Falle spannen konnte."

„Stimmt", sagte ich. Und dann holte ich Schokolade.

„Hältst du es tatsächlich für möglich?", fragte ich zehn Minuten später. Zehn Minuten, in denen ich mir die wacklige Annahme vor Augen gehalten hatte, dass Sterner-Leiss möglicherweise „Stella" war und dass „Stella" möglicherweise Manuel umgebracht hatte. „Ich meine, sie ist Staatsanwältin!"

„Hm, ich kenne die Frau nicht", Frauke nahm sich ein Stück Schokolade, „aber da wir hier in der Küche sitzen, versuche ich es mal mit ein bisschen Küchenpsychologie. Diese Rebecca scheint ehrgeizig zu sein. Sie hat Karriere gemacht, genau wie ihr Mann. Sie fährt Rennrad und stoppt bestimmt bei jedem Training, ob sie die achtzig Kilometer in Bestzeit geschafft hat." Frauke sagte das in einem Ton, der signalisierte, wie überflüssig sie so etwas fand. Ich liebte sie dafür. Ich mochte Frauke so füllig, wie sie war. Ich mochte sie vor einem Teller Schokolade. Vor allem mochte ich sie, weil sie nicht die Täterin war.

„Steffi hat die Staatsanwältin als nüchtern beschrieben", gab ich zu bedenken, „und sie hat gesagt, dass sie sie noch nie impulsiv erlebt hat. Ich habe die Frau im Fernsehen gesehen, total kontrolliert. Solch ein Mensch neigt nicht zu emotionalen Ausbrüchen."

„Aber haben wir es hier mit einem emotionalen Ausbruch zu tun? Eher doch mit dem Gegenteil: sehr bedachtes Vorgehen, falsche Spuren, keine Konfrontation."

„Stimmt", gab ich zu, „aber der Auslöser ist schon Emotion."

„Greifen wir auf, was Steffi gesagt hat", ging Frauke einen Schritt zurück, „Becki Sterner-Leiss ist ein Kopfmensch, der es gewohnt ist, sachlich zu argumentieren und rational zu entscheiden. Dann jedoch tritt Manuel Kreuzer in ihr Leben – etwas passiert: sie verliebt sich, sie kommt aus dem Takt, sie lernt etwas Neues kennen, sie lernt auch *an sich* etwas Neues kennen. Zum ersten Mal gibt sie die Kontrolle ab, fängt mit Manuel ein Verhältnis an – und ist von diesem Moment an maximal verletzlich."

„Wie meinst du das?"

„Er hat sie geknackt – und später verlassen. Auf diese Schmach steht Höchststrafe, um es mal juristisch zu sagen."

„Du meinst, sie hat ihn für ihre eigene Schwäche bestraft?"

„So in etwa. Kann sein, dass sie sich in eine Rachephantasie hineingesteigert hat. Verbissen, kontrolliert – das klingt für mich, als hätte sie ihre Niederlage ganz mit sich allein ausgemacht – und irgendwann ihre persönlichen Konsequenzen gezogen."

Ich ließ mir das durch den Kopf gehen. „Was meinst du, welche Rolle hat Manuel für Rebecca gespielt? Bei der Heftigkeit ihrer Gefühle kann man wohl nicht von einer normalen „Affäre" ausgehen?"

Frauke zuckte mit den Achseln. „Da kann man nur spekulieren. Wie hat Steffi es noch formuliert? *Manuel hat andere Saiten in ihr zum Klingen gebracht.* Eigentlich ein sehr schönes Bild. Vielleicht war Manuel ein Gegenentwurf zu Beckis Mann und ihr erster „echter" Partner: jemand, der ihre Probleme geteilt hat, der sich für ihre Person interessierte, der ihr die Leichtigkeit verlieh, die sie sonst nicht verspürte. In diesem Fall hat er ihr mit der Trennung buchstäblich das Herz herausgerissen."

Ich sah Frauke aufmerksam an. Es war bemerkenswert, wie sie sich in diese Perspektive hineinversetzen konnte. Fast schien es mir, als sei ihr dieser Blickwinkel persönlich vertraut.

„Schwester Gertrudis", kam es mir in den Sinn. „Erinnerst du dich? Sie meinte, die Todesart spräche für totale Zerstörung und den erhofften Rückgewinn von Macht und klarem Verstand."

„Passt doch zu unserer Küchenpsychologie", Frauke nahm sich noch ein Stück Schokolade. „Möglicherweise hat Becki Manuel gedanklich nicht loswerden können – und deshalb zum letzten Mittel gegriffen, um sich von ihm zu befreien."

„Naja, ob es das letzte Mittel war", ich schnaubte unwillig, „da fallen mir noch ein paar andere Möglichkeiten ein."

Frauke wiegte nur den Kopf und lutschte an ihrer Schokolade.

„Und was machen wir jetzt?", fragte ich. „Ich meine, die zuständige Staatsanwältin – das glaubt uns kein Mensch."

Frauke antwortete nicht. Frauke starrte plötzlich aufs Fenster, im Gesicht nackte Panik. Ich fuhr herum – und tatsächlich: Ich sah den Geist auch. Er war kalkbleich und stierte mit rotunterlaufenen Augen in unsere Küche hinein.

#

Alles läuft aus dem Ruder. Das Auftauchen von diesem Schneidt, wohin wird das führen?

Ab jetzt darf nichts mehr schiefgehen, Konzentration ist gefragt – trotzdem rutschen ihre Gedanken immer wieder ab in die gemeinsame Zeit. Zu den Stunden mit Manu, in denen sie sich wunderbar leicht gefühlt hat und schön und besonders. An denen sie manchmal im Gefühl schwamm, das Ganze könne immer so weitergehen, immer so weiter.

Die gemeinsamen Touren auf dem Motorrad, die Treffen im Grünen, die endlosen Telefonate, das Lachen, das Weinen, das Glück.

Sie ist ein kontrollierter Mensch, immer gewesen, deshalb hat sie Manuels Schlussstrich gelassen entgegengenommen. Hat ihm signalisiert: kein Problem, deine Entscheidung, irgendwann musste es kommen.

In Wahrheit hat genau in diesem Moment etwas Neues begonnen. Ein Schmerz, wie sie ihn nie vorher erlebt hatte. Der sich nicht abstellen ließ, gegen den es kein Heilmittel gab. Ein Schmerz, den sie ganz allein aushalten musste, ohne einen Schrei, ohne ein Zeichen, ohne ein Wort.

Wäre es besser geworden, wenn sie sich irgendwem anver-
traut hätte? Wenn sie den Schmerz hätte teilen können? Ihn
aussprechen?

Müßig, darüber zu spekulieren. Diesen Menschen gibt es
für sie nicht. Für jemanden wie sie gibt es nur eins: schweigen
und alleine da durch.

Als sie einmal versucht hat, Manuel zu erreichen, an einem
Tiefpunkt tiefer als tief, stellte sie fest: die Nummer war nicht
mehr gültig, er hatte das Handy gewechselt. Was für ein Stich!
Nein, kein Stich, ein Dolchstoß, eine Demütigung. Er hatte sie
abgeschüttelt wie eine lästige Fliege.

So etwas machte man nicht.

Mit ihr.

Resigniert sieht sie in den Spiegel. Ein kleiner Spiegel, wie
man ihn halt im Gästeklo hat. Was sieht man? Nichts! Gut,
dass Gehirnscan und neuronale Verbildlichung noch nicht
ausgereift sind. Wenn man in ihren Kopf hineinschauen könn-
te, würde man sein blaues Wunder erleben. Endlosschleifen
mit Manu, Gespräche, Versöhnung und Hass.

Energisch fährt sie sich durchs Gesicht. Es gibt keinen Aus-
weg. Zurück ins Wohnzimmer und weitermachen. Das Ge-
schehen im Griff behalten. Nicht aus dem Takt kommen.

Schwer. Leicht Schwer. Leicht Schwer. Leicht Schwer.

64

„Vielen Dank, dass Sie ihn hergebracht haben!"

Die junge Kollegin sah irgendwie unschuldig aus mit
ihren roten Wangen und dem Kurzhaarschnitt, der nach
Heimfrisur aussah. Gleichzeitig hatte sie etwas Zupa-
ckendes. Bestimmt eine gute Begleitung, wenn man einen
Schwächeanfall hatte. „Wollen Sie etwas trinken?"

Die Polizistin wirkte unschlüssig. „Ich weiß nicht –" Sie sah Max hinterher, als bräuchte sie seine Zustimmung. Aber der hatte sich bereits in die Küche geschleppt.

„Nun kommen Sie schon rein! Und verraten Sie mir, was mit ihm los ist."

„Wenn ich das wüsste! Er war von Anfang an blass und dann ist er irgendwann zusammengeklappt."

„Sie sehen auch aus, als könnten Sie ein Glas Wasser vertragen."

Die Polizistin nickte matt. „Ja, war ein komischer Einsatz."

Zehn Minuten später war die Lage stabilisiert. Max lag auf der Küchenbank und ließ sich nicht überreden, sich im Wohnzimmer auf der Couch niederzulassen. „Hart liegen ist gut", meinte er, „für meinen Kopf."

„Was ist mit dem Kopf?", Frauke hatte immer etwas Unerbittliches, wenn sie die Ärztin herausließ.

„Dem geht es nicht gut."

„Verstehe, was ist denn mit ihm?"

„Er wächst mir über den Kopf."

Die rotbäckige Polizistin sah mich an, als wollte sie sagen: *So redet er schon die ganze Zeit.*

„Ein Tumor?", fragte Frauke zu meiner Überraschung.

Max drehte erstaunt den Kopf zu ihr hin, zögerte kurz. „Ja."

Mir entfuhr ein Schrei. Frauke blieb gelassen. „Seit wann wissen Sie das?"

„Seit letzter Woche. Am Montag geht's in die Klinik. Ich habe mir auserbeten, dass ich bis dahin noch ein bisschen rumlaufen darf."

„Auf eigenes Risiko, nehme ich an."

„Ist es das nicht immer?"

Ich konnte mich nicht länger zurückhalten und drängte mich an Frauke vorbei. „Verdammt nochmal, Max, warum hast du nichts gesagt?"

„Wollte ich noch. Bei einem Glas Rotwein. Weiß nicht, ob ich das heute noch schaffe." Er lächelte schief.

„Weiß Karla Bescheid?"

„Hatte ich alles fürs Wochenende geplant."

„Max!" In mir war reine Empörung.

„Schhh", sagte Frauke und berührte von hinten meinen Arm, „das macht jeder anders."

„Mensch, Kumpel", ich ließ mich neben ihm nieder. „Was machst du für einen Scheiß?"

„Wir sind nicht mehr die Jüngsten. Solche Einschläge kommen irgendwann."

„Aber –"

„Meinen Vater hat es auch in dem Alter erwischt. Vielleicht ist das unsere Krankheit. Ich werde alles probieren, aber versprechen kann ich dir nichts."

„Mensch", sagte ich nochmal und kämpfte gegen alles, was da in mir hochkam. Ich hätte jetzt gerne Alexa geholt und Paul und Marie. Stattdessen waren wir in dieser skurrilen Runde versammelt, in unserer Küche. Die junge Polizistin hatte ein Dauer-Entsetzen auf dem Gesicht, Frauke einen betont gelassenen Ausdruck, ich selbst versuchte nicht in Tränen auszubrechen – was für ein Mist!

„Auch wenn ich nicht so aussehe", sagte Max in die Stille hinein. „Ich muss wohl etwas essen, sonst kippe ich gleich endgültig weg."

„Ja klar", freudig sprang ich auf, glücklich, etwas zu tun zu bekommen. „Wonach ist es dir denn?"

„Wahrscheinlich wäre eine Banane das Richtige für meinen Magen, aber wenn du fragst, worauf ich Hunger habe: Sauerländische Mitternachtsmahlzeit. Back uns ein paar Eier!"

Am Ende war es Julia, die das in die Hand nahm, Dorfkind halt. Ich machte Kaffee und Frauke deckte den Tisch.

Ein Wunder, dass Alexa noch nicht aufgewacht war.

„Muss ich dich füttern?", fragte ich Max. Wir fühlten uns alle etwas besser und waren allgemein zum Du übergegangen.

„Spar dir das für später, heute komme ich noch hoch."

Julias Eier waren phänomenal. Nach anfänglicher Zurückhaltung hatte sie im Kühlschrank gestöbert und etwas Schinken entdeckt. Das Ganze ordentlich gewürzt und auf eine Scheibe Graubrot gelegt. Max bekam zusehends Farbe.

„Was genau wird in der Klinik gemacht?", wollte ich wissen.

Mein Freund hielt die gefüllte Gabel reglos in der Hand und starrte auf seinen Teller. „Auch wenn es unhöflich klingt: Können wir vielleicht nicht darüber sprechen? Ab Montag lasse ich alles mit mir machen und bin für jedes Endzeitgespräch bereit. Bis dahin – würde ich gern einfach leben." Stille breitete sich aus, die Max dann selber durchbrach. „Eigentlich wollte ich bis dahin den Fall Kreuzer abschließen, aber das ist mir wohl nicht mehr vergönnt."

„Nicht?" Jetzt war es Frauke, die die Gabel weglegte. „Vincent und ich haben noch eine Überraschung für dich."

„Ach", endlich steckte Max seine Gabel mit Ei in den Mund.

„Wir haben eine Ahnung, wer Manuel Kreuzer umgebracht hat. Und einen ganzen Sack voll Argumente."

„Da bin ich gespannt", Max sprach mit vollem Mund, „Stella Marquart ist es nämlich nicht."

„Einverstanden", Frauke wirkte ungebrochen forsch. „Wir tippen auf eure Staatsanwältin, Rebecca Sterner-Leiss."

Mit einem Schwung prustete Max sein Ei auf den Teller. Immerhin – er hatte sich nicht übergeben, sondern einfach nur verschluckt.

„Das meinst du nicht im Ernst!"

„Oh doch!" Und dann begann Frauke zu erzählen. Ich

schlich derweil in den Keller und holte eine alte Tapeten-
rolle hoch.

65

Während ich unsere Oberschränke mit einer drei Meter
langen Tapetenfront schmückte, hörte ich Frauke berichten. Den Part mit Stella = STERNer-Leiss hatte ich leider
verpasst, die Idee war ja mein Glanzstück gewesen und
der Anfang der ganzen Theorie. Nun erzählte Frauke von
der sachlich-kühlen Rebecca, die unter Manuels Einfluss
zu „Becki" geworden war. Von deren gutem Verhältnis im
Chor, vom Privatunterricht. Die junge Kollegin hörte mit
großen Augen zu.

„Sie hat echt Privatunterricht bei Manuel Kreuzer gehabt?", hakte Max nach. „Das heißt, sie und Kreuzer haben
sich zu zweit und zu Hause getroffen?"

„Wo der Unterricht stattfand, wissen wir nicht", ruderte
Frauke zurück, „aber das lässt sich herausfinden, wenn es
darauf ankommt."

Max schüttelte ungläubig den Kopf. „Die Staatsanwältin
hat in der Dienstrunde erwähnt, dass sie Kreuzer kennt.
Aber sie hat die Verbindung als total oberflächlich beschrieben. Was ihr erzählt, klingt völlig anders."

„Ideal wäre natürlich, wenn es Zeugen gäbe, die Sterner-
Leiss und Kreuzer als Paar erlebt hätten", brachte ich ein,
„oder Telefonlisten, die den Kontakt belegen."

„Aber ist sie nicht verheiratet?", fragte Julia Funke. „Die
Frau Staatsanwältin, meine ich jetzt?"

„Ist sie", sagte Max wie ein Papa, der seinem Kind mit-
teilen muss, dass es so etwas wie Untreue gibt. „Aber ihr
Mann lebt in Erfurt. Die beiden führen eine Fernbeziehung,

die Frau Staatsanwältin hatte jede Menge Zeit."

„Schon klar", sagte Julia Funke. „Ich meine nur, wenn der Mann in Erfurt arbeitet, dann ist Frau Sterner-Leiss sicher auch gelegentlich dort. Vielleicht hat sie ja das Befestigungsmaterial in Erfurt gekauft."

Max musste lachen. „Könnte glatt sein."

„Lasst uns mal den Tathergang durchgehen", schlug Frauke vor. „Rebecca Sterner-Leiss plant die Tat. Was muss sie beachten?"

„Sie weiß, wann und wo Manuel Chorprobe hat", gab ich an und machte auf der Tapete eine Notiz. „Die Probenzeiten stehen auf unserer Homepage. Außerdem hat Rebecca im Sommer mit einem Chormitglied aus Arnsberg gesprochen. Dabei hat sie erfahren, dass Manuel im neuen Chor nach den Proben immer sofort verschwindet."

„Woher wisst ihr das?", fragte Max. „Das mit dem Arnsberger Mitglied?"

„Haben wir recherchiert", sagte Frauke knapp und machte sofort weiter. „Rebecca wusste also, dass die Chorprobe donnerstags von 19.30 Uhr bis 21 Uhr im *Sauerbier* stattfand – und dass Manuel anschließend immer sofort nach Hause fuhr. Dass er also gegen 21.15 Uhr die fragliche Stelle passierte."

„Ich habe das gecheckt", sagte Julia aufgeregt. „Da fahren abends kaum Autos. Wenn man dort um 21 Uhr eine Falle spannt, kann man fast hundertprozentig sicher sein, dass man nicht überrascht wird – und dass kein anderer vor Manuel Kreuzer die Falle durchfährt."

„Und trotzdem blieb die Gute wohl nicht unbeobachtet!" Die Bemerkung kam von Max. Wir alle sahen überrascht zu ihm hin. „Eine Nachbarin der Kreuzers hat sich bei uns gemeldet, Elisabeth Brenner."

Ein Kiekser entwich mir. Frau Dr. Brenner, Walters Freundin!

„Sie hat drei Tage vor dem Anschlag jemanden beobachtet, der mit Stirnlampe die Bäume untersucht hat."

„Wie ich gesagt habe!", konnte Julia sich nicht zurückhalten. „Die Tat war topvorbereitet, so dass die eigentliche Durchführung ruckzuck ging."

Max nickte. „Und Frau Brenner hat eine weitere markante Aussage gemacht. Sie sagt, es war eine Frau!"

„Was?" Ich klopfte begeistert mit dem Edding auf die Küchenanrichte. Es war aufregend und befriedigend, wie sich plötzlich eins ins andere fügte, sogar die Äußerung der Biologin ergab plötzlich Sinn: *Kein Bekloppter, eine Bekloppte.*

Frauke indes schien mit ihren Gedanken woanders. „Mir geht eine ganz andere Frage durch den Kopf: warum gerade dieser Donnerstag, warum nicht ein anderer?"

„Muss man das fragen?", traute sich Julia zu sagen. „Hauptsache Donnerstag – oder etwa nicht?"

„Einerseits ja – andererseits: Es braucht schon einen besonderen Impuls. Ich meine, wir sprechen hier über Mord. Einen Mord, den eine Staatsanwältin verübt hat."

Die Feststellung verunsicherte alle. Die Sache war schon ziemlich abstrus.

„Sie hatte ab Montag Urlaub eingereicht", berichtete Max, „den sie aber nicht nehmen konnte, weil der Mord hereinkam und Krankmeldungen da waren."

„Das ist interessant!", Fraukes Augen leuchteten. „Wusste sie von den Krankmeldungen? Dann hat sie möglicherweise recht spontan zugeschlagen, um den Fall selbst auf den Tisch zu bekommen – gleichzeitig konnte sie behaupten, sie habe sich darum nicht gerissen."

„Tatsächlich hat sie sich genau so in unserer Runde vorgestellt", gab Max unumwunden zu.

„Es kann aber auch andersherum sein", gab ich zu bedenken. „Sie wollte die Ermittlung wirklich nicht haben, sondern lieber nach der Tat aus der Schusslinie sein. Nach den Krankmeldungen musste sie plötzlich übernehmen, hat das aber souverän gemeistert. Zumindest bis jetzt."

„Stimmt!", gab Frauke zu. „Beides ist möglich. Mir drängt sich aber noch ein anderer Punkt auf, eher so aus psychologischer Sicht."

„Schieß los!" Max nahm sich zum Nachtisch ein Stück Schokolade. Hoffentlich vertrug er das noch.

„Die Herbstferien stehen an. Urlaub für Rebecca – aber auch für Manu, wie sie sich denken kann. Kerstin und Manu haben sich damals im Sommerurlaub versöhnt, Manus Urlaub ist also für Becki negativ besetzt."

Wir wirkten alle nicht recht überzeugt.

„Außerdem: Die Trennung ist jetzt ein gutes Jahr her. Als Staatsanwältin denkt Rebecca in Fristen. Vielleicht hat sie sich ein Jahr zur Aufarbeitung gegeben. Als das nicht geklappt hat, hat sie sich etwas Neues überlegt."

„Ich glaube, es ist viel banaler", würgte ich ab. „Manuel fährt bis zu den Herbstferien immer mit dem Motorrad zur Probe. Danach nimmt sogar er lieber das Auto. Es war Rebeccas letzte Chance, ihn zu erwischen."

„So einfach!", Max haute sich aufs Knie.

„Kann aber sein, dass deine Theorie auch stimmt", sagte Julia versöhnlich zu Frauke. Das war irgendwie niedlich.

„Wenn wir jetzt Robin hier hätten, könnten wir auf der Karte den zeitlichen Ablauf durchgehen", Max schloss konzentriert die Augen. „Ich hoffe, ich kriege es auch so hin. Um 19.45 Uhr wurde der Draht am *Tatort Ochse* durchfahren, um 21.30 Uhr am *Tatort Biker*. Vermutlich hat die Täterin den Draht für Manu dann gegen 21 Uhr angebracht."

„Funktioniert doch noch, der Kopf!" Ich schrieb die Uhrzeiten auf.

„Rebecca Sterner-Leiss wohnt in Hüsten. Von dort ist sie nach Sundern eine knappe halbe Stunde gefahren", folgerte

Max, man merkte ihm den Taxi-Fahrer noch an. „Sprich: Wenn wir nachweisen könnten, dass sie dort gegen 19 Uhr losgefahren ist, wären wir ein gutes Stück weiter."

„Kein gutes Stück, sondern nur ein ganz kleines", meinte Julia Funke, die immer selbstbewusster wurde. „Es reicht, wenn sie sagt, dass sie einkaufen war. Oder joggen. Oder irgendwo anders."

„Da wären wir beim entscheidenden Punkt: Können wir irgendetwas belegen?" Max sah in die Runde. „Ganz ehrlich, wir könnten hier für jeden von uns lustige Abläufe und Motive herzaubern: Vincent hat Manuel auf dem Gewissen, weil er dessen exponierte Rolle im Chor nicht ertrug … Frauke war schon lange in ihn verliebt, bestimmt gibt es Gründe, warum Manuel sie Stella genannt hat … Was ich sagen will: Wir brauchen Beweise."

Mir war irgendwie unwohl. Max' Bemerkung zu Frauke erinnerte mich an mein Gespräch mit Alexa. Was genau hatte sie noch über Frauke gesagt …? Ich blickte zu meiner Chorschwester hinüber, die nahm meinen Blick wohl wahr, erwiderte ihn aber nicht.

Max sprach indes weiter. „Die Spurenlage ist denkbar bescheiden, was für eine ausgefuchste Täterin spricht. Was wir haben, sind ein Reifenabdruck und ein Motorengeräusch. Zusammenfassend gesagt, könnten wir einen Golf Diesel mit Winterreifen sehr gut gebrauchen, noch dazu, wenn er Kratzspuren an der A-Säule aufweist. Denn aller Voraussicht nach hat die Täterin am Ochsenkopf die Falle selber durchfahren."

Betretenes Schweigen in der Runde.

„Was fährt Frau Sterner-Leiss für einen Wagen?", fragte ich irgendwann der Form halber nach.

„Einen BMW-Cabrio in Grün, der glatt unter jeder Drahtfalle durchgeht. Ihr Mann hat einen SUV, ich glaube, ebenfalls bayerisch."

„Na, prima, dann sind wir ja durch!" Resigniert stülpte ich meinem Edding die Kappe auf und ließ mich auf einen Küchenstuhl fallen. „Oder hat das Gericht zufällig Fahrzeuge, die sich die Staatsanwaltschaft ausleihen kann?"

„So doof kann niemand sein", meinte Frauke, „ein Fremdfahrzeug nehmen, an dem man nachher Lackkratzer sieht."

Da hatte sie recht. Natürlich hatte sie recht. Ein bisschen hingen jetzt alle durch.

„Max, du hast eben was von Winterreifen gesagt", versuchte ich einen Neustart. „Ist es so, dass das Täterauto mit Winterreifen fuhr?"

Max nickte. „Wir gehen davon aus, dass die Täterin für ihre Tour extra Winterschlappen aufgezogen hat, damit man mögliche Abdrücke ihrem Auto nachher nicht zuordnen konnte."

„Das passt zu unserer intelligenten Täterin", warf Frauke ein.

„Leider passt es nicht zu ihrem Auto", Max machte den Eindruck, als würden ihm erneut die Kräfte ausgehen.

„Winterreifen", dachte ich laut nach. „Ich weiß nicht, wie's euch geht. Aber ich lasse manchmal meine Winterreifen viel zu lange drauf."

„Bis Oktober?", fragte Frauke nach. „Dann musst du sie tatsächlich nicht mehr runternehmen."

„Stimmt", irgendetwas tickerte in mir. „Alexas Mutter", kam es mir in den Sinn. „Sie ist vierundachtzig und zieht ihre Winterreifen überhaupt nicht mehr ab. Einmal in der Woche fährt sie zum Supermarkt, nur dafür behält sie ihr Auto. Sie meint, ein Reifenwechsel lohnt bei ihr nicht, selbst wenn sie noch zehn Jahre lebt." Ich sah zu Frauke hinüber. „Bei deinem Vater ist es doch ähnlich. Vielleicht haben wir es mit einem Auto zu tun, das die meiste Zeit steht."

Max sprang unvermittelt auf, er schien ganz aus dem

Häuschen. „Volltreffer! Die Mutter von Sterner-Leiss wohnt nicht weit entfernt. Sie sieht nicht mehr gut, aber möglicherweise hat sie ja noch ihren Wagen. Wenn das ein VW-Golf ist, gebe ich euch nach meiner OP einen aus."

„Dann überprüfen wir das", Julia Funke stand auf. „Ich mache das über die Wache. Nicht dass wir etwas verpassen – ein Getränk, meine ich jetzt."

Sie ging in den Flur, um zu telefonieren. Wahrscheinlich war es das, was am Ende Alexa auf den Plan rief. Plötzlich stand sie in der Tür, in ihrem riesigen Flanellhemd, das sie nachts immer trug. Sie war verwuschelt und verwirrt und wunderschön.

„Wer telefoniert da in unserem Flur?", fragte sie als Erstes, nur um als Nächstes Max und Frauke wahrzunehmen. „Ihr feiert eine Party und sagt nicht Bescheid?"

„Du kommst wie gerufen", ich nahm meine Frau in den Arm, allein weil sie die ganze Zeit Frauke anblickte. „Wir stellen dir jetzt unsere Theorie vor und du sagst, ob sie glaubwürdig ist."

„Letzteres würde uns übrigens sehr freuen", Max zog eine Grimasse. „Wäre ein unschönes Ende meiner Laufbahn, wenn ich unsere Staatsanwältin zu Unrecht in Misskredit brächte."

„Eure Staatsanwältin?" Alexa war offenbar wach genug, um die entscheidenden Dinge zu verstehen.

„Sie war im Arnsberger Chor", erklärte ich. „STERNer-Leiss. Denk daran, was wir über Stella als Pseudonym gesagt haben."

Alexa sah mich stirnrunzelnd an, um dann trocken zu sagen: „Okay, ich hör es mir an. Unter einer Bedingung: Gibt es noch Ei?"

„Gibt es", Julia kam aus dem Flur zurück und begrüßte Alexa mit einem Lächeln, dann wandte sie sich an die ganze Runde: „Auf Hildegard Sterner ist ein Auto angemeldet,

Baujahr 2005."

Alle blickten sie erwartungsvoll an, sie schien das zu genießen.

„Max gibt einen aus. Es ist ein Golf Diesel."

66

Ich bekam Genickstarre, wenn ich weiter so angespannt durch mein Seitenfenster blickte. Es war der nächste Morgen – wir hatten alle ein bisschen geschlafen, Frauke und Julia zu Hause, Max auf unserem Gästesofa, angeblich sehr gut.

Die Diskussion, wer mitfuhr, war am Abend endlos gewesen. Max hatte die Überprüfung allein machen wollen, da die Aktion nicht abgesprochen war, aber Julia hatte nicht lockergelassen – Sauerländerin halt. Frauke und ich hatten natürlich auch mitgewollt. Letztendlich hatten wir Max nur rumgekriegt, weil er kein eigenes Auto dahatte und gefahren werden musste.

„Ich kann euch ja nicht verbieten, mit dem Wagen an der Straße zu stehen", hatte er am Ende geknurrt.

Und genau da standen wir jetzt: an der Straße vorm Haus der alten Frau Sterner, um zu sehen, ob Max und Julia etwas erreichten. Und tatsächlich – die Tür öffnete sich, nicht richtig weit, nur einen Spalt.

„Sie hat eine Kette an der Tür", meinte Frauke. „Kein Wunder: eine alte Frau, die allein lebt."

Julia beugte sich vor und sprach durch den Spalt. Sie hatte heute ihre Uniform an. Wenn alles nach Plan lief, erklärte sie jetzt das Problem: Frau Sterners Auto sollte in einen Verkehrsunfall verwickelt sein, hatte ein Zeuge ausgesagt. Konnte nicht sein? Ob man sich das Fahrzeug vielleicht mal anschauen dürfe.

„Mach, mach, mach!", feuerte ich die alte Frau an. Von unserer Position an der Straße konnten wir halbwegs gut sehen. Dann schloss sich die Tür. War das gut? War das schlecht?

„Sie holt den Schlüssel für die Garage", mutmaßte Frauke.

Okay, damit konnten wir leben. Ich versuchte mich ein bisschen zu entspannen.

„Machst du dir Sorgen?", fragte Frauke nach.

„Ja klar mach ich mir Sorgen. Um Max."

„Die Chancen auf vollständige Heilung liegen bei fünfzig Prozent."

„Das ist wenig", sagte ich.

„Das ist viel", sagte Frauke.

Eine Weile saßen wir so da. Beobachteten, wie Max und Julia sich vor der Garage rumdrückten.

„Darf ich dich etwas fragen?", sagte ich in die Stille hinein. „Du hast angedeutet, du wüsstest, wie sich das anfühlt, so ein gebrochenes Herz. Du könntest nachvollziehen, wie schwer es ist, sich davon zu befreien."

Frauke antwortete nicht.

„Irgendwie hat das zwischen uns nie eine Rolle gespielt", traute ich mich weiter. „Wie es dir beziehungsmäßig geht. Ob du dir jemanden an der Seite wünschst. Ob es womöglich jemanden gibt."

Es dauerte ein Weilchen, bis Frauke reagierte. „Wenn es zwischen uns nie ein Thema war, hat das vielleicht seinen Grund."

Tolle Antwort, damit konnte ich nichts anfangen. Ich überlegte noch, ob ich nachbohren sollte, als sich in der Einfahrt plötzlich etwas tat. Die alte Frau Sterner war wieder an der Tür, es schien, sie hatte die Schlüssel dabei, außerdem hatte sie sich eine Jacke übergezogen. Frau Sterner schien körperlich fit, bewegte sich aber wegen ihrer Sehschwäche vorsichtig und langsam. Jetzt gerade tastete sie sich am Haus entlang zur Garage, wo Julia ihr offenbar anbot, für sie das Tor aufzuschließen. Schließlich war es Max, der das machte, Frau Sterner schien ihn anzusprechen, hatte sie inzwischen gemerkt, dass er schon mal dagewesen war? Ein wenig Geplänkel, immerhin war die Garage jetzt auf und man bewegte sich hinein. Für uns war das Kino zu Ende. Ich rutschte tiefer in meinen Sitz, aber dann hörte ich plötzlich Frauke neben mir zischen: „Achtung!"

Ich fuhr herum, ein Fahrrad raste an uns vorbei und in die Einfahrt. Darauf eine Frau, die ich kannte, zumindest vom Bild. Sie startete durch zur Garage.

„Ich dachte, die ist in der Dienstbesprechung!" Frustriert schlug ich mit der Hand aufs Lenkrad.

„Offenbar nicht", Frauke kaute auf ihrer Lippe. „Vermutlich hat ihre Mutter sie verständigt. Jetzt gibt's Ärger!"

Ich griff an die Tür, aber Frauke fasste hektisch meinen Arm. „Wir haben versprochen, dass wir das Auto nicht verlassen!"

„Will ich doch gar nicht!" Ich öffnete lediglich das Fenster – nur um eine weibliche Stimme zu hören, die so schneidend war, dass es einem Angst machen konnte: „Sind Sie noch bei Trost? Das hat Konsequenzen!"

67

„Ja, das hat Konsequenzen", Max versuchte, Ruhe zu bewahren, während Julia ängstlich zurückwich und die alte Frau Sterner das Ganze hilflos verfolgte. „Wir werden den Erkennungsdienst anrücken lassen. Das Reifenprofil passt und die Lackspuren auch."

„Mir ist schleierhaft, was Sie sich da zurechtbiegen, Herr

Schneidt, aber eins kann ich Ihnen sagen: Sie werden diesen Alleingang bitter bereuen. Was glauben Sie eigentlich? Dass meine Mutter sich abends hinters Steuer setzt und Drahtfallen spannt? Das ist doch absurd!"

„Mit meiner Meinung halte ich mich besser zurück", Max griff nach seinem Handy. „Alles Weitere überlassen wir der Spurensicherung."

Rebeccas Augen wurden zu Schlitzen. „Sie wagen es nicht, meiner Mutter weitere Aufregung zuzumuten."

„Es bleibt mir nichts anderes übrig."

„Sie verlassen sofort diese Garage."

„Sehr gern. Wir wollen ja keine Spuren verwischen. Aber *Sie* verlassen diese Garage gleich mit!"

„Wie reden Sie eigentlich mit mir?"

„So, wie ich das mit jeder Tatverdächtigen handhaben würde." Er hatte nicht gedacht, dass er so cool bleiben würde. Existentielle Krankheiten hatten auch ihr Gutes. Man hatte nichts mehr zu verlieren.

„Becki, was hat das zu bedeuten?" Die Mutter. Die einzige Person, die Max tatsächlich leid tat.

„Alles in Ordnung, Mama. Dieser Kollege scheint unter Wahnvorstellungen zu leiden. Ich werde veranlassen, dass er sofort aus dem Dienst entfernt wird. Man wird sich bei dir entschuldigen, dafür werde ich sorgen."

„*Becki*", wandte Max sich an die Staatsanwältin, „so werden Sie also von Ihrer Mutter genannt. Aber so haben Sie sich auch im Chor nennen lassen, als Sie dort erst einmal warm geworden sind."

„Verschonen Sie mich mit Ihren Versuchen, mein Privatleben einzubeziehen –"

„Wie hat Manuel Kreuzer Sie bei Ihren Treffen genannt? *Stella* wegen Sterner? Oder doch eher *Sternchen?*"

Es war diese winzige Bewegung am Auge, die ihm den letzten Zweifel nahm. Diese kühle, abgebrühte Frau hatte gezuckt.

„Verlassen Sie sofort die Garage!", zischte sie ihn an. „Sonst kann ich für nichts garantieren!"

Max nickte stumm. Ja, sie konnte für nichts garantieren, das war das Problem.

„Tatortsicherung", hörte er nun Julia Funke neben sich haspeln. „Erstes Ausbildungsjahr. *Am vermeintlichen Ort eines Verbrechens müssen von den zuerst eintreffenden Polizeibeamten unverzüglich Maßnahmen ergriffen werden, die eine Tatortbefundsaufnahme ohne Zerstörung von Spuren ermöglichen.* Ich muss Sie alle bitten, die Garage zu verlassen."

Sterner-Leiss schien perplex. Die junge Polizistin, deren Wangen dunkelrot glühten, hatte es tatsächlich geschafft, die Frau Staatsanwältin aus der Fassung zu bringen.

„Es ist vorbei", raunte Max und wandte sich dann an die alte Frau Sterner. „Darf ich Sie bei all der Aufregung ins Wohnhaus begleiten?" Er bot ihr seinen Arm.

Die alte Dame war völlig verstört, griff aber in ihrer Verzweiflung seinen Arm. Sie brauchte Halt.

„Das wird Ihnen leidtun!", Sterner-Leiss zögerte nicht länger und hastete hinüber zum Haus. Bevor sie ins Innere schlüpfte, brüllte sie ihm aber noch etwas zu: „Ich werde alles veranlassen, um Sie aus dem Dienst zu entfernen. Und zwar sofort!"

#

Schwer. Leicht Schwer. Leicht Schwer. Leicht Schwer.
Wenn man die Treppe im Rhythmus nimmt, klingt der Aufstieg wie eine Melodie. Jede Stufe ein Schlag.
Ma-nu-el-ich-ha-sse-dich! Weil-du-mich-nicht-liebst!
Sie hat verloren. Sie hat wirklich verloren. Diese Möglich-

keit hat sie nicht einkalkuliert. *Diese Lösung kam nicht in ihr vor. Wobei Lösung – darum war es immer gegangen.*

Ab jetzt würde alles sich fügen, alles ans Licht kommen. Ihre DNA im Auto ließ sich vielleicht anders erklären, die Reifen und die Macke aber nicht. Vielleicht hat außerdem ein Nachbar sie zum Haus ihrer Mutter gehen sehen. Oder sie in dem Auto. All das hätte im Normalfall keine Rolle gespielt. Jetzt, da man ihr auf den Fersen ist, tut es das schon. Wenn jetzt noch die Biologin sie identifiziert …

Ihr Risiko hat sie im Vorfeld mit 5 Prozent berechnet. Jetzt sind sie eingetroffen, die 5 Prozent. Der Morgenstern ist erloschen, „Morgenstern", so hat Manu sie immer genannt.

Was sie tun würde, wenn die 5 Prozent eintreten würden, hat sie nicht zu Ende gedacht. Aber vielleicht steckte darin schon die Lösung: Zu Ende gedacht.

Die Lösung muss sich nun anders vollziehen.

Schwer. Leicht Schwer. Leicht Schwer. Leicht Schwer.

68

Wir saßen im Auto und kriegten uns vor Aufregung kaum ein. Frauke hatte sich vom Beifahrersitz herübergelehnt, um mit mir aus dem Seitenfenster gucken zu können. Ich hatte Schnappatmung und hampelte mit meinem Smartphone herum.

Die Staatsanwältin war fluchend ins Haus gestürmt, Max war ihr wenig später mit der alten Frau Sterner gefolgt. Julia Funke ihrerseits hatte das Garagentor wieder geschlossen und stand nun in der Einfahrt, offenbar hochgradig nervös. Sie war ständig in Bewegung, schaute abwechselnd auf die Uhr, aufs Haus, auf die Garage und manchmal auch zu uns.

„Können wir irgendetwas tun?", fragte ich zum gefühlt

hundertsten Mal.

„Nein, können wir nicht", erwiderte Frauke. „Wenn sie uns braucht, kommt sie her. Wir gefährden nur den Einsatz. Warum spricht man vorher etwas ab, wenn man sich nachher nicht daran hält?"

Ich wollte ja nicht losstürmen. Ich dachte nur, dass vielleicht ein Anruf – „Du bist verdammt konsequent", lobte ich Frauke. Naja, ein richtiges Lob war es nicht.

„Wenn ich das nicht wäre, steckte ich privat längst in einer Katastrophe."

Erstaunt sah ich Frauke an. Sie hing in Hochspannung an meiner Seite, den Blick weiterhin auf das Geschehen draußen gerichtet.

„Nein!", rief sie plötzlich.

Ich fuhr herum, konnte aber nichts Ungewöhnliches erkennen. Julia Funke stand immer noch unschlüssig da. Plötzlich aber sah die Polizistin nach oben, Augen geweitet.

Frauke kniff mir vor Anspannung in den Arm, und endlich sah ich es auch. Im zweiten Stock hatte sich ein Fenster geöffnet, das Giebelfenster zur Einfahrt, Rebecca Sterner-Leiss hockte außen auf der Fensterbank wie ein kleines Kind.

„Halt!", Frauke riss auf ihrer Seite die Wagentür auf.

Sterner-Leiss sah zu unserem Auto herüber, wirkte irritiert. Und dann auf einmal machte sie ihren Schritt, aus der Hocke nach vorn. Sie fiel nicht, sie sprang. Mit dem Kopf vorneweg. Sie wusste, wie sie aufkommen wollte. Totale Zerstörung, hätte Schwester Gertrudis gesagt.

Ich hörte den Aufprall, und dann hörte ich Julia laut schreien.

69

Ich hatte selten eine so berührende Trauerfeier erlebt. In der Kirche hatten wir unsere drei Liedbeiträge mit Anstand über die Bühne gebracht. Gut, Annika war wirklich angeschlagen gewesen, aber wir anderen hatten irgendwann unsere innere Beteiligung in Gesang umgesetzt. Wir hatten uns unsere Trauer von der Seele gesungen, ein schönes, erhebendes Gefühl.

Kerstin war die ganze Zeit gefasst gewesen. Zwischen ihren Kindern ging sie so aufrecht und unnahbar, wie ich sie die ganzen letzten Tage erlebt hatte. Sie würde den Verlust überstehen. Franziska dagegen wirkte, als sei die Trauer nun endlich bei ihr angekommen. Am Vorabend hatte ich mit ihr über Manuel und Rebecca gesprochen. Ich hatte das Gefühl, ich war es ihr schuldig. Entgegen meinen Erwartungen hatte sie es ganz gut verkraftet. Die Tatsache, dass ihr Vater sich bewusst für seine Familie entschieden hatte, schien sie zu versöhnen. Zumal er durch seinen Tod nun eine Art Märtyrer geworden war.

Sebastian, so schien es, hatte seine ganze Trauer in das eigens komponierte Klavierstück gelegt. Dieser letzte Gruß an seinen Vater war so ergreifend gewesen, dass sogar Kerstin arg mit sich hatte kämpfen müssen. Vielleicht hätte sie es einfach zulassen sollen, dass der Damm brach.

Nun standen wir hier auf dem Friedhof, Wind war aufgekommen, man versteckte sich hinter Mantelkragen und Schal.

„Wir beten besonders für den Menschen aus unserer Mitte, der als Erster dem Verstorbenen nachfolgen wird", sprach der Pastor. Unweigerlich wanderten meine Gedanken zu Max. Nächste Woche würde man ihn in Münster operieren, fünfzig Prozent Heilungschancen, war das wirklich viel? Immerhin war Karla inzwischen bei ihm. Die beiden hatten sich eine Menge zu sagen, Max war endlich bereit.

„Achtung!", Gerlinde forderte unsere Aufmerksamkeit, ein letztes Lied hier auf dem Friedhof, Franziska hatte es sich so gewünscht. Gerlinde gab den Einsatz und Manuels Lieblingslied erscholl.

Nehmt Abschied, Brüder,
ungewiss ist alle Wiederkehr.
Die Zukunft liegt in Finsternis
und macht das Herz uns schwer.

Ich sah beim Singen zu Frauke hinüber, dann wanderte mein Blick weiter von Franse über Svenja zu Ruth. Alle wirkten konzentriert, beseelt geradezu. Trotz des traurigen Anlasses waren sie ganz bei der Sache, Manu zuliebe. Ein Gefühl von Gemeinschaft überkam mich, sogar von Stolz – und genau das war der Moment, der mir den neuen Namen bescherte. Plötzlich wusste ich, wie unser Chor heißen sollte, ich war mir ganz sicher. Umso voller sang ich die Abschlussverse mit.

Der Himmel wölbt sich übers Land.
Ade, auf Wiederseh'n.
Wir ruhen all' in Gottes Hand.
Lebt wohl, auf Wiederseh'n!

Nachher auf dem Weg zum *Sauerbier* holte ich Frauke ein, um sie von meiner Idee zu überzeugen.

„Ich habe den Chornamen", sprudelte ich los. „*Hardchor* wegen *hardcore* – wie findest du das?"

Frauke blieb gelassen und irgendwie distanziert.

„Nett", sagte sie.

„Nett? Ich find's genial." Freundschaftlich fasste ich sie

unter.

„Mag sein, aber mich betrifft es nicht mehr."

Abrupt blieb ich stehen. „Was soll das heißen?"

„Ich werde den Chor verlassen, und nicht etwa, weil ich skeptisch hinsichtlich einer neuen Chorleitung bin."

Ich starrte sie an, las in ihrem Gesicht etwas, das ich schon länger wusste. „Sondern?", brachte ich trotzdem heraus.

„Weißt du es nicht?"

Ich antwortete nicht, starrte sie nur weiter an.

„Es tut mir nicht gut, den Mann, den ich liebe, immer vor Augen zu haben, ohne eine Chance, ihn je zu erobern. Kannst du das verstehen?"

Ich nickte stumm. Dann nahmen wir uns in den Arm, lange und ohne ein Wort. Bis Franse uns etwas zurief: „Kommt ihr mit rein auf ein Bier?"

„Klar", sagte Frauke und wischte sich mit ihrem schwarzen Ärmel eine Träne aus dem Gesicht.

„Klar", sagte auch ich. Dann gingen wir zusammen ins Lokal. Zum letzten Mal, wie mir schien.